LE DERNIER QUI PART FERME LA MAISON

Paru dans Le Livre de Poche :

DES GENS QUI S'AIMENT

UN BONHEUR EFFROYABLE

MICHÈLE FITOUSSI

Le dernier qui part ferme la maison

ROMAN

GRASSET

© Éditions Grasset & Fasquelle, 2004.

ISBN : 2-253-11589-4 - 1re publication - LGF
ISBN : 978-2-253-11589-2 - 1re publication - LGF

A mes enfants,
A mes sœurs,

A Guy.

1. Patricia

C'était pareil chaque fois. Je haïssais la campagne. Pas détester, pas exécrer, pas abominer. Haïr. De toutes mes forces. La nature, la prolifique nature, célébrée par les poètes, les peintres, les écrivains. Tous des menteurs. Qui jamais n'avaient souffert d'ennui ni d'allergie. Les arbres, les champs, les haies, les feuilles. L'herbe. Tout ce vert me rendait physiquement malade. La belle saison. Pollen, migraines, rhume des foins. Eternuements à répétition. Larmoiements lamentables. Zyrtec. Grandes balades harassantes suivies de goûters champêtres. Paniers de pique-nique envahis par les fourmis. Guêpes, limaces, vers de terre. Orties. Et l'hiver. Coin du feu, famille réunie devant l'âtre, jeux de société, tisane. Dépression. Ces odeurs de fumée. Ces vieilles maisons humides. Quitter le confort de mon appartement parisien pour cette baraque mal entretenue, où les volets étaient cassés, les lames de parquet disjointes. Un cauchemar.

J'ai toujours haï la campagne. Ma tête quand mes parents ont acheté la maison. C'était un peu avant mon douzième anniversaire. La mode était aux résidences secondaires. Ma mère voulait toujours faire comme les autres. Les filles, nous avons une surprise pour vous. Malgré nos supplications, ils n'avaient rien voulu nous dévoiler. Nous étions montées dans la R16 neuve, à l'arrière. Tout de suite, j'avais ouvert la fenêtre. L'odeur, pourtant, n'était pas comparable à celle des DS habituelles. C'était moins écœurant.

Mon père avait décidé d'innover. Le salon de l'Auto était sa distraction préférée. Tous les deux ans, il faisait l'acquisition du dernier modèle. Je ne supportais pas les longs trajets en voiture. Surtout lorsqu'il allumait une de ses cigarettes anglaises au goût douceâtre, Benson and Hedge, paquet doré, pour ne pas s'endormir au volant.

Au bout de quelques kilomètres, je réclamais un arrêt.

— Jacques, fulminait ma mère, attention aux sièges.

Je me courbais en deux sur le bas-côté, écartais les jambes, penchais la tête, me forçais à vomir avec de grands bruits disgracieux qui remontaient de l'estomac. Parfois, je n'avais pas besoin de me forcer. Elizabeth espérait qu'ils nous emmèneraient à la SPA, choisir le chien dont elle rêvait. Un labrador ou un setter irlandais. Notre mère avait peur des chiens. Moi, je n'espérais rien.

Mon père avait roulé longtemps, au moins cent kilomètres. C'était un samedi après-midi de décembre. J'étais invitée chez Catherine, ma nouvelle amie de cinquième A. Nous aurions pu aller au cinéma, place Clichy. Ou nous amuser à nous maquiller en cachette. A la place, il y avait ces arbres décharnés, ces champs détrempés, cette nationale interminable. L'autoroute s'arrêtait alors à Mantes.

La voiture s'était engagée sur une départementale.

Un panneau indiquait : JUILLY-EN-BRAY, 15 KM. Nous avions longé une forêt d'abord clairsemée, puis de plus en plus épaisse. Les habitations se faisaient rares. Au bout de quelques kilomètres, nous avions bifurqué sur un chemin boueux, dépassé une haie de thuyas courant de part et d'autre d'un large portail de bois foncé. Mon père s'était garé un peu plus loin, dans un renfoncement, juste avant une autre clôture de feuillus mal taillés. Le chemin continuait et allait se perdre dans les futaies. Ensuite, il n'y avait plus de maisons.

Il avait éteint le moteur. J'étais sortie nauséeuse, étourdie par le voyage et l'odeur du tabac. Une petite pluie fine tombait sur la campagne. Le ciel était bas. Il faisait froid.

Ma mère m'obligeait à porter un gros bonnet de laine rouge qui descendait sur les oreilles. Et des moufles assorties. J'avais l'air d'un lutin en colère. Elizabeth en était dispensée. Seize ans, tout de même.

— Voilà, avait dit mon père en poussant une barrière blanche dont la peinture s'écaillait.

— « Le Clos Joli », avait renchéri ma mère en désignant une bâtisse vieillotte, avec un toit de chaume et des poutres marron qui dessinaient des croisillons sur la façade. Nous venons de signer. Ça vous plaît ?

Non, ça ne me plaisait pas. A cette époque déjà, je ne supportais ni leurs goûts ni leurs manières. « Adolescence difficile », avait diagnostiqué le pédiatre – on n'allait pas chez le psychologue alors –, quand ma mère, excédée par ce qu'elle appelait « mon mauvais esprit », m'avait emmenée le consulter.

La maison était en ruine. Normal, vu le prix qu'on l'a payée, avait dit mon père, on aurait même pu acheter celle d'à côté pour vous. Pour plus tard. Non, merci.

Pour plus tard, j'avais d'autres projets. Par exemple, partir de chez moi à la première heure, le jour de ma majorité. Le plus loin possible.

Ils avaient fait des travaux, consolidé le toit, recrépi la façade, ajouté un garage dont ils ne se servaient jamais. Quand il allait bien, mon père ne lésinait pas sur la dépense. Il jonglait avec les billets qu'il sortait comme un magicien d'un portefeuille en cuir noir usagé. Ma mère le freinait sans arrêt. Elle n'aimait pas gaspiller, ramassait les bouts de ficelle, gardait les emballages de cadeaux qu'elle rangeait dans un tiroir de la cuisine, les sacs en plastique du supermarché.

— Yvonne, riait-il, nous ne sommes plus en temps de guerre.

Ma chambre était tapissée de papier peint à fleurettes roses et blanches acheté chez Laura Ashley. Une salle de bains la séparait de la chambre d'Elizabeth. Ma sœur avait eu droit aux mêmes motifs à dominante bleu ciel. Les plafonds, les plinthes, les portes étaient laqués de blanc. J'aurais préféré un décor moins fillette.

— Tu veux tout décider toi-même, avait dit ma mère, vexée. Mais si c'est pour râler quand on vient.

De ma fenêtre, on voyait la forêt. Avec leurs branches noires et minces, tendues vers le ciel gris pour une ultime prière, les arbres me faisaient penser à une armée de squelettes.

Après Pâques, la maison fut enfin prête. La campagne alentour était déjà plus engageante. Les feuilles et l'herbe avaient repoussé. On entendait s'échauffer les oiseaux pour les grands concerts de l'été, et de drôles de petits bruits qui signifiaient que la nature se plaisait à renaître. Cette symphonie bucolique me laissait indifférente. Je larmoyais, éternuais, me traînais péniblement en semant un peu partout des mouchoirs en papier roulés en boule.

Mes parents voulaient passer tous les week-ends et les vacances au « Clos Joli ». Ils avaient installé trois chambres d'amis. Je me demandais bien pourquoi. Chez nous, personne n'était jamais invité. Nous n'avions pas de famille proche, pas de grands-parents, d'oncles, de tantes ou de cousins. Et puis mon père était souvent souffrant.

— Faites moins de bruit, papa est fatigué, grondait ma mère qui ne se gênait pas, elle, pour crier.

« Etre fatigué » signifiait rester dans un fauteuil, prostré, les yeux fixes, les mains tremblantes. Il feignait de s'intéresser à nos jeux, mais il arborait un sourire triste ou bien il hochait la tête, en réponse à nos questions. Nous nous taisions alors, de peur d'aggraver son état. Par miracle, il existait un autre papa, exubérant, dépensier, trop bavard. C'était ce père-là qui bricolait en sifflotant, se passionnait pour les voitures neuves, racontait des histoires drôles, rapportait du marché des paniers débordant de provisions, nous protégeait contre les criailleries de notre mère. Les deux pères se succédaient sans que nous parvenions à percer le mystère de ce dédoublement.

Plus tard, nous avions fini par comprendre que celui que nous préférions devait sa bonne humeur aux médicaments qui s'empilaient sur sa table de chevet.

Nous partions à Juilly le vendredi soir et nous rentrions le dimanche, tard dans la nuit. Quand mon père n'allait pas bien, c'était ma mère qui conduisait. Dès l'arrivée au « Clos Joli », il s'affalait devant la cheminée avec une pile de journaux et de magazines. Bientôt ils rejoindraient le tapis sans qu'il ait la force de les lire. Le plus souvent, il s'endormait, une cigarette allumée à la main, tandis que ma mère s'activait.

Elle avait toujours quelque chose en train, ne restait pas une minute en place. Elle le faisait remarquer bruyamment, à grand renfort de soupirs et de sous-entendus pleins d'amertume, affichait une mine de victime quand on lui proposait de l'aider. Elle cuisinait, rangeait, récurait, houspillait ceux qui se trouvaient sur son passage. Mari, enfants, femme de ménage, jardinier, ma mère menait tout son monde à la baguette. C'était une femme très énergique, qui avançait dans la vie, les dents serrées, le visage fermé, ses yeux bruns reflétant une colère muette. Ses sourires étaient parcimonieux. Elle ne savait pas se détendre, s'asseoir pour siroter un café.

— Yvonne, repose-toi donc, disait mon père. On est là pour ça. Demande à Mme Bosco de t'aider.

— Mme Bosco ne fait rien comme je veux. Tu es bien un homme, tu ne te rends pas compte.

C'était reparti pour une de leurs innombrables disputes. Je montais dans ma chambre et je me bouchais les oreilles. Ou bien je sortais faire un tour dans le jardin, en donnant de grands coups de pied dans les feuilles mortes qui jonchaient la pelouse.

Je n'étais pas leur fille. Des Martiens m'avaient enlevée dans leur soucoupe volante puis, ne sachant que faire de moi, ils m'avaient déposée chez les Gordon quand je n'étais qu'un tout petit bébé. Un jour, je retrouverais mes vrais parents. Des gens très riches, très puissants, adorables. Peut-être des Américains qui vivaient dans une maison magnifique, au bord de la mer, avec des palmiers plantés le long de la plage. Rien à voir avec cette bicoque à deux sous, moche et humide.

Quand nous en discutions, ma sœur et moi, je donnais raison à mon père. Il était malheureux. Ma mère le rendait fou avec ses hurlements.

— Sinon, il rigolerait tout le temps.

Pour Elizabeth, au contraire, ma mère était une « opprimée ». Dans sa bibliothèque, entre Doris Lessing et Simone de Beauvoir, s'empilaient des ouvrages parus aux Éditions des Femmes. Sur une des couvertures, des petites filles modèles, en robe rose buvard comme le papier peint de ma chambre, jouaient à la balançoire. Ma sœur m'expliquait pourquoi nous devions nous battre. Une autre qu'elle m'aurait peut-être convaincue. Mais ses théories ne provoquaient que de l'ennui. Je préférais mes illustrés, mes poupées et les garçons qui me tournaient déjà autour.

Si raisonneuse, si raisonnable, Elizabeth. Si consciente de sa supériorité d'aînée. Tu n'y arriveras pas. Ce que tu peux être bête. Mais réfléchis un peu. Ce besoin de me rabaisser. De jouer les enfants parfaites. Première de la classe, douée pour le piano, les échecs. Toujours partante quand ma mère nous proposait de bouger parce qu'elle ne supportait pas de nous voir inactives. D'accord pour se balader dans la forêt, arracher les mauvaises herbes, aller chercher du bois dans la remise. Un côté scout qui me hérissait, accentué par une stature haute, une allure gauche, un manque absolu de grâce. Féministe, peut-être, mais si peu féminine.

En fin d'après-midi, elle montait dans sa chambre pour lire ou pour travailler. Moi je n'aimais ni la lecture ni les promenades. Et les devoirs pouvaient bien attendre. La perspective de m'ennuyer deux jours dans cet endroit sinistre, avec un rhume des foins à la clé, n'avait rien de réjouissant. Ces week-ends obligatoires me pourrissaient la vie.

— A douze ans, on ne reste pas toute seule à Paris, disait ma mère en préparant nos affaires.

— Mais puisque je te dis que ma copine Catherine m'invite, ses parents sont d'accord.

— Tu as un père et une mère toi aussi, quel besoin d'aller chez les autres ? Tiens, au lieu de rester dans mes pattes, va me chercher le sac à provisions dans la cuisine. Et dépêche-toi, on s'en va dans cinq minutes.

Mon père est mort à l'hôpital, un matin gris du mois de janvier. Je n'ai pas pu le pleurer tout de suite, au contraire d'Elizabeth et de ma mère qui ne cessaient de sangloter au cimetière. Enfant, aucun chagrin, aucune réprimande ne parvenaient à m'arracher des larmes. J'affichais un visage buté. Je devais avoir le même quand j'ai jeté une rose blanche sur sa tombe.

Peu après l'enterrement, je m'étais réveillée dans la nuit, le visage trempé, la poitrine secouée de spasmes. Assise sur mon lit, dans l'obscurité de la chambre, je ne pouvais plus m'arrêter. A mes côtés, Philippe me caressait le menton comme l'aurait fait mon père pour me consoler. Il avait bien tenté de me prendre dans ses bras, en répétant avec maladresse : « Là, là, ça va aller. »

Je m'étais dégagée avec brutalité. Il n'avait pas pour habitude d'être si tendre.

L'année suivante, au mois de juin, Elizabeth s'était remariée à la mairie de Juilly, enceinte de son deuxième fils. Elle était rayonnante. Son ventre énorme pointait fièrement dans une robe de soie corail trop moulante. Elle ne savait toujours pas s'habiller. Ma mère avait fait monter des tentes dans le jardin parce qu'il avait plu sans arrêt pendant trois semaines. Une dépense inconsidérée.

Mais ce samedi-là, le soleil s'était levé. Quelques nuages passaient en flânant dans le ciel limpide. Dans les champs, le blé en herbe frissonnait sous le vent.

— C'est le paradis chez vous, m'avait glissé un collègue d'Elizabeth, professeur dans le même lycée.

Les invités de ma sœur s'amusaient. Ils ne voulaient plus partir. La musique était pourtant trop forte. Le buffet m'avait semblé le comble de la vulgarité. Ma mère s'était rattrapée sur la nourriture bon marché pour alléger la facture. Des saucissons, des terrines, des rillettes, des salades de lentilles, des tartes salées, du beaujolais, le tout disposé sur des nappes à carreaux rouges et blancs. Par chance, elle n'avait osé ni les verres en plastique ni les assiettes en carton. Personne ne m'avait demandé mon avis. J'étais pourtant la mieux placée pour le donner.

Je m'étais sentie gênée devant la mère de Philippe, une femme si raffinée. Le ventre proéminent de ma sœur, le nœud papillon de mon beau-frère vêtu comme un serveur, le gros rouge servi au tonneau. Et cette maison prétentieuse avec ses colombages plaqués sur la façade, ses quatre lucarnes émergeant du toit de chaume, ses géraniums vermillon aux fenêtres, son grand jardin avec sa pelouse sage et ses massifs réguliers de roses. Jusqu'à ce nom, « Le Clos Joli ». Un rêve de petit-bourgeois arrivé.

Mon propre mariage avait été tellement luxueux, la réception si grandiose dans cet appartement de Park Avenue, où l'on ne savait plus où porter le regard tant

il regorgeait de tableaux et de meubles. C'était la première fois que j'admirais des Picasso ailleurs que dans
un musée. Mes parents n'avaient pas apprécié que
j'épouse Philippe à New York, parce que mon futur
beau-père, banquier à Wall Street, avait toutes ses relations là-bas.

Mon père commençait sa chimiothérapie. Un bon
prétexte pour ne pas voyager. D'un autre côté, j'en
étais soulagée. Ce n'est pas tant que mes parents me
faisaient honte. Mais toutes ces histoires pour de la
religion, alors que tout le monde s'en fichait à la maison, moi la première.

— Tout de même, tu vas trop loin, avait sifflé ma
mère à mon retour. Se marier à l'église...

— Il y a une différence entre compromis et compromissions, avait grommelé mon père, allongé sur son
lit, en fixant l'écran de télévision pour ne pas regarder
les photos que j'avais apportées.

J'avais rougi. Pour devenir madame Puyreynaud, ils
ne soupçonnaient pas tout ce dont j'étais capable.

Quelques mois avant que soit diagnostiqué le cancer
au poumon de mon père, le psychiatre avait réussi à
réguler son humeur. Le lithium était miraculeux. Plus
de Jacques qui rit et de Jacques qui pleure. La transformation en était même perturbante. Mais il n'avait
pas eu de chance. Les cigarettes anglaises l'avaient
consumé. Pendant tout le temps qu'avait duré sa maladie, il avait gardé un bon moral. C'était lui qui rassurait
ma mère quand elle perdait patience. Jusqu'au bout
nous avions espéré qu'il guérirait, parce qu'il nous le
faisait croire.

Son cancer avait adouci le caractère belliqueux de
ma mère. Elle l'avait soigné sans trop se plaindre, en

évitant de lui chercher querelle. Mais elle s'était vite remise de sa disparition. Un peu trop, à mon goût. Dans le mois qui avait suivi son décès, elle avait vendu l'agence d'intérim. Mon père et elle l'avaient créée ensemble, trente-quatre ans auparavant. Elle en avait assuré tous les postes, secrétaire, comptable, directrice, cinq jours sur sept, sans jamais compter ses heures. Dans la foulée, elle avait cédé à bon prix l'appartement de la rue de Clichy, placé son argent de façon raisonnable, et décidé de s'installer toute seule au « Clos Joli ». A soixante ans, ma mère voulait changer de vie. Elle entendait se consacrer à la peinture. J'ignorais qu'elle eût une passion secrète. Elle ne nous en avait jamais parlé.

Evidemment, Elizabeth avait jugé l'idée formidable. Se réaliser. Etre soi-même. Quelles âneries. Ma mère avait aménagé son atelier dans une grange attenante au garage. Mon père et elle avaient voulu transformer la pièce pour créer un salon d'hiver mais le projet était resté en suspens. Elle peignait des croûtes impossibles, natures mortes, champs de blé, arbres, forêts. Il y avait eu la période tournesols, la période pommes et poires. Puis les cruches, pots, étains, trouvés chez les brocanteurs de la région, avaient fait leur apparition. Plus tard encore, les bouquets de fleurs champêtres. Son thème préféré restait « Le Clos Joli », sous toutes ses façades, à toutes les saisons.

— Maman est une artiste, affirmait Elizabeth avec une conviction que je devinais exagérée.

Depuis son mariage, ma sœur avait annexé les trois chambres d'amis pour sa famille et son chien, un énorme bobtail brun et hirsute qui sentait horriblement mauvais. Elle passait à Juilly presque tout son temps libre. Affirmait qu'il n'était pas si difficile, au fond, de s'entendre avec notre mère. Il suffisait d'y mettre du sien. Chaque fois, je pensais aux mots de mon père, « compromis » et « compromissions ».

Même malade, mon père avait beaucoup compté pour ma mère, bien plus qu'elle ne se l'avouait. Il aplanissait les problèmes, prenait les grandes décisions, s'interposait quand elle était trop sévère. Parce qu'elle nous voulait exemplaires, elle ne nous manifestait aucune indulgence. Il me semblait que ses reproches m'étaient d'abord adressés. J'étais privée de sorties, de télévision, d'argent de poche, alors qu'Elizabeth s'en tirait presque sans ennuis. Ma mère trouvait que j'étais trop coquette, trop rebelle, trop paresseuse.

— Je finirai bien par te mater. Et baisse les yeux quand je te parle, tu n'es qu'une insolente.

— Ta maman a beaucoup souffert, expliquait mon père de sa grosse voix apaisante, quand je venais me réfugier auprès de lui.

Il caressait mes cheveux, sortait un mouchoir de sa poche, me le tendait pour que je souffle dedans.

— Il faut lui pardonner. Sa vie n'a pas été facile.

Mon père était du genre pudique. Il détestait se plaindre. Ses parents, des juifs polonais immigrés en France, étaient restés à Toulouse, où ils habitaient, jusqu'à la fin du conflit. La famille se cachait au fur et à mesure des avancées allemandes. Mon père parlait rarement de cette période, honteux d'en être sorti indemne alors que tant d'autres avaient perdu la vie.

Ma mère évoquait un peu plus sa propre enfance abîmée par la guerre. Elle nous décrivait notre grand-mère Ewa, morte à Auschwitz avec toute sa famille, alors que sa sœur et elle n'étaient encore que des enfants. Elles avaient pu échapper à la rafle grâce à leur père. Après la guerre, celui-ci s'était retrouvé seul, avec les deux petites à sa charge. Ma mère, qui était l'aînée, assurait les tâches ménagères quand elle rentrait de l'école. Elle avait toujours regretté de pas être allée plus loin que le certificat d'études. Au fil du temps, Ewa était devenue une légende. L'objet d'une piété filiale que je me sentais incapable d'éprouver pour ma part. Quelques mots lancés au cours d'une dispute avec mon père m'interdisaient tout élan vers ma mère. Je n'avais jamais pu oublier cette scène.

Nous étions arrivés au « Clos Joli » le vendredi dans la soirée. Après un dîner vite expédié, ma mère nous avait envoyées au lit. Mon père était reparti pour une de ses longues périodes de prostration. Durant tout le trajet en voiture, ma mère lui avait cherché querelle. Elle critiquait l'abus qu'il faisait des cigarettes, son blouson neuf, sa façon de conduire. Au sortir de l'autoroute, elle avait pris d'autorité le volant. Leurs disputes n'avaient pas cessé pour autant.

Vers deux heures du matin, je ne dormais toujours pas. J'étais sortie de ma chambre pour boire au robinet de la salle de bains. Leurs éclats de voix m'avaient attirée. J'étais descendue sur la pointe des pieds car les marches de l'escalier de chêne grinçaient. Je m'étais immobilisée derrière la porte close du salon, en retenant mon souffle. La querelle était violente, le ton de ma mère plus agressif que jamais.

Appuyée contre le mur, je sentais le bouton de l'interrupteur qui appuyait sous mes seins naissants, juste entre les côtes. La douleur était pénible. Cependant je n'osais bouger de peur qu'ils ne s'aperçoivent de ma présence. Mais ils étaient bien trop occupés à se démolir pour s'inquiéter de moi.

— Je déteste ma mère, je la déteste, m'étais-je

répété plus tard devant le miroir de la salle de bains, après avoir passé de l'eau sur mon visage en feu.

J'avais douze ans. J'étais inconsolable. Il me semblait que mon enfance venait de prendre fin.

Le jour entrait par les volets disjoints. J'entendais le vent souffler. Nous étions pourtant au mois d'avril. Je n'appréciais guère ce climat qui ignorait les saisons. Ou plutôt qui les mélangeait sans discernement, dispensant de la pluie en été, un ciel bleu au mois de décembre, un brouillard glacé le plus souvent. Je m'étais couchée avec mon pull par-dessus mon pyjama en soie et de grosses chaussettes trouées au talon, que j'avais dénichées dans un placard.

La chambre sentait le renfermé. On ne s'en servait pas souvent. Le papier peint rose à fleurettes n'avait pas été changé.

— On ne te voit jamais, protestait ma mère. Ça ne sert à rien de faire des frais.

J'avais mal dormi. Le matelas était trop mou. A Paris, il me fallait tout un rituel avant que le sommeil l'emporte enfin. Deux oreillers, une bouteille d'eau minérale au pied de la table de chevet, les journaux repliés avec soin, mes carnets de notes empilés sur mes livres de cuisine, mes pantoufles alignées à la verticale du sommier. Les vêtements de la journée étaient accrochés dans mon dressing. Ceux du lendemain à cheval sur le dossier d'une chaise. Les fenêtres étaient closes, les rideaux tirés très exactement l'un contre l'autre.

Le désordre, quelle abomination. Comment s'abandonner sans crainte aux ombres nocturnes dans une chambre dévastée comme un champ de bataille ? Mais ici, aucun de mes leurres habituels ne marchait. Ni lecture, ni rangement, ni somnifères. Ce matin, j'étais

courbatue, en sueur, comme si j'avais combattu toute
la nuit des démons imaginaires.

Elizabeth m'avait forcée à venir. Pas en criant. Crier
m'était réservé. Des deux, c'était moi qui avais hérité
le mauvais caractère de notre mère. On redoutait mes
éclats de colère et mon ton cassant qui dépassait les
limites du désagréable.

Mais Elizabeth, non. De l'affabilité. De la gentillesse. A tout prendre, la colère était sans doute préférable à cette inflexible douceur.

Et les mots. Ces mots. J'aurais pu tuer pour moins.

— J'espère que tu ne veux pas encore lui faire payer
notre désaccord à son sujet. En tout cas, *moi*, j'y vais.
Depuis le temps que je m'occupe d'elle.

Elle avait dit « désaccord ». Comme s'il ne s'agissait que de cela. Cette façon qu'elle avait de feindre
la légèreté. Et cette insistance à vouloir m'expliquer la
vie, parce qu'elle s'épanchait deux fois par semaine
dans le cabinet d'une psychanalyste.

Je n'avais jamais compris cet engouement pour les
confidences intimes. Pourquoi fallait-il s'allonger à
tout prix ? Déverser sur un divan son trop-plein de
mal-être ? Exhiber ses dessous crasseux ? Les fous, les
malades, les vrais empêchés de l'existence, d'accord.
Mais les autres ? Comme si je m'étais jamais plainte
de mon enfance étriquée, de mon adolescence maussade, subies plus que vécues entre un père dépressif et
une mère névrosée. J'avais serré les dents, avancé, et
voilà tout. Le résultat n'était pas si mauvais.

J'exécrais cette impudeur jetée en pâture. Tous ces
accidentés de l'amour, ces contemplateurs de nombrils
qui épluchaient leurs ego minuscules chez les thérapeutes avec l'espoir incertain de guérir. Et guérir quoi,

au juste ? L'angoisse n'était-elle pas une composante immuable de l'être humain ?

Le pire était quand ils déshabillaient leurs pauvres moi en public. A la télévision. A la radio. Je me fichais bien de ce qui se passait dans leurs cerveaux mous de victimes. Ne voulais pas entendre leurs voix plaintives ni regarder leurs yeux larmoyants. Me moquais comme d'une guigne des petites tragédies de la planète souffrante. J'étais une très mauvaise confidente, au contraire d'Elizabeth qui attirait les remugles intérieurs, les misérables tas de secrets. Qui se délectait à comprendre et faisait son miel de conseils inutiles. La compassion, quelle perte de temps. Elizabeth en débordait. Les enfants, les animaux, les exclus, les éclopés. Une vraie Cour des miracles.

Ma sœur m'engluait dans les liens familiaux au nom de l'amour soi-disant obligatoire entre membres d'une même tribu. Je mettais toute mon énergie à résister à son emprise. Plus je tentais de m'échapper et plus Elizabeth s'insinuait. Tentait de m'aspirer dans ses filets. Je cédais, par lassitude.

Longtemps, ses rappels à l'ordre au téléphone avaient été quotidiens.

— Les parents se plaignent de ton silence ; papa est malade, ce serait bien si tu lui passais un coup de fil ; papa n'en n'a plus pour très longtemps, tu devrais aller le voir à l'hôpital, il te réclame ; depuis que papa est mort, maman est très seule, ce serait bien si...

Elle n'avait pas changé depuis notre enfance. Le même exaspérant mélange de perfection et de désinvolture. La même aptitude à donner des leçons aux autres. Elle savait tout, comprenait tout. Quelle prétention. Normalienne, agrégée de lettres, Elizabeth aurait pu choisir la fac, la recherche ou encore l'écriture. Les profs lisaient ses dissertations à voix haute. Elle écrivait des poèmes, inventait des pièces de théâtre pour nos poupées.

Mais elle avait préféré les montagnes de copies à corriger, les classes surpeuplées, les trajets en RER, les fautes d'orthographe. La frustration au quotidien au nom de la mission sacrée du pédagogue. Tout ce tintamarre pour devenir prof de lycée. Apprendre la littérature à des gosses de banlieue. Un sacerdoce. Une posture, plutôt. Il y a peu, elle avait enfin troqué les Zep pour un établissement d'excellence. Au moins était-elle correctement payée.

Contre toute attente, j'avais plutôt mieux réussi. Très tôt, j'avais décidé de briller là où ma sœur se montrait plus faillible. Elizabeth s'habillait à la va-vite d'un jean et d'un pull informe : j'apportais un soin particulier à ma toilette. Elizabeth n'aimait pas manger ; j'inventais des plats comme on compose une symphonie. Peu à peu, j'avais trouvé ma voie dans la cuisine.

Personne ne m'avait appris. Je m'étais construite seule à coups de volonté et d'ambition. A dix ans, je savais préparer un repas complet. A seize ans, j'avais déjà écrit à la main mon premier livre de recettes, dans un grand cahier quadrillé. A trente ans, j'en avais publié trois, tous best-sellers, traduits en plusieurs langues. Je dirigeais une collection de petits livres pratiques qui déclinaient ma passion culinaire. Produisais et présentais « La main à la Pat », un magazine hebdomadaire sur le câble. J'interviewais des chefs réputés, je présentais les dernières nouveautés culinaires, j'invitais des célébrités à exécuter avec moi leur plat préféré. Je venais de mettre au point une ligne de produits alimentaires qui portaient mon nom, vendus dans les épiceries de luxe.

Mon emploi du temps débordait de cocktails, de déjeuners et de dîners, de voyages gastronomiques, d'inaugurations mondaines. La reconnaissance avait du bon. Dans la rue, les gens m'interpellaient comme si je faisais partie de la famille. Ils me demandaient mes trucs. Imploraient des conseils. Leurs sollicitations m'exaspéraient, mais je ne pouvais pas les ignorer. Mon succès reposait sur eux. Même si Philippe gagnait beaucoup d'argent, je devais travailler.

— Une femme doit être indépendante financièrement.

Cette phrase maternelle m'avait marquée bien malgré moi. Mais ma mère était bien la seule qui n'appréciait pas mes talents. Quand je lui avais apporté fièrement mon premier recueil de recettes, préfacé par Alain Ducasse, elle l'avait feuilleté distraitement, sans même réagir à la dédicace que j'avais voulue drôle : « A ma mère, forte en gueule mais fine bouche. »

— C'est bien, c'est bien, tu as fait des progrès, avait-elle dit, avant de le ranger sur une étagère dont il n'était jamais ressorti.

Les suivants avaient subi le même destin. Quant à mes émissions, ma mère n'en soufflait jamais mot. Elle ne recevait pas le câble.

Elizabeth avait dû se lever. Je l'entendais, en bas, ranger la vaisselle, ouvrir les robinets. Ce qu'elle pouvait être maladroite. Nous n'avions rien en commun, ni au physique, ni au moral. Comment pouvions-nous être sœurs ? Cela avait toujours été un mystère. Penserait-elle à utiliser le café que j'avais apporté ?

J'avais choisi la veille quelques-uns de mes nouveaux produits pour les offrir à ma mère.

— C'est pour toi. Du thé vert. Excellent pour la mémoire. De la confiture d'oignons rouges. C'est moi qui les sélectionne. Regarde l'étiquette, il y a mon nom, ma signature.

Je n'avais pu m'empêcher de parler fort. Mais elle avait jeté un coup d'œil distrait vers les paquets.

— Oui, oui, avait-elle répondu sèchement, ne crie pas, je ne suis pas sourde. De la confiture d'oignons.

Dans sa bouche, ce mot n'avait pas plus de signification que si elle avait dit « cheval » ou « asperge ». Son état s'était sérieusement dégradé. En arrivant, j'avais eu un choc. En quelques mois, ma mère avait vieilli de dix ans. Ses cheveux blanchissaient aux racines, faute de teinture. L'ourlet de sa robe était défait. En temps normal, jamais elle ne se serait négligée. Elle était si coquette. Mme Bosco était censée l'aider à s'habiller, à se coiffer. Pourquoi la laissait-elle dans cet état ? Elizabeth avait passé une partie de la semaine précédente à Juilly. Comment n'avait-elle rien vu ? Ces détails domestiques étaient sans doute au-dessus d'elle.

Ma sœur avait tout de suite pris les devants. Elle s'était écriée d'une voix enjouée :

— Patricia, tout va bien, maman est un peu fatiguée. C'est normal, étant donné ce qui est arrivé. Mais elle sera vite en pleine forme.

Madame Tout-Va-Bien, dans son grand numéro d'optimiste. Notre mère ne serait jamais plus « en pleine forme ». La vie qu'elle s'était aménagée au « Clos Joli » pendant près de vingt ans lui avait pourtant bien réussi. Elle menait une existence tranquille dont elle se prétendait satisfaite. La solitude ne la dérangeait pas, bien au contraire. Elle ne connaissait pas l'ennui. Elle s'était abonnée à la bibliothèque d'Evreux, aux soirées du ciné-club, apaisait son appétit de querelles sur Mme Bosco qui l'aidait au ménage. La compagnie d'Elizabeth et de sa famille pendant les vacances et quelques fins de semaine suffisait à la combler. Et puis surtout, elle peignait. Je n'aurais jamais cru que cette tocade durerait si longtemps, ni que cette femme si agitée puisse demeurer autant d'heures immobile. Quand elle n'était pas au jardin, à soigner ses rosiers, elle y consacrait presque toutes ses journées.

Elle se rendait deux fois par trimestre à Paris, habitait alors chez ma sœur comme si c'était une évidence. Mon appartement était pourtant plus grand, plus confortable. Mais non, elle ne voulait pas déranger, elle avait l'habitude du désordre d'Elizabeth, des chamailleries de ses enfants. Chez moi, elle ne se serait pas sentie à l'aise. Je passais la voir quand Elizabeth était partie au lycée. Je détestais l'idée de nous retrouver toutes les trois ensemble. Depuis la mort de papa, nous n'étions plus une famille. L'avions-nous jamais été ?

J'agissais avec elle par devoir ou par convenance. C'est ainsi que je me représentais nos rapports. Je l'emmenais déjeuner dans un bon restaurant dont le chef était un ami. Ma mère commandait du gigot bien cuit et un gratin dauphinois.

— Prends autre chose. Essaye au moins. Tout est très bon ici.

Méfiante, elle s'en tenait à ce qu'elle connaissait. Elle critiquait le service, le cadre, ce qu'elle appelait le chiqué de l'endroit. J'avais fini par abandonner, comme j'avais renoncé à l'inviter chez moi : mes filles étaient mal élevées, je dépensais trop, pourquoi Philippe rentrait-il si tard, avais-je vraiment besoin de deux personnes à mon service ?

De mon côté, je n'allais presque jamais à Juilly. Mes allergies servaient de prétexte. Mon travail aussi, de plus en plus prenant, et mes obligations de plus en plus nombreuses. Philippe était devenu président de sa compagnie. Je recevais beaucoup, l'accompagnais dans ses sorties en ville. Nous avions une vie très remplie. Difficile de faire autrement.

— Je comprends, disait ma mère au téléphone. Ce n'est pas grave. De toute façon, Elizabeth sera là vendredi soir avec Richard et les enfants. Comment vont tes filles ? Il y a bien longtemps que je ne les ai vues. Tu les pourris toujours ?

Même adulte, je me sentais encore prise en faute. J'aurais voulu lui crier :

— Pourquoi n'es-tu pas fière de moi ? Quand m'accepteras-tu enfin ?

Mais ces mots-là ne venaient pas. Nos disputes se cristallisaient sur des broutilles.

Un an auparavant, ma mère avait eu des absences. Chercher les lunettes qu'elle avait sur son nez. Oublier où étaient rangés le café, le sel. Ne pas se souvenir de la place des outils de jardinage. Elle mentionnait ses distractions au cours de nos conversations hebdomadaires.

Elizabeth les avait mises sur le compte de l'âge.

— A soixante-dix-sept ans, c'est déjà formidable d'être si autonome.

Ma mère m'avait téléphoné un matin, très énervée. Mme Bosco était une voleuse. Depuis tant d'années qu'elle travaillait chez elle. A qui pouvait-on se fier ? Cette bague était tout ce qui lui restait d'Ewa avec une vieille photo jaunie. Le lendemain, le bijou était retrouvé dans le tiroir de sa table de nuit.

La situation avait traîné. Elle m'appelait sous divers prétextes, ce n'était pas dans ses habitudes. Il lui arrivait de se montrer très irritable, bien plus agressive qu'à l'accoutumée. Elle était seule, souffrante, fatiguée, des voleurs avaient soi-disant cambriolé la maison, Mme Bosco n'était pas venue depuis une semaine, ce que niait l'intéressée qui assurait son service tous les jours. A Evreux, elle avait cherché pendant cinq bonnes minutes la rue de la Harpe, où était situé son salon de coiffure. Elle y était entrée, paniquée, pour découvrir qu'elle avait oublié de prendre un rendez-vous.

Mon écoute était impatiente. Je n'avais pas toujours le temps. Elle m'interrompait au beau milieu d'une réunion, au cours d'une séance de montage. Je raccrochais après quelques vagues paroles rassurantes.

D'ailleurs le lendemain, elle allait mieux. Elle avait oublié ce qui s'était passé la veille. Ses plaintes, sa lassitude, ses changements d'humeur. Elle refusait cependant de consulter un médecin.

— Un peu de dépression, minimisait Elizabeth qui avait passé une partie des grandes vacances chez elle. Maman a besoin de compagnie. D'ailleurs, nous y allons tous ce week-end.

Début septembre, clouée au lit par une angine, j'avais regardé par hasard une rediffusion de l'émission « Ça se discute » sur TV5. Les malades filmés pour les besoins du reportage présentaient peu ou prou les mêmes symptômes que ma mère, oublis, confusions, trous de mémoire. Sans parler du reste, beaucoup plus grave encore, qui apparaissait au fur et à mesure des années.

Dès le lendemain, j'avais téléphoné au « Clos Joli ».

— Patricia qui ? avait demandé ma mère, avant de se reprendre. C'est que j'ai si peu d'occasions d'entendre ta voix...

Alertée, Elizabeth était demeurée silencieuse. Mais elle m'avait rappelée dans la journée. Elle s'était renseignée, avait pris un rendez-vous avec une gérontologue à Paris. Elle était allée chercher notre mère. J'avais dû tout annuler pour les accompagner. Après une série de tests à l'hôpital, la spécialiste nous avait convoquées. Elle avait confirmé mes craintes.

La maladie d'Alzheimer.

Le discours du médecin n'était pas optimiste. Notre mère faisait partie des « fast decliners », les patients dont l'état se dégradait très vite, au contraire des « slow decliners », chez qui l'évolution était plus lente. Ses symptômes allaient empirer. Aucune perspective d'amélioration jusqu'à l'issue finale. Mauvaise orientation dans l'espace et le temps. Troubles puis perte de la mémoire ancienne et récente. Perte de la pensée abstraite. Oubli des mots et des visages et même du langage. Les médicaments aideraient peut-être à freiner le processus de dégénérescence, mais seraient impuissants à l'en empêcher. Elle deviendrait de plus en plus dépendante, devrait renoncer à conduire.

Bientôt, elle ne pourrait plus vivre isolée à la campagne à moins qu'elle ne soit entourée nuit et jour. Une maison spécialisée pourrait l'accueillir. Il y en avait d'excellentes en région parisienne. Il était impossible de cohabiter avec de tels malades. Ou alors, nous étions condamnées à une vie de sacerdoce.

Voudrions-nous la mener ?

— C'est comme si son cerveau était une maison éclairée dont les lumières s'éteignent une à une, nous

avait dit la spécialiste avec un regard désolé. On ne
peut plus les rallumer ensuite. Un beau matin, la porte
se ferme pour toujours.

Elle nous avait serré les mains avec chaleur. Nous
étions sorties catastrophées de la consultation.

Ma mère nous attendait, assise sur une chaise dans
le couloir. Son sac à main était posé sur ses genoux.

— Mais vous en faites une tête ! L'une de vous
deux n'est pas malade, au moins ?

Il fallait nous débarrasser du « Clos Joli ». Installer
notre mère dans un lieu où elle recevrait des soins
appropriés. 3 000 euros par mois, avait indiqué la
gérontologue. La vente de la maison et les placements
de ma mère suffiraient sans doute à couvrir les frais.
J'étais prête à rajouter le complément, s'il le fallait. Je
ne lésinerais pas sur son confort. On lui trouverait un
bon établissement à Paris, ou dans les environs proches. Philippe avait des amis médecins, des appuis au
ministère de la Santé. Un coup de fil pourrait se révéler
utile.

Nous étions attablées dans la salle à manger d'Elizabeth qui avait insisté pour servir du café. Infect
comme d'habitude. Ses trois enfants étaient en classe.
Ma mère se reposait dans la chambre de l'aîné. Je
détestais l'appartement de ma sœur. Trop de désordre.
Trop de couleurs. Partout des livres rangés dans des
bibliothèques Ikea ou empilés à même le plancher,
rappelant que ma sœur avait voué sa vie à la littérature.
De gros coussins bariolés, constellés de taches diverses. Des objets inutiles posés sur des meubles en pin.
Des kilims au sol. Des photos de famille encadrées.
Des affiches, de pièces qui ne se jouaient plus, d'ex-

positions depuis longtemps terminées, punaisées à
même les murs où elles achevaient de se défraîchir.

Au-dessus du canapé recouvert d'un tissu de velours
rouge, Elizabeth avait accroché une toile de ma mère.
Je m'étais surprise à la regarder. Depuis quelques mois,
elle peignait le même visage. Notre grand-mère Ewa.

Pour Elizabeth, les choses étaient limpides. Une
maison de santé la tuerait. D'ailleurs, elle refuserait
d'y aller. Et quand bien même. Voulions-nous la voir
finir son existence ainsi ? Sa peinture, son jardin
étaient toute sa vie. On ne pouvait pas les lui retirer si
brutalement. Deux ans, c'étaient deux ans, pendant
lesquels on envisagerait toute sorte d'accommode-
ments. Il serait toujours temps de réfléchir à la suite.

Ma sœur me parlait comme toujours de façon
péremptoire, en jouant avec ses petites lunettes rondes,
un tic qu'elle avait conservé de son adolescence. Son
paquet de Camel et son briquet étaient posés sur la
table. Mais elle n'avait pas osé allumer de cigarette à
cause de mes allergies.

— J'ai regardé sur Internet, lu des tas de choses sur
le sujet. J'ai téléphoné à l'association France Alzheimer. J'ai même demandé à ma psy. Il existe autant de
formes de maladies que de malades. Il y a des évolu-
tions lentes, même dans son cas. Le plus important,
c'est de bien l'entourer.

Mme Bosco serait là toute la semaine, dimanche
compris, du matin jusqu'au soir. Depuis le temps
qu'elle travaillait pour notre mère, il n'était pas question que quelqu'un d'autre s'occupe d'elle à sa place.
On pouvait lui faire confiance. C'était comme si elle
faisait partie de la famille. Elle se chargerait des courses, du ménage, de la cuisine, lui donnerait ses médicaments matin et soir, nous rapporterait précisément

ses faits et gestes. Plus tard, on lui adjoindrait quelqu'un pour la surveiller la nuit.

— Mais nous n'en sommes pas encore là. Il va juste falloir la dissuader de conduire.

Elizabeth avait tout prévu comme un général avant la bataille. Il n'était pas question pour le simple soldat que j'étais de discuter ses ordres de gradé. J'attendais le moment où ma sœur sortirait une carte d'état-major, y indiquerait nos positions, dresserait nos emplois du temps. Je n'aurais plus qu'à opiner. Nous allions nous organiser. Appeler ma mère plusieurs fois par jour. Passer un week-end sur deux chez elle, à tour de rôle, ainsi qu'une partie des vacances. La présence de ses petits-enfants lui ferait beaucoup de bien. Elle ne voyait pas si souvent mes filles.

Ma sœur se disait prête à demander une disponibilité au rectorat, même si elle n'avait pas de gros revenus. Elle appuyait sur ces derniers mots pour montrer l'étendue de son sacrifice. Quant à moi, je pourrais bien « m'arranger avec mon job ». M'arranger. Comme si c'était facile. Avec la montagne d'ennuis qui me tombait dessus en ce moment. La chaîne n'attendait qu'un faux pas, une baisse d'audimat, pour reprendre mon créneau horaire. Et pourquoi Elizabeth employait-elle le mot « job » ? Une émission culinaire sur le câble n'était donc pas un métier ? Seulement un passe-temps de bourgeoise ? C'était méprisant à la fin cette façon de classifier les gens. Et si simple de faire le bien d'autrui à distance.

Notre mère ne pouvait plus vivre isolée à la campagne. C'était une évidence. Même avec Mme Bosco à ses côtés. D'ailleurs, cette dernière n'était plus si fiable. Elle aussi vieillissait. Qui ferait les gros travaux de ménage ? Qui s'occuperait du jardin ? Et si notre mère se blessait ? Se perdait ? Elizabeth n'avait aucun sens des réalités. Elle n'en avait jamais eu, toujours encline à rêver sa vie, à poursuivre des chimères.

Mais je la soupçonnais du pire. Conserver « Le Clos Joli » l'arrangeait. Elle n'avait pas les moyens d'acquérir une autre maison de campagne, pas non plus l'argent pour racheter ma part au cas où il nous faudrait la vendre. Le bien-être de ma mère primait, mais jusqu'à un certain point, c'est-à-dire le sien. J'étais sans doute égoïste, mais bien moins intéressée qu'elle.

Moi, je savais parfaitement ce qui convenait à notre mère. Je n'avais pas besoin de lire des thèses médicales ni de perdre mon temps sur Internet. C'était une simple question de bon sens. Le médecin n'était pas optimiste. Dans six mois, nous serions bien avancées avec une démente – je prononçai ce mot terrible à dessein – sans endroit pour l'accueillir. Les listes d'attente étaient interminables.

Je me promenais de long en large, dans la pièce. Quand je me tus, j'étais essoufflée d'avoir tant crié. Je dus m'asseoir à nouveau pour retrouver mon calme.

Les yeux d'Elizabeth brillaient. Je détournai les miens.

— C'est la seule solution. Je connais bien maman. Depuis le temps que je m'en occupe.

— Tu vas à Juilly parce que ça te convient. Tu as annexé la maison pour ne pas m'y laisser de place.

— Tu n'as jamais aimé cet endroit. Et puis, qu'est-ce que tu as fait, toi, toutes ces années pour elle ? C'est moi qui lui tiens compagnie, moi qui suis au courant de ses factures et de sa paperasse, moi qui dénoue les problèmes. Où étais-tu quand elle te réclamait ? Et maintenant tu voudrais la mettre à la casse ?

— Heureusement qu'elle a une fille...

Je m'étais levée, avais pris mon sac, mon manteau. J'étais sortie sans un mot en prenant soin de ne pas claquer la porte.

Depuis, nous nous évitions. Tous les mois, Elizabeth allait chercher ma mère pour l'accompagner chez la gérontologue. Elle me téléphonait ensuite pour donner des nouvelles, toujours empreintes d'optimisme. Elle s'arrangeait pour passer au « Clos Joli » le plus de temps possible. Elle y avait séjourné à la Toussaint, puis pendant les vacances de Noël.

— Non, ça ne dérange pas Richard et les enfants. Ça a été très gai. On a beaucoup rigolé.

En huit mois, je n'étais allée à Juilly que deux fois. Jamais en même temps que ma sœur. Je venais pour l'après-midi. Soixante minutes à l'aller comme au retour, puis une toute petite heure avec ma mère. Son regard insistant me suppliait de rester dormir. Je feignais de ne pas comprendre. C'était plus fort que moi. Je me sentais si légère quand je franchissais la barrière de bois blanc pour regagner ma voiture et rentrer à Paris.

Malgré les dires d'Elizabeth, son état s'aggravait. Quelquefois, elle me fixait sans sembler me reconnaître, comme si toute intelligence s'était retirée de ses yeux vifs. Elle butait sur certains mots, en oubliait d'autres. Par bonheur, elle avait encore de nombreux moments de lucidité. Je l'interrogeais sur d'anciens épisodes de sa vie pour titiller ses souvenirs, comme le médecin nous avait recommandé de le faire.

— Oui, oui, répondait brusquement ma mère, je me souviens, pourquoi rabâches-tu les mêmes choses tout le temps ? Tu me traites comme si j'étais malade. C'est pénible à la fin.

Ce ton abrupt me soulageait. Il me rappelait le passé. Ma mère possédait encore assez de forces pour se montrer désagréable. Les antidépresseurs prescrits par le médecin l'avaient pourtant rendue plus aimable. Mais toujours pas avec moi.

Ce qui lui restait de mémoire s'accrochait à des détails de la vie quotidienne. Parfois aussi elle sombrait dans le mutisme et n'ouvrait plus la bouche. Ou alors elle se répandait en bêtises, confondait les époques, parlait de papa comme s'il était vivant, de nous comme si nous étions encore des enfants.

Trois jours auparavant, Elizabeth m'avait appelée au bureau. Je préparais une émission spéciale sur Jamie Oliver et Nigella Dawson, les deux petits génies de la cuisine anglaise. La voix de ma sœur était teintée d'angoisse. Notre mère avait disparu le matin même. Une fugue. La première.

Après l'avoir cherchée partout, Mme Bosco l'avait récupérée une heure plus tard, en robe de chambre, errant dans le jardin des voisins.

— J'y vais vendredi soir. Viens me rejoindre. C'est devenu trop difficile.

— Mais puisqu'on l'a retrouvée...

Encore une fois, j'avais cédé, sans doute pour ne plus entendre ses reproches. Et puis me laissait-elle le choix ? J'avais avancé l'enregistrement d'une journée pour me sentir plus libre. Nous nous étions donné rendez-vous au « Clos Joli ». Avant de partir en voyage d'affaires à Moscou, Philippe avait passé un coup de fil à son ami professeur. Celui-ci nous avait trouvé une place aux « Platanes », un établissement résidentiel de la banlieue Ouest. C'était cher, évidemment. Mais on n'avait rien pour rien.

Cette fois, Elizabeth serait bien obligée de m'écouter. La veille, j'avais ébauché le sujet mais il était difficile de parler devant ma mère. Après le dîner préparé par Mme Bosco dont la cuisine laissait de plus en plus à désirer, un poulet mal cuit, un gratin de choux-fleurs carbonisé, une tarte aux pommes spongieuse, nous étions montées directement nous coucher, trop fatiguées pour discuter.

Ma montre indiquait neuf heures. Je m'étais rendormie. J'éternuai deux fois puis je me levai, épuisée, mécontente. J'avais hâte de rentrer.

2. Thomas

La voilà qui sort toute nue de la chambre en tortillant son petit cul, sûre de son effet, dans un grand fracas de portes qui claquent. Elle aurait dû faire du théâtre. Grande comédienne. Un talent fou. Névrosée du bout de ses jolis pieds soignés, jusqu'à ses cheveux aux reflets roux qui brillent comme dans un clip pour shampooing. Quel plaisir de la provoquer juste pour constater que la colère la rend encore plus excitante. Je remonte la couette jusqu'au front, je cache ma tête sous l'oreiller.

Gestes inutiles. Elle ne me laissera pas me rendormir.

Et allez donc. La symphonie des robinets de la baignoire commence, avec le concerto pour sèche-cheveux accompagné de beuglements qui prétendent ressembler à une rengaine R'n'B. Beyonce Knowles revue et corrigée par Bart Simpson. Il ne manque que le ronflement de l'aspirateur et le staccato du lave-linge et le grand orchestre domestique sera au complet. Si elle veut me faire perdre mon calme, c'est presque réussi. Presque. Je commence à connaître ses pièges. Reste à éviter la surdité définitive.

— Chloé, arrête, s'il te plaît. Chloé. ARRÊTE
TOUT DE SUITE CE BOUCAN.

Elle ne veut rien entendre. Avec elle, on ne sait
jamais ce qui va se passer. Les montagnes russes en
permanence. Elle se réveille exceptionnellement tôt,
exceptionnellement de bonne humeur, avec des gro-
gnements de chatte en émoi. Elle se frotte contre moi,
me frôle le ventre de ses doigts légers, descend doucement vers mon ventre en me chatouillant du bout de
sa langue, ouvre sa bouche ravissante. Quand je suis
sur le point de m'abandonner tout à fait, elle se
redresse, me fixe dans les yeux, presque méchamment.

Encore un jeu ?

Je souris. J'attends. Elle secoue alors la tête et me
pose une seule question. La garce.

Ma réponse est identique à celle d'hier. Nous avons
déjà eu une scène à ce sujet. Je fatigue.

— Mon bébé, je te l'ai déjà dit et répété. Nous
n'allons pas à la fête de Vanessa, ce soir. Nous partons
tout à l'heure à la campagne. J'ai pris rendez-vous en
fin de matinée avec un agent immobilier.

La caresse reste alors en suspens et mon érection
aussi. Elle ébauche une grimace qui, en langage
Chloéien, signifie qu'elle va se mettre à pleurer. Elle
tord ses lèvres couleur de framboise mûre, fronce son
absence de nez, plisse les yeux comme si elle avait
quatre ans et demi. Je la console en la serrant affec-
tueusement contre moi. Là, là, mon bébé, ce n'est rien,
ne pleure pas. Mon cœur s'amollit tandis que mon sexe
durcit. Trop tard. Elle se lève et vlan. Les murs en
tremblent.

Depuis que je l'ai rencontrée, ma vie est un chaos.
Les jours succèdent aux jours dans une confusion

extrême. Trop content quand je peux travailler, parler,
agir comme si j'étais toujours ce type normal, Thomas
Larchet, quarante ans, architecte DPLG, un mètre
quatre-vingts un peu mou, une forte myopie corrigée
par des lunettes cerclées de métal, encore pas mal de
charme malgré un début de calvitie qui dans quinze
ans me fera ressembler à mon père.

Cette rouquine qui s'y entend pour me rendre dingo
a fait exploser mon compteur érotique. Avec elle, je
suis capable de n'importe quoi, n'importe où. Dans un
ascenseur. Sous la douche. A l'arrière d'une voiture
garée dans un parking. A cent à l'heure sur l'autoroute.
J'ai une prédilection pour les chambres de palace, elle,
pour les toilettes des boîtes de nuit où elle m'entraîne.

Elle est devenue mon oxygène et ma drogue. Elle
m'obsède le jour comme la nuit. Je ferme les yeux et
je la possède. Dans mes rêves, je pense à la meilleure
façon de la consommer, en cannibale ou en fin gourmet. Mordre dans ses petits seins qui ressemblent à
deux brugnons sucrés. Lécher sa peau ambrée comme
une crème au caramel. Sucer son nombril rond percé
d'un anneau minuscule. Tout est délices.

Je réserve le meilleur pour la fin, le festin du roi, le
morceau de choix, son sexe velouté au goût de cannelle
et de girofle. M'étourdir de senteurs. Boire jusqu'à
m'enivrer. L'avaler tout entière. J'enfouis mon nez, ma
bouche, mes lèvres, ma langue se débride comme un
animal trop longtemps captif. Son petit ventre palpite
et se cambre. Elle gémit. Je me déchaîne. Entrer en
elle, c'est découvrir que le Paradis n'est pas un leurre.
Si Dieu existe, il me fera mourir repu dans ses bras de
déesse.

Au sortir du lit, commencent les ennuis. A la verticale, nos relations tiennent au mieux de la guérilla sourde. Versatile, capricieuse, immature, jalouse, elle s'applique à bousiller mon existence. Elle y réussit sans faillir.

— Une chieuse opportuniste, résume Eric, mon meilleur ami et associé.

Eric a suivi son manège pour me séduire, quand elle vivait encore avec ce malheureux architecte que je venais d'engager pour me seconder sur les chantiers en province. Dès que je l'ai vue – un pot à l'agence où elle l'accompagnait – je suis tombé en arrêt cardiaque devant elle. Coup de foudre, coup de cœur, coup de sang, coup de tête. On peut appeler ça comme on veut. Pendant trois mois, je me suis arrangé pour que son fiancé séjourne le moins possible à Paris.

Le résultat ne s'est pas fait attendre. Elle l'a quitté pour moi. Plus tard, j'ai appris qu'il n'attendait que ça.

Depuis, c'est le grand naufrage. Je m'accroche à elle comme à une bouée qui m'enfonce plus qu'elle ne me maintient hors de l'eau. Lucide sur mon sort, comme un ivrogne qui contemple amoureusement sa bouteille, en sachant qu'elle est à la fois sa perte et la raison de sa survie.

La voilà qui ressurgit dans la chambre. Toujours nue et toujours bandante. Des muscles, des nerfs, de la chair ferme, bronzée de haut en bas, un peu plus claire sur les fesses. Des jambes de pur-sang, genoux osseux, mollets et chevilles dessinés au millimètre près par un peintre soucieux de respecter les canons de la beauté classique. Pas un gramme en trop, pas un soupçon de graisse ni de cellulite, mots honnis entre tous. Il faut dire qu'elle se donne du mal, toujours entre deux régimes, deux séances d'abdos. Une droguée de la perfection physique. Une obsessionnelle de l'apparence.

Son regard a changé. Dans ses yeux vert anis, la colère a fait place à un semblant de douceur. Un ange tombé de son nuage. Je crois plus volontiers que le diable est son sulfureux patron. Un boss imaginatif et délirant qui, non content de lui souffler des idées impossibles, lui fait croire qu'elles sont réalisables.

Elle se glisse dans le lit, s'approche de moi puis, en se trémoussant, vient chuchoter à mon oreille.

— S'il te plaît, oh, s'il te plaît, dis oui, annule l'agent immobilier, on ira une autre fois. Vanessa va être déçue. Elle a invité tout Paris.

Je ne veux pas aller chez Vanessa. Ce « Tout-Paris » m'assomme. L'idée de rencontrer quelqu'un qui va me demander « comment va le boulot ? » m'épuise à l'avance. Je vais sourire, marmonner un vague « super », changer de conversation, faire remarquer que décidément les fêtes de Vanessa sont le plus beau rassemblement d'« ex » qui puisse se trouver sur la place (encore heureux qu'Hélène n'y soit pas invitée, jusqu'à présent, j'ai pu éviter une rencontre inopportune). J'expliquerai alors d'un ton décalé de sociologue de salon, un verre de Chivas à la main, que c'est ça maintenant la vie moderne, le bal des divorcés, un chassé-croisé de couples en instance de débâcle ou sur le point de se recomposer.

Mon humour n'amusera pas Chloé qui fixera un point au fond de la pièce en espérant rencontrer quelqu'un qui pourrait la sauver. Elle se dirigera vers le bar. Je ne la suivrai pas. Je n'aurai pas envie de la regarder boire et devenir de plus en plus joyeuse. Je m'effondrerai tout seul dans un coin, l'humeur sombre, éclusant mes whiskys, pestant contre toutes ces soirées peuplées de clones dont la vacuité n'a d'égale que la bêtise.

Son amie Vanessa. Une peste. Le blond Madonna de ses cheveux lisses, son décolleté qui dévoile ses seins refaits, ses cuisses musclées par des heures d'aquagym dans un club huppé dont la cotisation représente le budget annuel d'une famille de paysans malgaches, ses sandales importables inventées par des chausseurs hystériques, qui rehaussent son cul inexistant et étirent ses jambes filiformes. Et Stan, son fiancé du moment. Producteur ou quelque chose. Dans les médias, cela va de soi. Sourire plus blanc que blanc, lunettes rectangulaires, costards d'une sobriété hors de prix portés avec des baskets de cuir montantes. Il la quittera pour la même. Elle se consolera avec son double.

— Tu pourrais répondre quand même quand je te parle. Oh, et puis si tu veux tout savoir, j'en ai marre...

La porte de la chambre claque à nouveau. Celle de la salle de bains aussi. Depuis que j'ai compris comment me comporter devant ses sautes d'humeur, je m'économise. Ne pas bouger, ne pas répondre. Plus tard, après l'amour, je lui proposerai un marché. Si elle accepte de m'accompagner à « La Pommeraye », je lui promets de rentrer en fin d'après-midi, juste à temps pour nous changer et nous rendre chez Vanessa. En réalité, je compte bien trouver un prétexte sur place, un pneu crevé, une panne d'essence, une fièvre subite, pour passer la nuit là-bas et échapper à cette corvée festive. C'est sans doute égoïste de ma part, mais en matière d'ego, j'ai trouvé mon maître avec elle. Je n'ai pas très envie d'accomplir tout seul le trajet en voiture. Et puis, dans les négociations, elle peut se montrer excellente. Souvent je me dis que seul l'argent l'inté-resse. Le sexe, un petit peu. L'amour, c'est trop lui demander.

A force de réfléchir à ma situation financière, une idée simple m'est venue. Je donne l'exclusivité sur la maison à une agence immobilière et j'accepte un prix fictif à la baisse. Au moment du divorce, nous nous arrangeons sur la différence qui me sera payée en liquide. Si je leur signe un bout de papier tout de suite, peut-être même pourrais-je obtenir une avance. Tout le monde y gagnera, sauf Hélène, mais comment le saurait-elle ? D'abord, elle n'entend rien aux chiffres. Ensuite, ses parents ont largement de quoi la faire vivre jusqu'à la fin de ses jours.

D'ailleurs, cette maison a pris une valeur considé-rable grâce à moi. D'une ruine isolée, achetée ensem-ble au temps de notre grand amour, j'ai reconstruit un petit bijou. J'ai percé le toit pour agrandir les lucarnes, transformé les fenêtres du rez-de-chaussée en larges baies vitrées afin de profiter de la lumière, réaménagé l'espace intérieur, cassé des cloisons, fait poser des parquets, installé des salles de bains modernes. Hélène s'est occupée de la décoration. Le bon goût est ancré dans ses gènes. « La Pommeraye » a été un havre de paix, un îlot de bonheur, le témoin de jours heureux.

C'était il y a un siècle.

La convention signée chez l'avocat en attendant les papiers officiels nous en a donné la jouissance, un week-end chacun. Mais je ne m'y sens plus à ma place. En huit mois, je n'y suis allé qu'une seule fois avec les filles. Je devais les prendre pour passer avec elles la deuxième semaine des vacances de printemps, mais Chloé a menacé de me quitter parce que je la négli-geais. Elle n'a pas tort. Pour un architecte, certaines

expressions ne veulent rien dire : RTT, horaires,
congés payés. Je me suis donc défilé en prétextant un
chantier à boucler en urgence, ce qui était malheureusement vrai.

Seulement Hélène n'a pas cédé comme elle le fait
d'habitude.

— Je ne peux pas m'occuper des enfants, je pars
pour Londres... Et puis, c'est *ton* tour, non ?

Les congés scolaires, comme les pensions alimentaires, sont pour les parents divorcés un second motif
de rupture. Quand on pense que les psychologues insis-
tent sur la bonne tenue du couple parental. Un non-
sens. C'est après la séparation qu'on se déteste le plus.
Hélène aurait pu s'arranger. Je suis sûr qu'elle a organisé au dernier moment cette histoire de voyage, pous-
sée par cette punaise de Marion qui n'a jamais pu me
supporter. Hélène n'a même pas d'amant officiel. Ce
n'est pas comme moi. J'ai des obligations avec Chloé.

Après une dispute assez rude au téléphone, elle a
appelé mes parents et leur a annoncé qu'elle leur expé-
diait les enfants à Nice, où ils coulent une retraite
heureuse. J'ai dû me débrouiller avec ma mère, une
Italienne comme on n'en fait plus. Elle a séduit mon
père si discret avec ses yeux de braise, ses colères
feintes et ses recettes de spaghettis. Elle crie, il rit. Ils
mangent. Cela fait quarante ans que leur histoire dure.
Ils se sont rencontrés à Paris, quand elle est venue
suivre les cours de l'école du Louvre. Ils avaient tous
les deux largement dépassé la trentaine. Je suis un
enfant de vieux amoureux.

Aucune femme au monde n'était digne de mériter
son fils unique. Même pas Hélène. Mais depuis que
nous sommes séparés, elle lui trouve toutes les qualités.
Elles n'ont jamais été aussi proches. Ma mère en pro-

fite pour dénigrer Chloé dont elle pressent le pire. Au moins Hélène Dupré-Martin avait un pedigree, fille de bourgeois, nom composé, tout cela fleurait bon la France respectable. Comme papa quand elle l'a épousé.

Mais Chloé Herrera ? D'où sort-elle, celle-là ? De quinze ans plus jeune que moi, bac moins cinq, père inconnu, mère démonstratrice en produits de beauté aux Galeries Lafayette, un quart métisse, elle cumule toutes les tares. Ma mère ne l'a jamais rencontrée – je ne suis pas stupide – mais elle interroge mes filles jusqu'à ce que sa triste opinion se confirme. Je suis le jouet d'une « *putana* » qui m'a mis le grappin dessus et se comporte avec les « *poverine* » comme la marâtre de Cendrillon.

Chaque fois que je l'appelle, elle finit toujours par grogner :

— Encore avec cette... ?

Chaque fois, je lui raccroche au nez.

Ce divorce décidé par Hélène a été un beau gâchis. Quel homme, de nos jours, a les moyens de verser une substantielle pension alimentaire à son ex-femme ? Et de céder dans le même temps aux caprices d'une maîtresse qui montre un insatiable appétit pour la dépense ? Pas moi. A force d'emprunter de l'argent à ma banque, mon découvert se creuse de façon inexorable. Aucun espoir de le combler, du moins dans un avenir proche. Ou alors il faudrait que je gagne au loto. En attendant, spéculer sur la vente de « La Pommeraye » fait partie des urgences.

Pas question de compter sur l'agence. Eric et moi, nous nous battons pour la maintenir à flot. Nous nous sommes associés une fois notre diplôme en poche. Au début, tout a très bien marché. Concours, publications, récompenses. Norman Foster, Renzo Piano, Rem Koolhas n'avaient qu'à bien se tenir. Je ne sais plus comment cela s'est passé ensuite, mariages, enfants, divorces, besoin d'argent frais, mais aujourd'hui nous nous contentons de peu. En tout cas, de ce qui rapporte. Trop heureux quand les fins de mois sont bouclées, et champagne lorsque les contrats tombent. La gloire sera pour une autre existence.

En plus de la pension, j'ai encore l'école privée des filles, leurs vacances, le poney club et les cours de dessin, le loyer de mon nouvel appartement, les traites de l'ancien que j'ai laissé à Hélène dans un grand élan de générosité. Sans compter Chloé qui a subitement quitté son job il y a six mois, parce qu'elle ne veut pas devenir une vieille attachée de presse. En attendant de trouver mieux – il n'est d'ailleurs pas sûr qu'elle cherche – elle passe trois heures par jour au Gymnase Club pour s'entretenir pendant que je l'entretiens.

Notre histoire est le fruit de la fatalité. J'aime ce mot qui respire la tragédie grecque. D'ailleurs, c'est en Grèce que tout a si mal tourné. Pourquoi Hélène a-t-elle insisté pour passer quinze jours, en août, dans une île du Dodécanèse ? Je ne voulais pas partir en vacances. Pas question de laisser Chloé seule, dans un monde rempli de prédateurs plus fortunés que moi.

Une île me semblait la fin de tout, le bout de l'univers. Mais quand un homme se sent coupable, il dit oui. Comment font ceux qui ne se laissent jamais dicter leur conduite par la voix de leur conscience ? Ma conscience me disait de consentir à tout ce que désirait ma femme, pourvu qu'elle me fiche la paix. Dans l'instant, une maison jaune aux volets bleus, située dans un mouillage pour dépliant touristique, flanquée d'une taverne à droite, d'une taverne à gauche. Tout autour, de la flotte, marine, turquoise, transparente. Imbuvable. Et des bateaux par dizaines, postés comme des sentinelles prêtes à donner l'alerte, au cas où je chercherais à m'enfuir.

La fatalité, toujours elle, a tout de suite informé Hélène de son infortune. Deux jours après notre arrivée dans cet endroit détestable où même la langue était une agression délibérée à mon encontre, elle a voulu transférer sur mon ordinateur portable des photos des filles prises avec l'appareil numérique. Comment est-elle tombée sur un cliché de Chloé nue, allongée sur le lit d'une chambre de palace ?

Sur la table de nuit, on distinguait un seau à champagne et deux verres. J'étais pourtant certain de l'avoir effacée, après l'avoir gravée sur un CD, avec d'autres du même genre. J'ai bien tenté de lui faire croire que j'avais téléchargé la photo sur Internet. Mais Chloé brandissait comme un trophée la cravate Paul Smith à rayures qu'Hélène m'avait offerte pour la fête des Pères. C'était juste avant qu'elle ne me suggère de lui attacher les poignets.

Ces vacances en Grèce ont été l'un des pires moments de mon existence. Des sanglots, des discussions stériles quand les petites étaient couchées, car la journée il fallait faire semblant devant elles. Jusque-là, Hélène et moi avions rarement eu des mots dissonants, des phrases hostiles. Notre mariage baignait dans une harmonie confortable.

— Chéri ?

— Mon amour ?

— Tu es bien ?

— Je suis bien.

Mais après tout, si notre vie conjugale avait été à

ce point palpitante, pourquoi avais-je succombé si fréquemment aux charmes de l'adultère ? Rien de bien
sérieux, cependant. Deux ou trois secrétaires, quelques
stagiaires, l'assistante de mon dentiste, une fille prise
en stop un soir de grève des transports, la serveuse du
bistro en face de l'agence, une hôtesse de l'air, l'ex de
mon copain Paul, la baby-sitter irlandaise des filles,
une amie de pension d'Hélène. Cette dernière avait été
la plus difficile à larguer. Des histoires sans consé-
quences, vite consommées, vite oubliées.

Rien à voir avec Chloé.

Comment Hélène n'a-t-elle pas soupçonné l'évidence ? Je m'efforçais d'être discret, mais le rythme
des nuits de charrette s'est soudain précipité sans
qu'elle y trouve à redire. Mon changement d'attitude,
mes regards dans le vague, ma distraction nouvelle ne
l'ont pas non plus étonnée. S'intéressait-elle si peu à
mes faits et gestes ? M'aimait-elle comme elle le prétendait ?

Je comparais la folie de Chloé et le caractère retenu
de ma femme. Ce n'était pas à son avantage. J'oubliais
que cette pudeur m'avait longtemps charmé. Face aux
éruptions de ma mère, sa blondeur et son calme étaient
pour moi le comble de l'exotisme. Mais la veille de
mon départ pour la Grèce, Chloé avait glissé un bout
de chiffon rouge dans la poche de ma veste.

J'ai cru qu'il s'agissait de son mouchoir.

— Un souvenir, a-t-elle murmuré en éclatant de
rire.

C'était son string qu'elle venait d'ôter. Quelle
femme est capable d'un tel geste ? Pas la mienne, me
disais-je en serrant dix fois par jour contre mon visage
le minuscule tissu empreint de son odeur.

Je me levais au milieu de la nuit, gagnais le ponton

qui donnait sur la baie. J'embrassais du regard le ciel étoilé. Je soupirais, aspirais en une longue goulée l'air marin chargé du parfum puissant des figuiers. Puis j'appelais Chloé. Je ne réussissais pas à la joindre. Où était-elle ? Que faisait-elle ? Suivait-elle vraiment, en Provence, ce stage de danse sportive ? Pensait-elle à moi ? Quels hommes la regardaient ? Je bombardais de textos son portable. Elle ne répondait jamais.

Mon envie d'elle s'accroissait, il me semblait que plus jamais je ne pourrais caresser sa chair tendre. Je fermais les yeux, elle dansait devant moi, nue et offerte. Je me réveillais brusquement, les mains tendues, mais déjà elle était loin, hors d'atteinte.

Toute cette eau qui nous séparait.

— Ce n'est pas grave, ça va passer, disais-je à Hélène lors de nos rares moments de répit, je dois prendre du recul.

Ou encore – et j'étais presque sincère :

— Je ne pourrais pas vivre sans toi et sans les filles.

La nuit, je poursuivais Chloé qui me narguait en riant. Au matin, j'annonçais à ma femme que je voulais prendre un nouveau départ dans l'existence. Moi aussi, j'avais droit au bonheur. A quarante ans, le temps m'était compté. Il fallait que je me dépêche. La vraie vie m'attendait au-dehors. Jusqu'à ce qu'un mot drôle d'Inès, un sourire d'Alice, le visage chiffonné d'Hélène me fassent revenir en arrière.

Au bout d'une semaine de ce régime infernal, Hélène m'a sommé de choisir. En adulte, m'a-t-elle précisé de sa voix Dupré-Martin qui affleure de temps à autre quand elle est en colère. J'ai voulu repartir pour Paris où Chloé était enfin rentrée, mais tous les vols étaient complets. Je me suis résigné non sans mal à demeurer prisonnier dans l'île en attendant ma délivrance.

Hélène m'a exilé sur le divan du salon. Même en Grèce, il était difficile de trouver plus spartiate. Une paix bizarre s'est installée dans la maison. On se croisait au petit déjeuner, on se taisait pendant les repas sauf pour répondre aux questions des filles.

Elle lisait très tard dans son lit, cependant que je contemplais la mer jusqu'à une heure avancée de la nuit. Le corps de Chloé virevoltait dans les vagues.

« Drôle de famille, me disais-je. Demain, peut-être, nous ne formerons plus un tout mais quatre éléments distincts, elles trois d'un côté et moi d'un autre. Comment cela sera-t-il possible ? »

Cet avenir que je ne maîtrisais pas me faisait frissonner. Rompre avec Chloé me paraissait insurmontable. Partir de chez moi ressemblait à un cauchemar. Dès notre retour, Hélène a prononcé les mots tant redoutés. J'ai compris que c'était sans appel. Mes bagages non défaits m'ont précédé sur le palier.

« Du provisoire, me disais-je en appuyant sur le bouton de l'ascenseur. Une crise de couple, un mauvais moment. Je règle tout ça et dans trois mois, six tout au plus, je reviens. »

A peine arrivé au rez-de-chaussée, j'ai cherché mon portable. Et j'ai annoncé à Chloé que j'avais tout quitté pour elle.

Le provisoire étant, comme chacun sait, ce qu'il y a de plus durable, neuf mois après avoir laissé femme et enfants, je campe dans un trois-pièces meublé de façon sommaire où chaque jour Chloé installe un peu plus de désordre. Elle m'assomme de projets irréalisables, prendre un grand appartement ensemble, se

marier, avoir un bébé. Elle ignore tout de ma situation
financière, croit qu'elle est montée en grade en séduisant le patron d'une agence d'architecture branchée du
Marais.

Je ne la détrompe pas. Il vaut mieux rester flou sur
l'argent comme sur notre futur possible. Il m'arrive de
regretter mon ancienne vie au train-train lénifiant.
Même ennuyeuse, la tranquillité avait parfois du bon.
Je n'ai pas tout gagné en quittant Hélène. Mes amis se
sont rangés dans le camp de ma femme. Ceux qui ne
m'envient pas pensent que je suis devenu fou.

Les premiers temps, être un père célibataire m'a
paru délicieux. Plus de réveils matinaux pour la crèche
ou pour l'école, plus de jardin public obligatoire, plus
de bacs à sable ni de balançoires, plus de marionnettes
culturelles, plus de jeux éducatifs. Mais des orgies de
McDo, des dessins animés débiles, des razzias dans
les centres commerciaux, des toilettes sommaires, des
vêtements désassortis, des histoires horribles de mons-
tres et de vampires qui les faisaient hurler de rire. Je
me croyais inventif, amusant, exemplaire. J'ai vite
déchanté.

Un intermittent de la paternité, voilà ce que je suis
désormais. Un virtuose de l'à-peu-près, trop conciliant
parce que trop coupable. Un de ces milliers de types
sans alliance qui, un week-end sur deux, s'échinent à
distraire des enfants exigeants et mélancoliques. Une
nostalgie fugace me prend les dimanches soir, par surprise, quand je raccompagne les fillettes chez leur
mère. Je déteste quand Inès, la plus jeune, me propose
de dormir « juste pour cette nuit » à la maison. Ou
quand Alice, l'aînée, me tire par la main et m'entraîne
sans un mot vers la chambre conjugale.

Je me tiens debout sur le seuil, avec l'air gauche du

visiteur qui ne veut pas déranger, gêné par l'odeur trop familière. Je m'efforce de ne pas regarder autour de moi au risque d'être happé par des petits riens qui me donneraient envie de rester. Je me dis que ce ne serait pas si difficile. Je poserais ma veste sur le fauteuil, et tout recommencerait comme avant. J'attends vaguement quelque chose de ma femme, un signe de tendresse, un geste de la main. Mais rien ne vient et l'envie me déserte. Je pense à Chloé. Vite, courir la retrouver.

Je finis par tourner les talons, soulève les filles l'une après l'autre pour déposer sur leurs joues des baisers trop sonores, lance un « Ciao ! » camarade à Hélène en évitant son regard (faut-il l'embrasser, lui serrer la main ?).

Dans l'escalier, j'essaye de ne pas penser à tous les couchers, les levers, les petits déjeuners, les mots et les bêtises que je vais manquer. A tous ces minuscules plaisirs que je n'aurai pas de mes filles. En partant, j'ai prétexté du travail, des voyages, promis que je serai de retour bientôt. Mais elles ne sont pas dupes. A leur âge, elles connaissent mieux que moi le sens du mot divorce.

La voilà qui revient dans la chambre, enveloppée dans un peignoir blanc, ses cheveux mouillés, lissés en arrière. En silence, elle me provoque. Dans son regard qui brille, je peux lire le défi, la colère. Et l'assurance tranquille de me voir capituler.

D'accord, mais pas sans me battre. Je l'attrape par le poignet. Elle se tortille mi-riant, mi-fâchée, recule, tape du pied et finit par se laisser faire.

Je la renverse sur le lit, l'embrasse avec fureur. Elle ne sait pas ce qui l'attend. Ou plutôt si. Son sourire en dit long sur ce qui va suivre. J'anticipe avec délices tout ce que je vais lui faire subir.

Elle rit. Des dents de bébé requin, minuscules, éclatantes. Carnassières. Comment ai-je pu, même un instant, imaginer de la quitter ? Elle sent bon. Je me frotte contre son corps. L'attente est le plus délicieux des supplices.

— Mon bébé, lui dis-je en la maintenant fermement sous moi, accompagne-moi à la campagne. S'il te plaît... S'il te plaît.

Chloé aime que je l'implore.

— Plus vite nous partirons ce matin, plus vite nous rentrerons à Paris pour la fête de Vanessa.

— Tu promets ?

— Je promets.

Elle se détend, noue ses jambes autour des miennes. Puis, avant de défaire sa ceinture :

— Si on rentre tôt dans l'après-midi, on aura le temps de passer chez Prada ? J'ai repéré un petit haut. Tu promets ?

3. Elizabeth

Ces tiroirs remplis d'emballages pliés. Ces tas de vieux journaux. Ces bobines sans fil. Ces sacs en plastique. Ces dizaines de pots de confiture vides. Cette manie de tout garder a empiré avec l'âge. Jusqu'à la nourriture qu'on retrouve dans sa chambre, sous son lit, dans ses affaires, en petits tas presque moisis. Comme si elle avait peur de manquer. Bien sûr, sa maladie. Oui, oui, sa maladie. Evidemment, je ne peux plus la nier. Depuis le temps, je ne parviens toujours pas à m'y faire.

A Noël dernier, elle n'allait pas trop mal. Nous avons espéré une rémission, à défaut d'une amélioration que nous savions, hélas, impossible. Elle était heureuse d'avoir Simon auprès d'elle. De tous ses petits-enfants, je crois qu'il est son préféré, même si elle a toujours détesté son père. Les antidépresseurs lui rendaient l'humeur joyeuse. Elle n'a jamais été aussi attentionnée avec nous.

Je l'ai accompagnée à Evreux pour acheter nos cadeaux. Après le déjeuner, elle trépignait devant la porte, les joues rougies par un blush maladroitement appliqué, comme une petite fille à qui on a donné la permission de se maquiller pour sortir. Cette, ce... (oh,

ce mot Alzheimer, si brutal à prononcer) cette maladie
l'infantilise, alors qu'elle n'a pas eu d'enfance. Pour
un peu, elle taperait du pied pour obtenir ce qu'elle
désire.

Dans tous les magasins où je l'ai emmenée, je l'ai
aidée à choisir. Elle a dépensé plus que de raison, elle
qui d'ordinaire est si économe. Elle a tenu absolument
à m'offrir les trois volumes d'Aragon dans la Pléiade.

— J'ai de l'argent. Ton père a été très généreux
avec moi. J'en ai caché partout dans la maison, je ne
fais pas confiance aux banques.

Je n'ai pas su comment prendre cette confidence.
Nous sommes rentrées les bras chargés de paquets et
de victuailles. Les enfants ont décoré le sapin avec elle.
Ils sont trop grands maintenant pour ces rituels de
gamins mais ils ont pensé que cela lui ferait plaisir.

— Tu vois maman, m'a dit Juliette dans la soirée,
en déballant son écharpe en cachemire – d'habitude
elle doit se contenter d'un livre ou d'un CD –, mamie
devrait toujours rester comme ça. Elle est devenue trop
sympa.

Ses bourdes nous ont amusés et elle a ri avec nous,
de bon cœur, souvent vexée parce qu'elle ne retrouvait
plus ses marques dans une maison qu'elle connaît
depuis plus de trente ans.

— Où est le petit coin ? m'a-t-elle demandé au
moins quinze fois. C'est fou comme les endroits peuvent changer de place.

Puisqu'il faut la surveiller sans cesse, nous avons
décidé d'en faire un jeu. Chacun, à tour de rôle, l'a
promenée, distraite, réconfortée. Les enfants l'ont
défiée aux cartes et ils l'ont laissée gagner. A chaque
fin de partie, elle poussait de petits cris de joie. Elle a
supporté le chien sans se plaindre de ses pattes boueu-

ses sur le carrelage du salon, n'a pas râlé contre Félix
qui annexait le téléviseur, ni contre Simon qui faisait
hurler les haut-parleurs de la chaîne. Elle n'a même
pas esquissé de grimace quand Richard ou moi allu-
mions une cigarette. Aucune parole dure ou coupante,
aucune réflexion acerbe n'a franchi ses lèvres. Elle
s'est montrée satisfaite de tout, cadeaux, présence,
nourriture. Ma fille a peut-être raison, cette maladie
nous a fait gagner au change. Nous n'étions pas habitués à tant de douceur.

Début janvier, la gérontologue a paru satisfaite. Son
état restait stationnaire. Mme Bosco ne la quittait pas
d'une semelle. Rapport tous les jours au téléphone.
C'était tantôt cocasse, tantôt sportif. En février, les
enfants ont voulu partir au ski. Je ne suis venue que
quelques jours au « Clos Joli ». Là encore, surveillance
intensive. Mais elle ne se débrouillait pas si mal. Avec
Mme Bosco toute la journée auprès d'elle, la vie suivait
son petit cours tranquille. Elles ne se disputent plus
guère. Maman a oublié ses sempiternels reproches sur
le ménage mal fait, ses accusations de gaspillage. Elle
ne menace plus de la renvoyer.

Au contraire, elle répète sans arrêt :

— Je me demande bien comment je me débrouil-
lerais dans la vie sans ma petite Germaine.

La « petite Germaine » qui doit bien atteindre les
cent kilos, à force d'abuser du calva et de la crème
fraîche, déploie des trésors de patience et d'abnégation.
Elle se montre sincèrement peinée de ce qui lui arrive.

— Si c'est pas malheureux, une femme avec un
cerveau comme celui de votre maman.

Dès le début de ses troubles, nous avons étiqueté
les tiroirs et les armoires de toute la maison pour
qu'elle retrouve ses affaires sans aide, accroché des

pancartes « CHAMBRE » ou « TOILETTES » sur les portes, collé des flèches découpées dans du papier sur le mur de l'escalier qui mène au rez-de-chaussée et inscrit le mot « CUISINE » en grosses lettres rouges.

J'ai scotché mon numéro de portable et celui de Patricia sur les téléphones ainsi que ceux de Mme Bosco et de sa nièce Caroline. J'ai rajouté ceux des flics, des pompiers, du Samu. Partout où j'ai pu, j'ai placardé des post-it avec son nom, son adresse, son numéro de téléphone. Sur un mur de la salle de bains, j'ai affiché une liste des actes à accomplir le matin : 1) se déshabiller, 2) entrer dans la baignoire 3) se doucher 4) s'essuyer 5) remettre son peignoir de bains 6) se brosser les dents, etc. J'ai établi la même, dans l'autre sens, pour le soir.

Elle ne peint presque plus mais elle écoute souvent la radio, regarde la télévision, jardine aux côtés de Georges, le mari de Mme Bosco, qui la surveille pour éviter qu'elle ne se blesse avec le sécateur. J'ai eu beaucoup de mal à la convaincre de ne plus conduire. A bout d'arguments, je lui ai dit que sa Volvo était en panne et que le garagiste attendait une pièce qui venait de Suède. Elle ne m'en a plus reparlé.

Elle peut rester assise des heures durant à la fenêtre, fixant l'horizon comme si elle attendait quelqu'un. Elle tressaille lorsque la porte s'ouvre, semble déçue lorsque ce n'est que moi. Chaque jour apporte son lot d'anecdotes.

Ainsi, a-t-elle mis son manteau, attrapé son sac et voulu absolument aller voir mon père à l'hôpital. Elle a eu un air contrarié quand, avec le plus de ménagement possible, je lui ai annoncé qu'il était décédé.

— Vous auriez pu me tenir au courant.

Une autre fois, elle est arrivée avec une photo de

toute la famille, prise en été devant la maison. Très
agitée, elle a désigné Richard.

— Cet homme te veut du mal, ma petite fille. Il
faut t'en éloigner.

J'ai eu de la peine à réprimer un fou rire.

— Maman, c'est Richard, mon mari. Il y a dix-sept
ans que je l'ai épousé, ici même, à Juilly. Nous avons
deux enfants ensemble. Il me rend très heureuse.

— Bon, bon, a-t-elle dit, dépitée, en reposant le
cadre sur le buffet du salon. Tu ne pourras pas dire
que je ne t'ai pas prévenue.

Ces deux derniers mois, cependant, sa situation s'est
dégradée. Comme si brusquement, elle avait fait un
grand saut vers l'ailleurs. Il faut désormais l'aider à sa
toilette, lui préparer tous ses repas, surveiller ce qu'elle
mange, lui donner ses remèdes matin et soir et vérifier
qu'elle les prend bien. Son élocution se fait de moins
en moins précise. Elle trébuche sur des mots, en oublie
d'autres, fronce les sourcils comme si elle allait se
mettre à pleurer lorsqu'elle se surprend en flagrant délit
d'absence.

Je n'imaginais pas qu'elle puisse avoir l'idée de
fuguer. Jusqu'à présent, elle restait seule toute la nuit.
Mme Bosco lui donnait ses médicaments, la couchait,
fermait la porte de sa chambre à clé. Désormais il lui
faudra une infirmière qui passe le matin et le soir, une
personne qui dorme avec elle. Je tâcherai de venir
encore plus souvent.

Maman prétend qu'elle a de l'argent caché quelque
part. Si c'est vrai, j'aimerais bien le retrouver. J'ai
encore refait ses comptes, additionné la retraite de papa
et la sienne, les revenus provenant de ses placements.
Avec le coût de la vie qui augmente et les nouveaux
frais de garde, je ne compte pas l'infirmière qui sera

remboursée par la Sécurité sociale, cette somme va devenir très juste. L'entretien de la maison réclame de plus en plus d'argent. Je ne pourrai pas l'aider.

Patricia...

Je me suis retournée. Patricia a fait son entrée dans la cuisine, l'air absolument contrarié, comme toujours, ses mains fines, baguées de diamants, serrées l'une contre l'autre. Sur son pyjama de soie crème, elle avait enfilé un cardigan de cachemire beige, cela se voyait au brillant de la laine, sans avoir besoin de toucher.

— On gèle ici, a-t-elle fait remarquer d'un ton peu aimable. Tu as décidé de faire des économies sur le chauffage ?

— On ne chauffe pas au printemps comme au gros de l'hiver.

— Je suis frigorifiée. J'ai passé une nuit atroce. *Toi* au moins, tu es équipée...

Elle a lancé un coup d'œil désapprobateur sur ma vieille robe de chambre de flanelle, nouée sur un pyjama d'homme en coton délavé. D'un seul regard, Patricia a le chic pour me faire sentir combien je me néglige. Je me suis toujours demandé comment ma sœur se débrouillait, dès le matin, pour avoir les cheveux coiffés, sans une mèche qui dépasse, la peau nette, comme si elle était déjà maquillée. L'argent est sans doute pour beaucoup dans cet aspect impeccable. Les produits qu'elle se fait régulièrement injecter, les massages dans des instituts luxueux ont sans doute un bien meilleur effet sur la peau que ma crème bon marché appliquée à la va-vite avant de me coucher.

— C'est mon métier, m'a-t-elle avoué un de ces rares jours où elle était en veine de confidences. Je suis obligée de paraître dix ans de moins à l'écran. Tu n'imagines pas le nombre de petites jeunes aux dents longues qui piaffent dans l'ombre pour prendre ma place.

A force de se trafiquer, elle commence à ressembler à toutes ces forcenées du paraître. Ses joues sont trop lisses, ses lèvres trop pulpeuses. A quarante-cinq ans à peine, c'est franchement ridicule. Mais je ne peux pas le lui dire. Elle me rétorquerait qu'elle préfère son obsession du corps à mon indifférence affichée. Il y a des vérités qu'on préfère éviter. Il est vrai que je n'ai aucune discipline. J'abuse du chocolat, du soleil, de la nicotine. Je ne fais pas de sport. Le résultat ne tourne pas à mon avantage. Mais il y a longtemps que j'en ai pris mon parti. S'il est cruel de vieillir, il est plus difficile encore de lutter contre les signes du temps. J'attends avec impatience l'âge où je serai enfin débarrassée de ces batailles futiles que les femmes sont supposées devoir mener, et que je fais de mon mieux pour éviter.

J'ai rapproché les deux bords de ma robe de chambre, ajusté mes lunettes, sorti un paquet de Camel et un briquet de ma poche. Et j'ai plaqué mon sourire le plus affectueux sur mes lèvres.

— Eh bien *moi,* j'ai dormi comme une souche. Ici, je me sens tellement au calme, loin du bruit, de l'agitation parisienne. Je ne pense à rien. Bien sûr, j'aurais préféré partir ce matin dans le Midi avec Richard et les enfants, mais on ne fait pas toujours ce qu'on veut.

Je me suis tue un instant. Patricia ne se gênait pas, elle, pour n'agir qu'à sa tête. Puis, toujours avec ce sourire idiot qui devait l'exaspérer :

— Je vais demander au mari de Mme Bosco de calfeutrer ta fenêtre et de remonter un peu la chaudière. Maman a tendance à vivre à la dure, même malade.

Elle n'aime pas les dépenses inutiles. Je croyais que tu étais au courant. Ah, c'est vrai, tu ne viens pas assez pour t'en souvenir.

C'est plus fort que moi, je ne peux pas m'empêcher de la titiller, avec un air de ne pas y toucher. Et ça marche. Quand nous étions enfants et qu'il me semblait qu'elle proférait des bêtises, je la regardais fixement pour qu'elle se taise. Elle se tournait vers mon père en chouinant. Elle abusait du faible qu'il a toujours eu pour elle.

— Papa, Elizabeth me fait les yeux...

Il me suffisait de prendre un regard innocent.

— Papa, tu ne vas quand même pas croire tout ce que te raconte ce bébé ?

Son menton a frémi. Un tic que je connais par cœur et qui signifie « attention, je m'énerve ». Mais elle n'a rien rétorqué. Elle se tenait droite, estomac rentré, épaules en avant. Elle a regardé plusieurs fois autour d'elle, puis a foncé en direction du buffet où était posé le carton de provisions qu'elle avait apporté la veille et que nous n'avions pas rangé.

Elle cherchait sans doute son café, celui qu'elle se procure chez de petits récoltants et revend à prix d'or après avoir estampillé le paquet de sa marque, « Le café de Pat », écrit en lettres rondes, à l'ancienne. Simon prétend qu'elle l'achète à « Jacques Vabre » et qu'elle se contente de changer l'emballage. Mon fils aîné a encore plus mauvais esprit que moi.

Elle s'est mise à tousser.

— Elizabeth, peux-tu arrêter de fumer ? Tu sais bien que c'est contre-indiqué pour mes allergies. J'ai eu une crise d'éternuements terrible en me levant.

— Deux bouffées et j'éteins.

Patricia s'activait avec nervosité. Munie de son précieux café, elle a versé de l'eau dans la bouilloire électrique, rincé la cafetière à piston. Puis elle a sorti un mug du placard et l'a posé bruyamment sur le plan de travail, pestant parce que cette cuisine était tout sauf pratique. La gazinière accuse ses trente ans, maman ne connaît l'usage ni de la plaque à induction, ni du four à chaleur tournante. Les placards auraient besoin d'être remplacés. Le bois est vermoulu et la toile plastifiée qui tapisse les étagères est déchirée par endroits.

J'ai écrasé ma cigarette dans ma tasse vide et ôté mes lunettes pour les nettoyer avec un coin de mon pyjama. Un signe de réflexion intense. Je ne savais pas de quelle façon aborder le sujet, ni comment persuader Patricia d'assurer les frais supplémentaires pour que maman puisse demeurer au « Clos Joli ». Jusqu'à présent, je n'avais pas eu besoin d'elle. Dorénavant, il faudrait de l'argent pour engager du personnel. Patricia disait vrai. Mme Bosco n'était plus aussi alerte qu'autrefois. Mais je n'aime pas donner raison à ma sœur, ou alors je le fais du bout des lèvres, en prétendant que l'idée m'en revient.

Mme Bosco m'avait parlé de sa nièce, une jeune femme au chômage, en instance de divorce, avec deux petits enfants. Elle habitait chez elle, en attendant de trouver un travail et un logement. Depuis la fugue de maman, Caroline – c'était son prénom – dormait à la maison tandis que sa tante gardait les enfants. Cet arrangement convenait à tout le monde. Mais je sentais que Patricia ne serait pas d'accord. La veille, elle avait toisé Caroline avec cette façon insupportable qu'elle a de faire sentir aux autres qu'ils ne sont pas de son monde.

Patricia n'est pas d'un abord facile. Surtout, elle a cette manie de faire la sourde oreille dès que quelque

chose lui déplaît. Son mariage avec Philippe n'a pas
amélioré son caractère. Tous deux vivent dans une
bulle dorée, un monde très privilégié, sans problèmes
financiers, sans soucis véritables, insensibles aux malheurs d'autrui. Ils se comportent en Êtres Supérieurs,
charmants avec leurs semblables, méprisants avec le
reste du monde. Je ne suis pas jalouse. Tant mieux si
elle a eu de la chance. Certains jours, cependant, j'aimerais la trouver un peu plus humaine.

Depuis qu'on a diagnostiqué la maladie de maman,
ma sœur refuse de se départir de ses deux idées fixes.
Vendre « Le Clos Joli » qu'elle n'a jamais aimé. Et
trouver une maison spécialisée, ce qui tuerait notre
mère en quelques mois. Toute contradiction l'exaspère.
C'est ainsi qu'elle m'a laissé maman en charge parce
qu'elle n'était pas d'accord avec ma façon de m'en
occuper. Un bon prétexte pour rester en dehors. En
réalité, Patricia aimerait bien nous rayer de ses papiers,
éliminer le mot « famille » de son vocabulaire. Celle
de Philippe lui suffit amplement : ce qui brille lui semble préférable à ce qui est sincère. A cause de son mari,
ma sœur et moi nous ne nous voyons plus beaucoup.
Son travail lui sert de prétexte. Ce que je traduis par
ses obligations mondaines. Ce n'est sans doute pas si
mal. Au moins évitons-nous l'hypocrisie dans nos rapports. On ne divorce pas de sa famille mais on peut
s'en séparer à l'amiable en conservant un minimum de
relations... A distance.

Ce matin, elle était déjà d'une humeur exécrable
parce qu'elle avait dû bouleverser ses plans pour venir
à Juilly. Sa colère allait s'accentuer quand elle verrait
débarquer Jean-Maurice. J'avais bien tenté de reporter
notre rendez-vous. Ce n'était vraiment pas le moment.

— J'ai un besoin urgent de te voir, m'avait-il dit la

veille au téléphone. Avant dimanche. C'est une question de vie ou de mort.

Je le connais par cœur. Sa voix prend des accents de mélodrame quand il a besoin d'argent. Même fauchée, je me sens obligée de l'aider, parce qu'il est le père de mon fils aîné. J'ai eu beau lui expliquer que je partais pour Juilly en catastrophe, à cause de maman, aucune de mes objections ne l'a découragé. Venir jusqu'ici ne le dérangeait pas. L'idée de revoir Patricia, après toutes ces années, n'a pas semblé lui déplaire.

Seulement, Patricia allait être folle de rage. Ce qui n'arrangeait pas mes affaires. Elle parle toujours de lui en termes dédaigneux.

— Ce type est un minable. Je me demande comment tu as pu l'épouser.

Chaque fois, je me suis sentie humiliée comme si l'avis dépréciatif de ma sœur me concernait aussi. Après tout, Jean-Maurice était flamboyant autrefois. Et il a gardé de beaux restes. Mieux que son Philippe, en tout cas, dont je n'ai jamais osé lui dire tout le mal que j'en pensais. Elle a tellement changé depuis qu'elle a épousé ce type arrogant qui a réussi grâce à l'argent de son père. Les rares fois où nous nous sommes croisés, il nous a observés Richard et moi comme un ethnologue étudiant une peuplade exotique. Je déteste sa façon méprisante de fermer à moitié les yeux pour rejeter la fumée de son énorme cigare, son intonation pontifiante pour énoncer des vérités premières, sa manie exaspérante de vouloir avoir raison sur tout.

J'ai soupiré. Cela ne serait pas une mince affaire de la convaincre. Il allait falloir me montrer diplomate si je voulais arriver à mes fins.

— Pat, s'il te plaît, ai-je dit avec douceur, halte aux disputes. On fait la paix ? Je suis si contente que tu

sois là. Comment as-tu trouvé maman, hier soir ? Elle
était heureuse de nous voir toutes les deux, non ?

Patricia a haussé les épaules, bu quelques gorgées
de café. Elle ouvrait la bouche pour répondre lorsque
Caroline est entrée dans la cuisine, emmitouflée dans
un peignoir de bain bien trop grand pour elle.

— Vous avez bien dormi ? ai-je demandé. Ah, mais
vous avez emprunté le peignoir de Richard ? Vous avez
très bien fait. Vous savez, vous auriez pu rentrer chez
vous, hier soir, avec votre tante. Quand nous sommes
là, vous n'avez pas besoin de rester.

— Et si votre maman se sauvait comme l'autre
jour ? Je préfère dormir dans sa chambre, j'ai l'habitude de partager la mienne avec mes gamins. Dites, il
fait drôlement froid, ou quoi ? Ce serait pas la chaudière qui s'est éteinte ?

— Ah tu vois bien, j'avais raison, on gèle ici, a
triomphé Patricia.

Caroline a un visage ingrat, des cheveux courts,
hirsutes, blond paille aux pointes et noirs aux racines,
des yeux bleus larmoyants, un nez proéminent, mais
un sourire qui me fait fondre. La vie ne l'a pas beaucoup gâtée alors qu'elle est la gentillesse incarnée,
comme sa tante à qui elle ressemble.

Elle a cherché quelque chose à ajouter puis s'est
soudain passé l'index sous le nez, comme pour le
comprimer.

— At... Atchoum. Ah zut, voilà mon rhume qui
recommence.

Les éternuements se sont déployés en salve. Patricia
l'a dévisagée, sidérée. Je me suis levée et je lui ai tendu
un rouleau de papier Sopalin.

— Atchoum. Merci. C'est idiot, je suis pourtant du
coin, mais depuis toute gamine, je suis allergique.

— C'est amusant, ma sœur aussi...

Patricia a eu un regard furibond.

— Et vous vous soignez comment ? a demandé Caroline avec intérêt.

— Dis donc, Pat, ai-je coupé avec entrain, je t'ai dit que Caroline avait accepté de dormir auprès de maman ? Ça va drôlement nous soulager.

Patricia n'a pas répondu. Elle se tenait debout, appuyée contre la paillasse à côté de l'évier et continuait à boire comme si rien au monde n'avait plus d'importance. Caroline s'est servi du café de Patricia, ce qui lui a valu un autre coup d'œil de colère. Mais elle ne s'en est pas rendu compte. Naïvement, elle a commencé à lui raconter sa vie difficile, son mari parti sans donner de pension pour les enfants, son licenciement, trois mois auparavant, de la petite entreprise d'outillages où elle était ouvrière et qui avait déposé son bilan.

Je sentais que Patricia se fichait de ses malheurs comme de sa première montre Cartier, aussi ai-je abrégé.

— Vous tombez à pic. Ça devient lourd pour votre tante de s'occuper toute seule de maman.

— Elizabeth, a coupé Patricia, je ne compte pas m'éterniser ici. Je voudrais qu'on discute sérieusement. C'est pour ça que tu m'as demandé de venir, non ?

J'ai pris une autre cigarette de mon paquet, je l'ai portée à ma bouche, mais devant le visage chargé de reproches de Patricia, j'ai renoncé à l'allumer. J'ai hésité, observé Caroline, pesé le pour et le contre en me demandant si je devais parler devant elle. Elle n'avait pas l'air de vouloir bouger.

— Eh bien, voilà. Comme je viens de te le dire, je

voudrais engager Caroline pour garder maman la nuit.
Et aussi, prendre une infirmière pour le matin, mais
ça, on ne le compte pas, c'est remboursé. Bien sûr, on
garderait Mme Bosco. Ainsi maman ne resterait jamais
seule. Cela nous ferait gagner encore un peu de temps.
Hier, nous avons presque passé une soirée normale
avec elle.

— Elle avait juste oublié ce qu'on fait avec le sel
et la moutarde. Et elle nous a posé cent fois les mêmes
questions au sujet des enfants.

— C'est déjà bien qu'elle se souvienne de leurs
prénoms...

— Mais elle a fugué, Elizabeth. Et si elle recom-
mençait ? Ecoute-moi. Pour une fois, Philippe s'est
bougé. Nous avons une place à la clinique des Platanes.
Un endroit tout à fait haut de gamme. Il faut se décider
et vite.

— Elle ne le supportera jamais, elle fuguera encore.
Elle n'est pas gaga.

— Cette maison est trop grande. Elle est incapable
de s'en occuper toute seule.

— Avec cette nouvelle organisation, tout sera parfaitement bétonné. Elle ne risquera plus rien. Seulement... Seulement, il faudrait que tu participes...
financièrement, je veux dire.

Patricia s'est retournée. Elle a attrapé une pomme
dans le compotier, l'a examinée longuement, en
silence, puis elle l'a reposée.

— Pourquoi ces fruits pourrissent-ils ? Maman ne
veut pas les manger ?

— Elle n'a pas grand appétit ces temps-ci, a
répondu Caroline. C'est pas faute de lui proposer.

— Personne ne lui fait la cuisine comme il faudrait.
C'est pour ça qu'elle est si maigre.

Le téléphone a sonné. C'était Richard. Je me suis postée près de la fenêtre pour lui parler. L'horizon était sombre, envahi de nuages noirs qu'un vent mauvais poussait en gros troupeaux compacts. La pluie menaçait. C'est ce que j'aime par-dessus tout ici. On ne s'ennuie pas à contempler le ciel. Il n'est jamais monotone.

— Ils sont sur la route, ai-je dit en raccrochant. Il n'y a pas trop de bouchons. Au fait, tu as eu tes filles ?

— A dix heures du matin, un samedi ? Elles dorment encore, tu penses.

— Bon, c'est pas tout ça, faut que j'y aille, a dit Caroline en rangeant sa tasse vide dans la machine. Ma tante m'attend à la maison pour pouvoir venir ici. Elle ne peut pas laisser les enfants tout seuls.

Elle est sortie de la pièce en soufflant dans son mouchoir, si fort que Patricia a sursauté. Ma sœur ne m'avait pas donné de réponse. Il fallait qu'elle le fasse avant que Jean-Maurice ne débarque. Caroline se contenterait d'un peu plus du Smic. Son salaire serait déductible des impôts. Mais j'étais incapable de débourser chaque mois une telle somme alors que ce n'était rien pour la famille Puyreynaud.

— Patricia, tu ne m'as pas...

Elle m'a regardée avec sévérité :

— Elizabeth, tu t'es rendu compte que cette fille est... ?

— ... est quoi ?

— ... est débile. Il n'est pas question de l'engager. Elle est incapable de surveiller maman.

— Pas du tout. Elle vit dans des conditions très difficiles dont tu es incapable d'avoir la moindre idée. Mais elle est très dévouée.

— Il n'est pas question que je participe à quoi que

ce soit ici. Je ne veux pas être responsable des problèmes qui vont nous tomber sur le dos à cause d'elle.

— Tu dis ça parce que c'est une fille de la campagne, simple et sans chichis. Ce que tu peux être snob.

Je lui ai répondu le plus calmement que j'ai pu,
ce qui, je le sais, a le don de la mettre en colère. Elle
est devenue écarlate. Une salve d'éternuements l'a
secouée au point que sa respiration s'est bloquée. Je
lui ai tendu le paquet de Kleenex que j'avais dans ma
poche, puis je suis allée lui chercher un verre d'eau
qu'elle a bu à petites gorgées.

Ce n'était pas gagné.

Un grand cri s'est alors fait entendre à l'étage. Je
me suis précipitée à la porte. Patricia est demeurée sur
place, sans bouger.

Caroline a dévalé l'escalier. Elle m'a bousculée sans
s'excuser, puis elle est entrée dans la cuisine, le visage
décomposé.

— Votre mère...

— Quoi, notre mère ?

— Elle, elle... C'est comme l'autre fois. Elle... a
recommencé.

Caroline a fait mine de fondre en larmes puis elle a
ajouté en reniflant de plus belle :

— Elle a disparu. Je ne la trouve plus.

4. Hélène

Le bras qui entoure son épaule est couvert sur toute sa longueur d'une toison brune et fournie qui court jusqu'à la racine des doigts longs, déliés, comme si Tarzan avait des mains de pianiste. Elle l'effleure pour s'assurer de son existence. Le bras bouge, l'attire vers un buste d'une fermeté surprenante contre lequel il l'immobilise. L'odeur qui s'en dégage lui est déjà familière. Un zeste de Vétiver mêlé à des relents de sueur animale. Elle n'est pas sûre d'apprécier. Mais emprisonnée dans cet étau de chair massive, l'esprit flottant dans une brume matinale, elle se sent bien. Trop bien, même.

Elle voudrait continuer à voguer ainsi, entre rêve et somnolence. Le cadre est rassurant. Sa chambre à coucher, avec les rideaux de lin beige balayant le parquet de bois sombre, le boutis à fleurs roses roulé en boule près du fauteuil houssé de blanc, les photos alignées sur la cheminée, la lézarde qui serpente au plafond comme une rivière avec ses affluents. Mais quelque chose ou plutôt quelqu'un n'est pas à sa place. Elle dort seule depuis si longtemps.

Elle va donc se réveiller tout doucement et quand elle ouvrira les yeux, le bras aura disparu ainsi que le torse auquel il appartient. Et les jambes qui entourent les siennes. Et le pied nu qui se frotte contre sa cheville. Elle se souvient vaguement à présent. Elle sent des baisers dans son cou, une main se promener sur son sein, une autre descendre vers son ventre et la caresser lentement. Elle remue pour signifier son approbation.

— Continue, pense-t-elle.

Elle n'ose pas formuler sa demande à voix haute.

Le propriétaire du bras a d'autres idées sur la question. Il bascule sur elle, la pénètre, la pilonne avec fougue tout en lui soufflant des obscénités dans l'oreille. Cette brutalité ne lui déplaît pas. Il peut bien lui dire tout ce qui lui passe par la tête à condition qu'il poursuive avec la même ardeur ce qu'il a si bien commencé. D'ailleurs, elle n'a pas du tout envie qu'il se taise. En d'autres circonstances, ses mots lui sembleraient incongrus, elle serait gênée, aurait un fou rire. Hélène est une jeune femme bien élevée jusque sous les draps. C'est même ce qui la désespère.

Mais elle se surprend à répéter ses phrases avec volupté, comme on apprend une langue étrangère qui promet de vous ouvrir des territoires inexplorés.

Thomas ne la reconnaîtrait pas.

— Tu n'es pas une salope, lui a-t-il jeté au visage pendant ces horribles vacances.

Dans sa bouche, le compliment sonnait comme un reproche. Il s'est excusé ensuite, contrit, confus, presque épouvanté. La Grèce ne leur a pas réussi. Quinze jours à se mener une guerre sans merci.

Il a raison. Ce n'est pas ce genre de talent que les hommes semblent attendre d'elle. Elle a toujours su qu'elle était trop sage, avec ses cheveux blonds, coiffés en queue-de-cheval, ses yeux clairs de myope, perdus dans des rêveries interminables, sa peau diaphane dépourvue de maquillage. Elle parle vite, rougit facilement, s'habille avec une simplicité exquise, le plus souvent en jeans portés avec des tee-shirts et des mocassins plats. Grande, mince, charmante mais gauche, insolite mélange de sûreté de soi et de timidité, d'éducation bourgeoise et de décontraction, à trente-cinq ans elle a toujours l'air d'une étudiante.

Thomas et elle se sont croisés lors d'une soirée aux Beaux-Arts. Elle suivait des cours de dessin chez Peninghen, rue du Dragon. Il finissait ses études d'architecture. Ce grand échalas est tombé en arrêt devant elle. Fou d'amour. Son humour et sa bonne humeur l'ont séduite. Il lui a mené une cour éperdue, bouquets de roses et grands serments dans sa langue maternelle, l'italien. Elle ne savait pas que ce genre d'homme existait. Pour avoir été élevée avec trois frères aînés brutaux et querelleurs, elle pensait que tous les garçons leur ressemblaient.

Ils se sont mariés un an après son diplôme. Ses parents ont fait la grimace. Ils espéraient un énarque ou un polytechnicien. Amadouer la mère de Thomas relevait d'une mission impossible.

— La prochaine fois, ce sera un garçon, a rugi la volcanique Anna Larchet en se penchant sur le berceau d'Alice.

Elle n'a pas soufflé mot quand Inès est arrivée.

Hélène ne s'est jamais souciée des différences qui pouvaient la séparer de Thomas. Elle l'aimait, désirait fonder une famille avec lui. Elle s'y est appliquée avec toute la sincérité dont elle se sentait capable. Avant de se dire oui, ils se sont promis d'éviter tous les pièges. Le divorce était une possibilité lointaine, réservée à des couples lancés sans réfléchir dans le mariage, ce

qui n'était pas son cas. Ni celui de Thomas, espérait-
elle.

Preuve qu'elle est souvent mal faite, la vie en a
décidé autrement.

Neuf mois après leur rupture, leurs relations demeurent difficiles. Ils se parlent peu, se voient rarement
sauf un dimanche soir sur deux, quand Thomas raccompagne les filles. Le divorce traîne. Ils ne peuvent
se résoudre à vendre la maison de campagne ni l'appartement parisien du boulevard Edgard-Quinet. Il lui
prend parfois des envies de tout bazarder pour recommencer à zéro. Mais comment aimer à nouveau en
effaçant dix ans d'un trait ? Se « remettre sur le marché », comme un légume ou un morceau de viande ?
C'est exactement ce qu'elle ressent lorsqu'elle pense
en frissonnant à ce grand jeu de la séduction dans
lequel elle ne s'est jamais montrée très habile.

La danse des couples la rend perplexe. Un, on entre
sur la piste, deux, on esquisse quelques tours, trois, on
se quitte, quatre, c'est reparti pour le grand bal des ex.
Et tant pis pour qui reste sur le tapis. Encore sonnée,
elle ne recherche pas les aventures, supplie ses amis
de ne pas la placer à côté d'un « Homme Libre »,
chaque fois qu'ils l'invitent à dîner. En famille, Hélène
a mis les choses au point. Elle refuse qu'on la plaigne.
Ne veut pas entendre les remarques de sa mère qui
hésite entre la compassion pour sa fille et la satisfaction
d'avoir eu raison contre son gendre.

Dans les moments d'espoir, une petite voix lui souffle que Thomas va revenir. Le reste du temps, elle est
envahie par le doute, la perte de confiance en soi, le
chagrin d'avoir été trahie. Elle sort peu, rentre directement de l'agence où elle travaille comme graphiste,

pour s'occuper de ses filles. Souffre les week-ends où Thomas en a la charge car toute son existence tourne désormais autour d'elles. La jalousie la tourmente. Elle a découvert les insomnies, les crises d'angoisse. Le généraliste qui lui a prescrit un anxiolytique, lui a ordonné de reprendre du poids.

Le jour où elle a trouvé cette ignoble photo, cause de leur rupture, elle l'a étudiée avec attention, pour tenter de comprendre. Elle s'est figuré la scène jusqu'à la torture, le désir de Thomas, leurs ébats sur ce lit. Elle a attendu le coucher des petites pour lui demander, en essayant de retenir ses larmes :

— Au fait, comment s'appelle la fille toute nue dans ton ordinateur ? Celle qui brandit ta cravate à rayures ?

Elle était sûre que Thomas avouerait une passade. S'en excuserait. Promettrait de rompre si ce n'était déjà fait. Elle aurait pardonné. Douze ans de mariage vous rendent raisonnable. Sa mère a si souvent fermé les yeux devant les aventures de son père.

— Coucheries, disait-elle au téléphone, à ses amies.

Hélène l'a entendue une ou deux fois, par mégarde. Dans la bouche de cette grande femme rigide pour qui la vulgarité est une tare, ce mot prenait des allures d'orgies, évoquait des scènes ordurières et secrètes. Elle la revoit, debout dans le grand salon de leur appartement de l'avenue Charles-Floquet, la main sur le dossier d'un fauteuil Louis XV, affirmant à ses quatre enfants d'une voix qui se voulait insouciante :

— Votre père rentrera tard ce soir. Il a encore beaucoup de patients.

Bernard Dupré-Martin, calvitie de notable et nœud papillon de notaire. Chirurgien thoracique très occupé par son métier. Accaparé par sa clientèle privée, son

service à l'hôpital, ses cours, ses congrès à l'étranger.
Fort apprécié aussi des infirmières, des jolies internes,
des assistantes, des secrétaires. Pas beaucoup de temps
à consacrer à sa femme et à ses quatre enfants.

Mais dans la famille, on ne divorce pas.

Thomas n'a pas réagi comme elle s'y attendait. Il a
d'abord nié, comme un écolier pris en faute. Elle a
insisté, posé des questions. Ce qu'elle redoutait lui est
apparu comme une évidence. Ce qu'elle a pu se montrer stupide, aveuglée par ses certitudes et sa confiance
en lui. Anéanti, il est passé de l'abattement à la colère,
a dit et redit qu'il était malheureux.

Puis :

— Je ne peux pas la quitter et je ne veux pas te
perdre.

Enfin, comme une litanie, il a répété jusqu'à la rendre folle :

— Je ne sais pas quoi faire.

Elle a dû décider à sa place. Elle ne veut plus rester
aux côtés de cet homme qui en désire une autre. Elle
ne supporte plus ses absences, ses mensonges, ses
silences.

Le Thomas d'autrefois était doux, gentil et drôle.
Le Thomas d'aujourd'hui est maussade, agressif, indif-
férent. Elle a cru le connaître bien parce qu'elle a vécu
si longtemps avec lui. Parce qu'elle a partagé sa couche, sa sueur, sa salive, ses angoisses et ses fièvres.
Parce qu'elle l'a aimé sale, malade, grognon, déprimé,
en colère. Parce qu'elle a eu deux enfants avec lui. De
tout ce quotidien joliment patiné par les années, il ne
reste que des lambeaux. Thomas n'est plus le même.

Quand il raccompagne les petites à l'appartement,
Hélène a envie de se blottir dans ses bras. Mais la

distance demeure infranchissable. Elle demeure immobile, sans esquisser le moindre geste. Elle le devine ailleurs.

— Il reviendra, et plus vite que tu ne crois, affirme Marion. Ce n'est qu'une histoire de cul et rien d'autre. En attendant, sors, prends du bon temps. Et puis arrête d'être trop gentille avec lui. Refuse de garder les filles pendant SA semaine de vacances. Dis-lui qu'on part ensemble.

Pendant tous ces mois de solitude, Hélène a mûri.

— Grandi, corrige Marion.

Avant d'ajouter :

— Il était temps.

Marion est une fille pragmatique. Efficace. Toujours à l'affût de ce qui pourrait améliorer son bien-être. Abonnée aux thérapeutes, il y a longtemps qu'elle a abandonné le divan pour un coach. Aujourd'hui, elle ne jure que par le « Développement personnel ». Pour sortir Hélène de sa déprime, elle lui a prêté des ouvrages. L'a emmenée à des conférences données par le pape de la « Philosophie Souriante », un barbu avec un nom imprononçable, Casimir Radzechowizc. Américain d'origine polonaise, Casimir parle cinq langues, en baragouine trois autres et les mélange toutes dans un style très personnel, en roulant les « r » à la slave. Son credo est l'optimisme. Pourquoi se plaindre ? Dans la vie, tout vous est offert, il suffit de le vouloir.

— Brriser la fatalité. Se reprogrrrammer. Be yourrself, dearr.

Hélène a d'abord pensé qu'il était ridicule. Dans sa famille de scientifiques, rationnels, plutôt rigides, on se moque des charlatans. Ceux que Bernard Dupré-Martin appelle les « psychidigitateurs ». Puis elle s'est laissé prendre au jeu.

— Faire son bonheur soi-même, se chuchote-t-elle comme un mantra.

Elle a lu son bouquin trois fois. Surligné des passages au marqueur orange. Navigué sur son site Internet où sont publiés des dizaines de témoignages élogieux. Si Casimir a bouleversé autant d'existences, il peut bien faire quelque chose pour la sienne. Alors, elle a menti à Thomas, envoyé les filles chez leurs grands-parents à Nice. Une proposition à laquelle sa belle-mère, d'ordinaire si abrupte avec elle, a tout de suite souscrit d'une voix onctueuse.

— Ma petite Hélène, vous avez bien raison de vous distraire. Nous sommes enchantés de prendre les « *piccole* ». Dites-moi, vous savez qu'il ne nous parle plus... Il est toujours avec cette... ?

Dès qu'il l'a vue arriver dans le loft enfumé, peuplé de gens très disparates car Marion a le chic pour assembler les contraires dans ses soirées, il s'est dirigé droit vers elle et il ne l'a pas lâchée.

Il ne lui a pas plu. Il n'est pas du tout son genre. Trop animal, un rien vulgaire avec ses cheveux noirs bouclés et gominés, sa barbe de trois jours, sa veste de cuir. Il s'efforce d'être drôle mais il ne la fait pas rire. Elle reste sur sa réserve, une fille réfrigérante, un vrai repoussoir. Il ne semble pas découragé. Il lui propose un verre de champagne. Elle accepte, soulagée d'en être débarrassée, même pour quelques minutes.

— Oh là là, lui glisse Marion en passant devant elle, il y en a plein qui aimeraient être à ta place.

— Ah bon, pourquoi ?

— Tu habites sur quelle planète, ma chérie ? C'est Michaël Elbaz.

— Michaël qui ?

— Elbaz. Michaël Elbaz. Attends, fais gaffe, il revient vers nous.

Marion s'est tournée de façon à ce qu'il ne puisse pas lire sur leurs lèvres.

— Tu sais bien. Le tube de l'été dernier. Le slow de la mort. « *Laisse ma bouche contre la tienne.* »

— L'été dernier, j'avais autre chose à faire que d'écouter des chansons langoureuses. Je ne sais pas si tu es au courant....

— Tu avais tout faux. Au lieu de pleurer ton imbécile de mari, tu aurais mieux fait de danser avec de beaux garçons. Je te l'ai répété cent fois, non ? Tu as oublié Casimir ou quoi ? D'ailleurs, tout n'est peut-être pas perdu. Le voilà qui rapplique.

— Hélène adore tes chansons, lui dit-elle, en ignorant le regard suppliant que lui lance son amie. Elle n'a pas osé te le dire. Elle est très timide.

— Mais très jolie, réplique le chanteur qui ne manque pas toujours de présence d'esprit.

Il lui tend une coupe. Marion disparaît dans la foule. Hélène flirte un peu, boit jusqu'à en avoir la tête qui tourne. A son grand étonnement, elle s'amuse avec ce type aux antipodes de ce qu'elle aime. De loin, Marion lui fait de grands gestes.

— *Be yourself,* lit-elle sur ses lèvres.

Elle réprime un fou rire. Par défi, elle accepte de le revoir. Brriser la fatalité. Ils dînent ensemble le surlendemain dans un restaurant thaïlandais à la mode où elle boit plus que de raison. Il lui parle de son succès, de sa carrière, de son prochain album et de ses tubes qui vont cartonner, de Charlie son agent, de sa mère, de Sarcelles où il est né, de Saint-Tropez où il s'est éclaté avec Johnny, de Star Academy – Armande Altaï est une amie –, de la Maserati coupé GT qu'il vient tout juste de s'acheter, cent mille euros sans compter les options, une folie, un rêve de gosse, il ne l'a pas encore rodée.

Lui, lui et encore lui. Il s'adore. Sa propre réussite le fascine.

Il a posé son téléphone portable sur la table, à côté de son assiette, et le consulte fréquemment comme s'il attendait un appel. Pendant le dîner, il y en a eu au moins trois.

— Mon agent, s'excuse-t-il chaque fois en se levant pour répondre discrètement.

Dès que des célébrités franchissent la porte, il s'arrange pour les saluer d'un grand geste de la main.

— C'est Patrick avec Amanda. Ah, Ophélie est toujours avec Alain....

Ses manières l'exaspèrent. Il mange bruyamment, ne s'essuie pas la bouche, sauce son assiette avec du pain. Un bout de basilic thaï est coincé entre ses deux incisives. Il glisse sa langue, puis son ongle pour l'ôter. Son vocabulaire la sidère. Comment un garçon qui ponctue ses phrases de « top canon », « c'est énorme » et autres « de folie », peut-il lui plaire ? Eh bien, il lui plaît. Elle en oublierait presque Thomas pour ne plus penser qu'à ce joli brun qu'elle n'ose pas regarder dans les yeux de peur d'y lire un désir trop évident.

Elle a envie qu'il l'embrasse et il l'a embrassée devant la charmante Asiatique du vestiaire, en l'aidant à mettre son manteau. C'est troublant. Et excitant. Ils ont recommencé.

« Je vais bientôt faire la une de *Voici*, se dit-elle accrochée à son cou. Thomas en fera une tête... »

Sans même comprendre comment c'est arrivé, elle s'est retrouvée assise à ses côtés dans la Maserati, bouche contre bouche, ses mains frôlant son cou, sa poitrine. Elle ne veut pas qu'il s'arrête. Elle veut se retrouver dans son lit, sentir son corps nu sur le sien, elle veut...

— Si on allait chez moi, à la campagne ? s'entend-elle proposer.

« Chacun est maîtrre de son destin », répète la grosse voix de Casimir dans sa tête.

Hélène a décidé de tout bousculer dans son existence trop sage. Avec ses manières mal dégrossies et sa façon de ne douter de rien, Michaël est peut-être le bon moyen. L'emmener à « La Pommeraye » l'aidera à exorciser les fantômes. Elle ne risque pas d'y rencontrer Thomas, bien trop occupé, lui a-t-il fait comprendre. Pas besoin qu'il lui fasse un dessin : elle a tout de suite compris sur quel « chantier » il travaille.

Mais ce soir elle se fiche de tout. Elle n'a pas envie d'y penser. Elle se glisse dans le fauteuil bordeaux qui épouse son corps et sent le cuir neuf, admire le tableau de bord qui ressemble à celui d'un Boeing, l'écran GPS, le lecteur de CD, toutes les options coûteuses dont Michaël se gargarise. Il lui explique le principe du Coupé GT avec son moteur de Formule 1 qui peut monter jusqu'à 290 à l'heure. Cette bagnole est une folie, une bombe quand on sait la chauffer. Il en parle comme il le ferait d'une femme.

Elle n'a jamais aimé les voitures. Mais Michaël a l'air si content de lui montrer sa puissance sur l'autoroute.

« Un bon début », pense-t-elle cependant, quand il démarre en trombe, juste après avoir laissé un message à son agent.

Dans les cinq minutes qui ont suivi son arrivée à « La Pommeraye », Michaël s'est comporté comme s'il habitait là depuis toujours. Il a laissé tomber sa veste de cuir sur le tapis de l'entrée, enlevé ses chaussures en les jetant devant lui, soupiré qu'il est crevé.

— Chez moi, je marche toujours pieds nus, a-t-il proféré dans la cuisine où il se sert un verre d'eau au robinet – il n'y a rien d'autre à lui offrir – comme s'il s'agissait d'une information confidentielle, distillée à une armée de journalistes.

Hélène se moque bien de ce qu'il peut dire. Elle a envie de lui. Tout de suite. Est-ce qu'il va oui ou non se décider à monter dans la chambre ? Ils peuvent aussi le faire sur le canapé que Thomas et elle ont choisi chez « Caravane », un samedi d'achats béatement conjugaux. Quel endroit serait le plus sacrilège à part leur lit ?

Michaël ne semble pas pressé. Il s'extasie sur chaque détail, avec des points d'exclamation dans ses phrases, la bouche ouverte, les yeux brillants, comme un enfant en visite dans une fabrique de jouets.

— C'est top de chez top, dis donc. Ça a dû vous coûter bonbon. C'est vraiment toi qui as tout décoré toute seule ? Je t'assure, tu devrais te lancer dans le bizness, tu gagnerais un pognon fou...

La maison est fermée depuis un bon moment déjà. Les pièces sont humides. Hélène n'a pas eu le temps de mettre en marche le chauffage à distance, une des innovations dont Thomas était le plus fier. Elle se rend à la cave pour allumer la chaudière, suivie par Michaël qui la caresse dans le dos. Avant de remonter, elle choisit deux bouteilles de Cheval Blanc. Son père leur en a offert une caisse à la naissance de chacune des filles. Thomas les conservait pour les grandes occasions. Michaël regarde l'étiquette sans broncher.

« Il croit sans doute que c'est du Coca », se dit

Hélène qui prend quand même les bouteilles. Tant pis, moi j'ai envie de boire.

Dans l'escalier qui mène à sa chambre, Michaël entonne une chanson d'Aznavour en imitant sa voix.

— *Dansons, joue contre joue, daaaaansons....*

La bouteille lui sert de micro. Il esquisse deux pas en rythme à la façon d'un danseur de claquettes. Elle rit. Elle n'a pas ri ainsi depuis des siècles. Michaël a d'autres surprises dans ses cordes vocales, Johnny, Claude François, Maurice Chevalier.

— *Ah si vous connaissiez ma pou-ou-ou-ou-le.*

La chambre est accueillante. Hélène allume une des deux lampes de chevet, la pose par terre pour tamiser la lumière, tire les rideaux de lin. Elle prend du petit bois dans le panier qui se trouve près de la cheminée et le jette sur les deux grosses bûches disposées l'une sur l'autre dans l'âtre. Le feu crépite tout de suite. Elle attrape le boutis posé sur son lit, et vient s'asseoir sur le tapis.

Avant d'entrer, Michaël met sa main dans sa poche, en sort son portable qui vient de vibrer. Il lui demande de l'excuser. Elle l'entend qui s'enferme dans la chambre des filles, située en face de la sienne. Elle ne cherche pas à savoir qui peut l'appeler à cette heure tardive. Elle ne veut même pas se poser la question. C'est son affaire. Elle n'attend de lui qu'une seule chose. Elle le désire si fort que son ventre lui fait mal. Elle ne peut plus attendre.

Va-t-il se décider à la rejoindre enfin ?

Il vient. Lui sourit. Ferme la porte.

— Rien de grave.

Il s'assoit contre elle, en se blottissant sous le dessus-de-lit. Ils boivent. Puis s'embrassent. Puis boivent encore. Leurs salives ont un goût de framboise. Michaël trouve le vin excellent, demande où on peut en commander, si Hélène a des prix. Il fouille dans la poche de son jean, extirpe un paquet de Marlboro. Il en sort un gros cône, bien tassé.

Hélène n'a jamais essayé. C'est une de ses nombreuses lacunes. Même quand Thomas fumait à ses côtés, elle refusait de toucher aux joints qui circulaient.

— De l'africaine, dit Michaël. C'est de la folie, tu peux me croire.

Il allume le cône, tire dessus deux ou trois fois puis le lui tend en frôlant ses doigts. Elle hésite, se décide. Elle a peur de tousser, de paraître ridicule. Elle se sent parfois si coincée. Elle aspire prudemment, s'enhardit et recommence. L'odeur est bonne, le goût parfumé. Sa poitrine s'embrase, elle devient cramoisie.

Stupéfait, il la regarde s'enflammer en silence.

— Qu'est-ce qui t'arrive ? Hé, vas-y doucement. Tiens, calme-toi et bois. Vin et herbe, c'est un mélange trop fun. Excellent pour l'amour, baby...

Hélène avale quelques gorgées qui adoucissent la sensation de brûlure, aspire encore le cône. La tête lui tourne. Elle a envie de rire. Elle se rapproche de Michaël, l'embrasse dans le cou, au coin des lèvres. Il sent bon. Il la renverse par terre. Elle adore sentir ses mains sur elle.

Elle se contorsionne pour se déshabiller, l'imite en lançant ses vêtements dans la pièce. Le tissu rêche de son jean lui râpe la cuisse, la boucle de sa ceinture frotte sur la peau de son ventre. Elle est de plus en plus excitée.

Il la regarde sans un mot. Ses yeux luisent. Il sourit. Elle tremble.

— Tu es belle.

— Mais j'ai froid.

Il la soulève et la porte jusqu'au lit. Elle se glisse sous la couette. Il finit de se déshabiller et vient la rejoindre. Chaque sensation s'étire à l'infini. Elle est dans un manège et l'instant d'après, au centre d'un kaléidoscope. Son cerveau tournoie, les formes se mélangent. Pourquoi y a-t-il tant de couleurs ? D'habitude, l'amour est en noir et blanc.

Elle sent la langue de Michaël lécher son sexe à petits coups rapides et doux.

« Je vais exploser, se dit-elle. Personne ne m'avait jamais dit que c'était si fort. Avec Thomas c'était beaucoup moins... »

— C'est bon, s'entend-elle dire. C'est trop bon.

Elle voudrait inventer d'autres mots et les lui offrir comme un bouquet de fleurs rares. Mais il n'y en a pas. Elle peut varier l'intensité des adverbes, démesurément, incroyablement, infiniment, mais pas les adjectifs ni les mots. Bon. Bon, bon, bon. Elle ne peut que le répéter et le répéter encore. C'est bon, très bon, trop bon. Comme une friandise, un gâteau au chocolat noir, un rocher fourré à la noix de coco. Comme un bonbon, voyons. Elle ne comprend pas comment des idées si subtiles, si rapides à la fois peuvent lui traverser l'esprit. Elle trouve qu'elle accomplit des progrès remarquables.

Michaël se tourne alors de telle façon que son sexe se trouve à la hauteur de son visage. La bouche d'Hélène s'en empare. Malgré sa peur de mal faire, elle se lance doucement. Au bout de quelques secondes, elle a trouvé le rythme. Tout, dans l'univers, est une question de tempo. Est-il possible de mettre cet acte si naturel en musique ? Michaël doit savoir. Il faudra qu'elle le lui demande.

« On devrait rester comme ça un million d'années, se dit-elle, j'aime ses jambes, ses pieds, ses doigts, son odeur, la forme et le goût de sa... Oui, de sa bite. Avant lui, je ne connaissais rien à rien. »

Puis c'est le début d'un éblouissement immense qui n'en finit pas de s'accroître, au fur et à mesure qu'elle s'avance dans le plaisir.

Elle se souvient d'avoir hurlé. Les sons se démultiplient. Comment puis-je crier aussi fort ? Heureusement que les petites ne dorment pas à côté.

Elle se souvient de l'avoir chevauché et de cette sensation qu'elle a eue de grandeur et de puissance. Elle se souvient de ses mains qui enserrent trop fort ses poignets et lui procurent une douleur délicieuse. Elle se souvient de son souffle, de ses gémissements, de son râle.

Elle ne se souvient plus de rien. Ensemble ils se sont endormis, serrés l'un contre l'autre.

Le feu les éclaire par intermittence. Ils oublient de l'éteindre.

Au matin, l'ivresse a disparu. Elle est vaincue la première. Elle l'entend haleter, puis faiblement crier. Sa tête retombe lourdement sur son épaule. Ils demeurent silencieux pendant quelques secondes. Puis il se rejette sur le côté.

— C'est de la folie, dit-il en passant un bras vainqueur sous le buste d'Hélène. Franchement, tu es topissime et je pèse mes mots. Et moi, comment tu m'as trouvé ? J'ai été bon, non ?

Elle ne peut pas prétendre le contraire. Elle s'abstient cependant de répondre. Elle soupire, s'étire, se pelotonne contre lui. La pluie tombe en petits bruits cristallins sur les carreaux de la fenêtre, accompagnée par le vent qui a soufflé toute la nuit. Dans ses bras, elle se sent si bien.

Penser à remercier Casimir.

Puis elle s'immobilise. Elle a entendu la porte d'entrée s'ouvrir avec ce petit grincement qui l'exaspère. Elle a oublié de donner un tour de clé.

— Chut, dit-elle doucement. On dirait qu'il y a quelqu'un.

— Il y a quelqu'un ? fait une voix en bas de l'escalier qui monte aux chambres.

5. Yvonne

M'habiller. Où sont mes chaussures ? C'est infernal, je ne retrouve rien. Je crois que des gens sont venus s'installer à la maison sans nous le dire. Il y a une personne inconnue dans la chambre de maman. Papa ne devrait pas tolérer ça. Voyons voir, ma culotte, mes collants. Non, c'est trop difficile, tant pis, je vais mettre des chaussettes.

C'est pratique ces papiers sur les meubles pour indiquer le contenu des tiroirs. Où est mon imperméable ? Ah, le voilà. J'ai bien fait de le laisser dans la chambre. Et mon sac. Où est mon sac ? Celui-là a l'air joli. Je crois que je ne l'ai jamais porté.

Je vais descendre tout doucement, il ne faut pas que la femme inconnue me voie. J'ai faim, mais je mangerai plus tard. J'ai l'habitude d'attendre. Cet escalier grince, la concierge le cire trop, on le lui a déjà dit mais elle n'en fait qu'à sa tête.

Ça y est, je suis passée. Personne ne m'a remarquée. Il fait froid, non ? Bon, allez, du courage. J'ai encore un long chemin à parcourir avant de la retrouver.

6. Jean-Maurice

Comment faisaient les gens pour ne pas se perdre sur ces routes de campagne ? Elles se ressemblaient toutes, pareillement bordées de vastes pâturages délimités par des haies au feuillage dru. Les villages qu'elles traversaient avaient aussi un air de cousinage, avec leurs maisons blanches aux toits moussus, et leurs colombages irréguliers, regroupées autour d'églises romanes signalées dans les guides par un « vaut le détour ».

C'était sans doute charmant mais à neuf heures du matin, sans avoir dormi de la nuit, il aurait préféré se trouver dans son lit plutôt que d'avaler des kilomètres. Depuis qu'il était sorti par erreur de l'autoroute, il avait le sentiment de tourner en rond. Sans compter cette profusion de noms, écrits si petits sur la carte qu'il était obligé de mettre ses lunettes pour les localiser, alors qu'il détestait les porter, surtout pour conduire. Curieux comme il avait l'impression d'être déjà passé par là. Ces champs où paissaient quelques vaches résignées, ce bouquet d'arbres bourgeonneux dont le vent faisait s'agiter les branchages, ce chemin boueux à droite, il les avait déjà vus. Pourquoi la signalisation était-elle si imprécise ? Ou était-ce lui qui accusait la fatigue ?

Un panneau s'annonçait. Juilly-en-Bray, lut-il, 15 km. Il approchait. Pas trop tôt. A voix haute, Jean-Maurice se répétait les phrases qu'il avait préparées à l'intention d'Elizabeth. Ce n'était pas très compliqué de l'attendrir, il était bien placé pour le savoir. Maintes fois il avait testé son réservoir compassionnel. Il suffisait de trouver la bonne phrase. Il imaginait ses grands yeux marron, qui le faisaient penser à ceux d'un bon chien fidèle, se remplissant de larmes contenues au récit de ses prétendus malheurs.

Il la voyait comme si elle était devant lui, son chignon bas sur la nuque – elle se coiffait comme sa mère au même âge – dont s'échappaient des mèches qui blanchissaient, ses petites lunettes rondes qu'elle ajustait sans cesse sur son nez, sa bouche qui se tordait en un tic qui déjà l'exaspérait à l'époque où ils étaient mariés. Elle vieillissait mal.

Il freina brusquement pour éviter un animal qui traversait la route en courant. Un lièvre ? Un lapin ? Un renard ? La campagne, ses arbres, ses prés, ses animaux, son charme bucolique. Il n'avait jamais tellement apprécié. C'était un des seuls points communs qu'il se soit jamais trouvé avec son ex-belle-sœur. Il se souvenait de discussions interminables du temps où il était marié avec Elizabeth.

— Mais si, achetons une maison de campagne, celle qui se trouve à côté de chez mes parents est en vente. Ce serait si pratique. Et tellement bien pour Simon. Regarde comme il est pâlichon. Tu écrirais tes romans au calme. Nous pourrions tous nous retrouver en famille, tout en ayant chacun son toit. J'imagine déjà l'ambiance.

Lui aussi, il imaginait l'ambiance. Jean-Maurice, Elizabeth et les autres. Déjà, à l'époque, il n'aimait pas les films de Sautet. Elle n'avait pas acheté sa maison, ni avec lui ni avec ce crétin de Richard, mais elle avait fini par annexer celle de ses parents. Forcément, avec tous ses congés de prof, elle ne savait pas comment occuper sa marmaille. Elle avait dû en avaler des couleuvres pour s'entendre avec son dragon de mère. Quand ils étaient mariés, elle le tannait pour qu'ils y passent les week-ends, mais il se débrouillait toujours pour refuser, en prétextant qu'il avait du travail.

Au début de leur séparation, leurs rares contacts téléphoniques se terminaient en disputes. Elle, si patiente en général, lui raccrochait au nez. Ou bien c'était lui qui l'insultait. Elizabeth n'admettait pas qu'il se soit installé à Marseille avec Silvia (il essayait de ne jamais repenser à cette scène pathétique, Elizabeth rentrant plus tôt de son collège de banlieue parce qu'elle avait attrapé la grippe et les surprenant tous les deux dans le lit conjugal). Ni qu'il prenne Simon de loin en loin (était-ce sa faute si le gosse refusait de venir chez lui ?). Ou encore qu'il « oublie » de payer la pension. Son remariage avait calmé le jeu. Richard subvenait aux besoins de Simon, s'était chargé de son éducation. Heureusement, l'hérédité avait eu son mot à dire. Son fils lui ressemblait. Parce que Richard... Comment Elizabeth avait-elle pu épouser ce naze ? Surtout après lui ? Un type qui travaillait dans les assurances ? Qui avait été GO au Club Med dans sa jeunesse ? Qui aimait le cinéma américain, les McDo, les polars, les vacances en Espagne, et offrait de l'eau de Cologne Roger & Gallet à sa femme pour son anniversaire.

Depuis qu'il était revenu à Paris après sa rupture, leurs liens s'étaient renoués. Elizabeth en avait pris l'initiative. Elle semblait avoir oublié leurs anciens différends, l'appelait pour un oui ou un non, était ravie qu'il se soit remarié avec une jeune femme tellement adorable. Elodie est enceinte ? Mais c'est formidable, Jean-Maurice, et si j'étais la marraine du petit ? Ah, sa sœur est déjà sur les rangs ?

Elizabeth saisissait toutes les occasions pour les recevoir, très simplement, disait-elle, on sera entre nous. L'anniversaire de Simon, le bac de Simon, l'anniversaire de Richard, son propre anniversaire. Ces dîners de famille – soi-disant recomposée – l'assommaient. On rapproche tout le monde comme sur une photo officielle, on sourit en faisant semblant d'y croire. Elizabeth je te présente Elodie, Elodie je te présente Elizabeth, Elodie écrit avec moi un scénario, oui pour Chéreau, enfin on pense le donner à Chéreau, Elizabeth est prof de lettres, elle est formidable, si pédagogue, ses élèves la vénèrent, oui on a trouvé facilement à se garer, ah bon, Simon rentrera plus tard à cause de son entraînement de judo ?

Le repas provenait de Picard Surgelés, sur ce terrain-là non plus elle ne s'était pas améliorée. Les conversations tournaient autour des mêmes sujets convenus, cent fois entendus, l'époque avait bon dos, les idées devenaient de plus en plus confuses. Et ne parlons même pas d'idéaux. Oubliés les grands espoirs du siècle dernier, une seule solution la révolution, changer la vie, sous les pavés la plage, et autres balivernes qui au moins les faisaient rire même si personne n'y croyait tout à fait. Les plus enragés avaient vieilli, leurs illusions avaient péri, écrasées sous le poids du réel impitoyable. Il aurait pu en faire le sujet d'un roman, les désarrois des anciens jeunes au début du troisième millénaire. Il y pensait de plus en plus sérieusement. La droite musclée et la gauche protestataire, les 35 heures, les retraites, l'intégrisme, le voile, les cités, la sécurité, le terrorisme, les impôts, les profs, les intermittents. Il y avait là de quoi faire.

A vingt-trois heures tapantes, Richard qui se levait tôt donnait le signal du départ, une expression de sommeil profond plaquée sur son visage lunaire. Jean-Maurice se surprenait à attendre ce fichu bâillement. En guise de conclusion, Richard servait un dernier verre « pour la route » et déclarait avec un faux rire dans la voix :

— Tout le monde va mal, ce pays est foutu, on aurait bien besoin de remettre les pendules à l'heure, de reconstruire une gauche digne de ce nom.

Elizabeth se tournait alors vers lui avec un petit rire.

— Tu vois, disait-elle, tu vois, nous ne changeons pas, nous avons toujours les mêmes colères.

Il n'était pas d'accord. Ou alors elle était aveugle. Ce qu'elle avait pu s'embourgeoiser avec les années, c'en était devenu obscène. D'accord, elle jouait à la décontractée, vaisselle dépareillée, gros poufs de part et d'autre de la table basse qui obligeaient à se contorsionner pour s'asseoir, mais on sentait bien chez eux une mentalité d'installés, dans leurs propos et dans leur façon d'être.

Quand il l'avait rencontrée, elle était tellement militante. Elle s'enflammait pour toutes les causes avec brio, les femmes battues, l'écologie, la fourrure, le viol, l'avortement, le Chili, l'Argentine, les sans-papiers, le travail des enfants. Elle était capable d'improviser un discours articulé en cinq minutes, sur n'importe quel sujet. Il ne le disait pas, mais ses raisonnements l'avaient souvent impressionné. Il les reprenait sans vergogne à son compte.

Il se souvenait de soirées enfumées dans leur tout petit deux-pièces de la porte de la Chapelle, musique, pâtes et bières, les copains qui débarquaient, les joints qui circulaient. Après leur mariage, elle avait commencé à changer. Elle supportait moins les visites imprévues, râlait quand le brouhaha se faisait trop fort et risquait de réveiller le bébé. C'est même pour ça qu'il avait commencé à s'en détacher. Tout finissait par tourner autour de ce fichu mioche.

Mais Elizabeth pouvait aussi se montrer si gentille. Jean-Maurice la supportait beaucoup mieux depuis qu'il n'était plus marié avec elle. Il avait tellement détesté cette sensation poisseuse de culpabilité qui le prenait chaque fois qu'il rentrait à la maison, fraîchement extirpé des bras d'une femme et le regard qu'elle lui jetait alors avec le bébé dans les bras. Il en devenait odieux, la saluait à peine et filait s'installer sur le canapé devant la télévision en augmentant le son pour ne pas entendre ses reproches ni les cris de l'enfant.

Il n'aurait jamais dû l'épouser. Il s'était laissé bêtement attendrir à cause du gosse.

Si Elizabeth n'avait pas insisté, jamais il ne se serait manifesté à nouveau. Même au risque de perdre Simon. Son fils n'avait jamais semblé beaucoup l'aimer. Les liens du sang, il l'avait toujours su, étaient une vraie foutaise, une invention de psychanalystes ou de romanciers pétris de bons sentiments. Personne ne pouvait vous obliger à ressentir une quelconque affection pour vos enfants ou pour vos parents. Elizabeth s'accrochait à ce mythe imbécile. Elle n'avait que ces mots à la bouche, mon père, ma mère, ma sœur, mes enfants, mon mari. Cette extraordinaire dévotion à sa famille s'était étendue jusqu'à lui, parce qu'il était le-père-de-

Simon. Il n'allait pas s'en plaindre, surtout en ce moment. Elle était sa seule planche de salut, il fallait qu'il en profite.

Depuis qu'Elodie l'avait quitté pour ce connard, elle ne cessait de lui manifester une maternelle sollicitude, un peu pesante par moments. Comment allait-il ce matin ? Est-ce qu'il mangeait au moins ? Voulait-il qu'elle lui envoie sa femme de ménage ? Comment lui avouer qu'une fois le premier choc passé, il se sentait beaucoup plus humilié que triste ? Cette troisième union avait été une erreur. Une de plus. Il n'était définitivement pas fait pour la vie de famille, les pleurs, les cris, les maladies infantiles, les dimanches au zoo et Elodie de plus en plus nerveuse parce qu'il ne voulait pas se lever la nuit.

Ce n'était pas sa faute si la fibre paternelle refusait obstinément de se greffer sur lui. Silvia était stérile, c'est ce qui avait fait durer leur couple même s'il l'avait trompée dès le début, comme il avait trompé toutes les autres. Elodie voulait des enfants. Une jeune femme veut forcément des enfants, même avec un type de vingt-cinq ans de plus qu'elle. Elle pensait qu'il allait changer. Les femmes pensent toujours que les hommes vont changer parce qu'elles s'imaginent être seules à les comprendre. Dans l'enthousiasme des commencements, il avait bêtement cédé, même si une petite voix raisonnable lui soufflait que la naissance des jumeaux (« Tu es sûre que le gynéco ne s'est pas trompé ? Et il n'y a *rien* à faire ? Je veux dire, tu dois te reposer ? ») signifierait la mort de leur histoire.

A bien y réfléchir, Elodie l'avait quitté mais il ne l'avait pas retenue. Dommage qu'elle ait montré un goût si médiocre en partant avec ce gros porc qui, parce qu'il avait tourné deux ou trois films qui avaient marché, se croyait tout permis. Jean-Maurice lui souhaitait bonne chance. S'il pensait que ça allait être facile de se coltiner le mauvais caractère d'Elodie, ses prétentions à l'écriture et les aliens hurleurs qui avaient l'air de deux clones de leur mère. Même lui n'avait jamais pu les distinguer. Il avait assez souffert comme ça. Il était temps de passer à autre chose.

Pour commencer, il fallait entreprendre le chef-d'œuvre qu'il avait toujours porté en lui. Il avait le sujet, une idée formidable. Il imaginait les personnages, le décor. Il ne lui restait plus qu'à s'y mettre. Vingt-deux ans auparavant, après des années de galère, il avait écrit un roman qui avait remporté un énorme succès. Le jackpot. Du fric comme s'il en pleuvait. On ne voyait que lui à la télévision, on l'entendait sur toutes les ondes. La tête avait commencé à lui tourner. Les hommes le jalousaient. Les femmes s'offraient à lui. Comment aurait-il pu refuser cette aubaine ?

Mais ça ne lui avait pas porté chance. Après son divorce, tout ce qu'il avait signé sous son nom n'avait pas marché. Deux romans, une pièce de théâtre, quelques scénarios pour la télé. Nada. Terminé. La baraka l'avait quitté. On l'avait oublié aussi vite qu'il avait été porté au pinacle.

Sa situation actuelle n'avait rien de réjouissant. Ses droits d'auteur n'étaient qu'un souvenir lointain. Son dernier roman était passé devant trois comités de lecture qui l'avaient tous refusé. Lui. Jean-Maurice Lobligeois. Dix semaines consécutives en tête de la liste des meilleures ventes de *l'Express*. Le Goncourt manqué à deux voix. (Il en avait été malade pendant plusieurs semaines.)

L'argent qu'il gagnait péniblement à écrire les bio-

graphies des autres (un nègre, il était devenu un nègre
qui bâclait des livres à scandale : une mamie condam-
née à dix ans de prison pour avoir mitonné l'assassinat
de sa belle-fille, un photographe proxénète, un man-
nequin tombé dans la poudre) était englouti au casino,
sur des champs de courses ou dans des cercles de jeu.
Celui qu'il empruntait flambait de la même façon.
Cerné par les dettes, harcelé par ses créanciers, Jean-
Maurice affectait une indifférence qu'il qualifiait de
saine à propos de ses soucis financiers. Il ne pouvait
cependant faire autrement que d'y penser. Il venait de
recevoir un ultime commandement d'huissier qui exigeait ses meubles comme un ogre vorace. En attendant
l'expulsion de son appartement par un propriétaire
lassé de réclamer le loyer.

Et ce type qui n'arrêtait pas de le poursuivre parce
qu'il lui devait mille euros perdus au poker. Comme
si, entre gens sérieux, on posait des ultimatums. Mille
euros, il ne fallait tout de même pas exagérer. Avant
dimanche soir, avait-il menacé. On était samedi. Il lui
restait trente-six heures. Elizabeth, comme d'habitude,
allait l'aider. En général, elle le dépannait de petites
sommes, cent ou cent cinquante euros, qu'il jouait aux
courses à peine l'argent en poche et qu'il oubliait de
lui rendre. Elle ne lui en tenait pas rigueur, faisait
semblant de le croire quand il jurait qu'il la rembour-
serait dès qu'il le pourrait. Il le lui promettait avec une
telle sincérité. Une fois ce souci réglé, il faudrait lui
parler sérieusement. Son prochain livre devait marcher
et il n'y avait qu'un seul moyen, il le savait. Plus
question de se raconter des histoires.

Bien sûr, il devrait argumenter. Lui parler de la
pension alimentaire exorbitante qu'Elodie exigeait
sous peine de lui confisquer le droit de visite aux petits,

alors qu'il n'avait même plus de quoi payer son propre loyer. Il amplifierait les problèmes de santé de Max, transformerait un asthme bénin en maladie respiratoire qui exigeait des soins constants, peut-être un long séjour en Suisse, dans un établissement coûteux. Il n'oublierait pas Albert. Qu'allait-il bien pouvoir inventer à Albert ? Ah oui, un eczéma purulent. C'était presque la vérité, il avait parfois des crises d'urticaire. Lui aussi aurait besoin de la Suisse. Pauvres petits, le divorce les avait rendus si nerveux.

La présence de Patricia l'arrangeait tout compte fait. A elle aussi, il aurait deux ou trois choses à dire. Et pourquoi pas un peu d'argent à la clé ? Il voyait d'ici son regard ironique. Et sa bouche dont elle abaisserait les coins en signe de mépris quand il lui aurait parlé. Elle se mettrait en colère, l'enverrait au diable, mais elle serait bien obligée de l'écouter. Elle le détestait depuis qu'il s'était marié avec sa sœur. Tout ce tintouin depuis tant d'années pour une plaisanterie sans importance. Elle n'avait aucun sens de l'humour. La vie dans son duplex du huitième arrondissement, avec son mari tellement imbu de lui-même, ne devait pas être drôle tous les matins.

Patricia avait été belle, on ne pouvait pas le nier, bien plus belle qu'Elizabeth, plus raffinée, plus soignée. Elle savait tirer parti de chaque parcelle de son petit corps sec et nerveux, multipliant les cours de gym et les soins dans des instituts de beauté. Cette femme était un paradoxe vivant. Elle avait beau râler, prétendre ne pas pouvoir supporter sa famille, se composer avec eux un masque d'indifférence, sur ce plan-là au moins elle ressemblait à sa sœur. Quoi qu'elle en dise, elle ne parvenait pas à les lâcher.

Jean-Maurice n'éprouvait aucune pitié pour ce qui

était arrivé à leur mère. Yvonne avait toujours été une vraie peau de vache avec lui. Chaque fois qu'ils se rencontraient, elle lui faisait sentir qu'il était indigne de sa fille. Leur antipathie était on ne peut plus réciproque. Elle s'était à peine adoucie à la naissance de Simon. L'imaginer complètement gaga le faisait doucement rigoler.

Juilly-en-Bray, 2 km. Il ne retrouvait plus le plan faxé par Elizabeth, égaré sans doute dans le bric-à-brac qui encombrait l'intérieur de sa voiture. Il se souvenait vaguement qu'il devait tourner à droite cent mètres après la sortie du village, puis à gauche, après la pancarte « Gîte rural ». Sa mémoire le trahissait. Il ne retrouva pas l'indication qu'Elizabeth avait mentionnée. A l'instinct, il roula encore un peu, prit à gauche, puis à droite, se perdit pendant quelques kilomètres, retomba sur le panneau JUILLY-EN-BRAY.

« Quel pays. Quelle galère... », se dit-il en attrapant son portable posé sur le tableau de bord.

Un point lumineux lui signifia que la batterie était déchargée. Pestant contre son manque de chance, il tenta de se concentrer pour rassembler ses souvenirs. Une maison avec une barrière en bois, une haie de thuyas, l'avait-il entendue dire avant de lui demander un fax, pour plus de sûreté.

Il considéra d'un air dégoûté le tas de journaux, plans, livres, vieux papiers qui s'amoncelaient à l'avant, jonchant le sol et le siège passager. Même lui ne parvenait plus à s'y retrouver.

« Ce doit être là », pensa-t-il en s'engageant dans une voie boueuse qui menait vers une forêt.

Il parcourut cinq cents mètres puis s'arrêta devant une haie de thuyas. LA POMMERAYE lut-il sur une plaque

accrochée au portail grand ouvert. Il roula sur un chemin semé de graviers qui conduisait à une vaste
demeure dont le toit d'ardoises était flanqué d'un grand
balcon. La façade était presque entièrement occupée
par une large baie vitrée. Elle avait un aspect plus
moderne que les traditionnelles chaumières norman-
des.

Il ne vit pas la voiture d'Elizabeth mais, garée en
retrait de la maison, sous un groupe d'arbres, il remarqua une Maserati gris métallisé qu'il attribua à Patricia.
Celle-là, on pouvait dire qu'elle avait réussi. Elle avait
toujours aimé le fric, elle n'en faisait pas mystère.
Courir derrière un riche mari – et surtout le garder –
avait été la grande affaire de son existence. Et ses
émissions à la noix. « La main à la Pat. » Il se deman-
dait qui ce jeu de mots pouvait bien faire rire. N'empêche, elle avait trouvé le bon filon. La ménagère de
moins de cinquante ans, qui veut manger diététique et
pointu. La chance tombait toujours sur les mêmes.

Jean-Maurice sortit de sa voiture. La pluie s'était
mise à tomber. Il releva son col puis il courut pour
s'abriter sous le porche. La porte d'entrée était entre-
bâillée. Il chercha la sonnette des yeux sans la trouver,
hésita, puis se décida à pousser la poignée. Il y eut un
grincement. Il entra avec précaution et regarda autour
de lui.

La maison semblait déserte. Sa belle-mère avait fait
des progrès en décoration. Il ne lui connaissait pas ce
talent. Des meubles anciens voisinaient avec des lampes design, des tissus orientaux avec des objets de
brocante, des kilims avec des tableaux modernes, des
photos d'artistes avec des aquarelles représentant la
région.

A sa gauche se trouvait une grande pièce qui devait

être le salon. Deux canapés recouverts de velours prune étaient disposés de part et d'autre d'une cheminée à l'ancienne, séparés par une table basse dont le plateau était en verre épais et les pieds remplacés par quatre grosses roues métalliques. Au fond, des rayonnages qui montaient jusqu'au plafond accueillaient des centaines de livres, dont beaucoup d'ouvrages d'art, des CD, des DVD et une chaîne hi-fi rectangulaire et plate.

Jean-Maurice n'était pas très compétent en la matière, mais il voyait bien que l'ensemble valait beaucoup d'argent. Patricia avait sans doute offert le mobilier à sa mère. Yvonne était connue pour être la reine des pingres. Comme cadeau de mariage, elle avait voulu leur donner ses deux fauteuils en cuir tout pourris, sous prétexte qu'ils étaient « d'époque ». Il avait fallu que son beau-père s'interpose.

Il s'éclaircit la voix, s'approcha de l'escalier de bois foncé, assorti au parquet. Ce faisant, il contourna une veste de cuir noir qui avait été négligemment jetée à terre.

— Il y a quelqu'un ? demanda-t-il en haussant la voix. Il y a quelqu'un ?

— Qui êtes-vous ? demanda une voix qu'il ne reconnut pas. Que faites-vous ici ?

Il leva la tête et aperçut d'abord une masse de cheveux blonds, puis le visage inquiet d'une jeune femme qui le regardait par-dessus la rampe. Il se demanda qui elle pouvait bien être. La garde-malade, sans doute.

— Qui êtes-vous ? répéta-t-elle.

— Je cherche Mme Gordon. Yvonne Gordon.

La jeune femme secoua la tête. Ses cheveux blonds accompagnèrent le mouvement.

— Je vois. Attendez, je descends.

Emmitouflée dans un grand peignoir d'homme en

éponge havane, elle était adorable. Elle n'avait pas le genre à s'occuper d'une petite vieille. Une allure de bourgeoise plutôt. Un peu chauffées, ces filles à l'apparence sage devenaient des explosifs au lit. D'ailleurs, elle avait ce regard réjoui d'une femme qui vient de passer quelques très bons moments avec un homme.

Elle défit le nœud de sa ceinture et la renoua avec énergie, puis elle croisa les bras à hauteur de sa poitrine, là où déjà le regard de Jean-Maurice se perdait. Il évalua la grosseur de ses seins, imagina leur forme. Du sur-mesure pour aller avec ce buste frêle. Elle avait des salières à la naissance du cou.

Il aimait bien ce style, grande, mince, la charpente fine, rembourrée là où il le fallait. Il aimait bien toutes les femmes, à condition qu'elles aient une poitrine confortable et qu'elles n'aient pas dépassé la trentaine.

La blonde avait une voix assurée, avec un accent des beaux quartiers. Cela aussi l'excitait.

— Gordon ? Vous vous êtes trompé, mais ça arrive souvent car les gens s'égarent sur la route, c'est très mal indiqué. C'est la maison qui se trouve juste avant la nôtre. Avec une barrière blanche. Nous, c'est un portail en bois.

— Vous la connaissez ?

— Un peu, pas très bien, s'excusa-t-elle. Nous nous saluons, bien sûr. Nous nous rendons des services entre voisins. Mais il y a un moment que nous ne sommes pas venus à Juilly. Je ne sais même pas s'il y a quelqu'un chez elle ce week-end. La vieille dame était souffrante la dernière fois que je l'ai vue.

Jean-Maurice cherchait un prétexte pour prolonger la conversation. La fille lui plaisait. Etait-elle seule ? Il ouvrit la bouche prêt à débiter n'importe quel baratin, comme un représentant de commerce qui cherche à ferrer une cliente.

Un portable sonna. Cela venait d'en haut. Elle leva la tête, comme étonnée, puis secoua encore ses cheveux. Se rendait-elle compte de l'effet qu'elle produisait sur lui ?

Une voix grave (son mari, son amant ?) se fit alors entendre depuis l'étage.

— Hélène ? Qu'est-ce qui se passe ? Pourquoi tu ne remontes pas ? Qui est là ?

— J'arrive, j'arrive. Excusez-moi, ajouta-t-elle en s'adressant à Jean-Maurice.

Elle eut un petit geste de l'épaule comme pour dire qu'elle était attendue là-haut.

— C'est la grande bâtisse avant la nôtre, répéta-t-elle gentiment. Avec les quatre lucarnes. Vous faites un demi-tour et c'est bon. Vous ne pouvez pas la manquer, il n'y a que deux maisons par ici. C'est un lieu-dit. Très isolé.

— Bon, dit Jean-Maurice presque à regret. J'espère qu'on se reverra.

— Oui, oui, fit la jeune femme qui avança en l'obligeant à se diriger vers la porte.

Il remarqua ses pieds fins, ses ongles vernis de rose pâle, ses chevilles graciles.

— Au revoir, dit-elle.

Elle tourna les talons avant qu'il ne soit dehors.

Jean-Maurice remonta dans sa voiture, manœuvra, s'engagea sur le chemin. La pluie avait cessé, le soleil tentait une percée timide. Une Twingo verte arrivait derrière lui. Pour un lieu-dit isolé, le coin était plutôt fréquenté. Il attendit que la Twingo entre dans la propriété qu'il venait de quitter, puis il recula un peu afin de regarder ses occupants de plus près.

Un homme en sortit le premier. Un grand type avec des lunettes cerclées de métal, un peu dégarni aux tempes. Complètement insignifiant. Mais la fille qui l'accompagnait était d'une tout autre trempe. Une extraordinaire petite rouquine, à la peau couleur caramel, moulée dans un jean délavé qui semblait cousu sur sa peau. Elle portait un blouson de cuir noir ultra-court et des lunettes de soleil aux verres marron clair qui lui mangeaient le visage, comme l'aurait fait un masque de skieur.

« Un canon, se dit Jean-Maurice affolé. C'est quoi cette maison ? Une réserve de jolies filles ? »

Il les suivit du regard jusqu'à ce qu'ils ouvrent la porte et disparaissent. Puis il reprit sa route.

Une silhouette familière, en imperméable beige, surgit alors de nulle part, traversa et alla se perdre de l'autre côté du chemin, vers la maison qu'il venait de quitter.

Il jura et freina pour l'éviter. Quand il regarda à nouveau, elle avait disparu. Il se demanda s'il n'avait pas rêvé.

— Yvonne... mais je croyais qu'elle ne sortait plus de chez elle. Elizabeth fait encore un drame de tout. Pauvre fille, c'est fou ce qu'elle peut exagérer.

7. Thomas

Les ambitions de Chloé tiennent en deux phrases, d'une simplicité lumineuse. Travailler le moins possible et trouver un homme pour payer ses dépenses. Elle est la seule femme que je connaisse qui n'ait jamais entendu parler du féminisme. Longtemps elle a cru que parité était le pluriel de paire.

— Quelles paires ? ai-je demandé, ébahi. Les paires de chaussures ? Les paires de claques ?

Dans un sens, ce retour aux vieilles valeurs est plutôt reposant. Bien sûr, je plaisante. Loin de moi l'idée de traiter une femme en objet sexuel. Elles ont progressé depuis l'âge des cavernes. Ce genre de blague faisait bondir Hélène. Mais quand je pense à ce que Chloé et ses amies déversent sur les malheureuses qui osent appartenir à leur sexe, disséquant sans pitié leurs corps, leur âge, leur apparence, leurs liftings, la bonne tenue de leurs injections antirides, leur façon de s'habiller, de se chausser, de se mouvoir, je ne réussis pas à comprendre pourquoi elle n'a pas tout de suite détesté Hélène.

Normalement, elle aurait dû bouder, taper du pied, exiger de rentrer tout de suite à Paris, claquer les portes de la voiture, distiller des horreurs sur ma femme pendant tout le trajet de retour. Normalement. Mais ce serait oublier que cette fille est une matière brute, à peine policée, qui agit comme bon lui semble, sans souci des conventions, sans même d'égards pour ses propres axiomes. Parce qu'elle a le génie du paradoxe, la passion de la contradiction, il est impossible d'anticiper ses réactions, sauf à imaginer le contraire de ce que la logique devrait lui commander de penser.

Eh bien, cela n'a pas manqué. Elle a trouvé Hélène « trop classe » et ce gros lourd qui ressemble à un orang-outan, « trop sexy », je cite Chloé dans le texte. Le comble étant qu'elle n'est plus si pressée de rentrer à Paris. Est-ce vraiment de l'inconscience ou prend-elle plaisir à cette situation impossible ? Cherche-t-elle à l'envenimer par jeu ? Je la soupçonne du pire.

Quoi qu'il en soit le pire est arrivé. Ou presque.

Pourquoi n'ai-je pas fait demi-tour sur-le-champ quand je suis entré dans la maison ? Quand j'ai reçu dans mon champ de vision cette scène effroyable ? Hélène, sortant de la cuisine, les cheveux en bataille, nue sous mon peignoir en éponge havane. Derrière elle, ce type obscène qui tenait une tasse de café à la main. J'ai tout de suite vu qu'il était enveloppé dans le couvre-lit de notre chambre.

Mon boutis. Ma tasse. Ma femme.

Chez moi.

Dans une attitude qui n'avait rien d'équivoque. Ils avaient passé la nuit ensemble. Il s'était vautré sur le corps délicat d'Hélène. Elle affichait un sourire réjoui que je ne lui connaissais pas. Jamais elle n'avait eu ce visage après l'amour.

Trois options s'offraient à moi. D'abord, le démolir. J'ai un peu hésité avant d'y renoncer. Non que la perspective m'ait déplu. Mais ni Chloé ni Hélène n'auraient apprécié. Et puis, sous le boutis à fleurs, on devinait des pectoraux respectables. La prudence commandait de rester sur ses gardes. Deuxième option : tout casser dans la maison. Mais c'était une attitude indigne pour l'architecte consciencieux que je suis, d'autant que j'avais négligé d'augmenter ma police d'assurance.

Enfin, et c'est ce que j'ai failli faire, rentrer sur-le-champ à Paris. Ce qui n'était pas très malin. Je me connais, j'aurais cherché n'importe quel prétexte pour me disputer avec Chloé, histoire d'écumer ma rage. Nos bagarres pouvaient être meurtrières. Une fois, après qu'elle m'eut griffé et mordu, je l'avais giflée si fort qu'elle était tombée sur le lit, à la renverse.

A bout de souffle et d'arguments haineux, je m'étais écroulé sur elle, en m'excusant du mieux que je pouvais. Ce qui s'était passé ensuite avait été un défi aux bonnes mœurs. Plus tard, elle m'avait fait payer cette malheureuse claque au centuple. Un manteau de cuir doublé de fourrure, un sac et des chaussures Prada, des lunettes et une montre Chanel, sans compter de la lingerie fine et un petit pull de cachemire. Chaque fois que je sortais ma carte Gold, j'en avais un haut-le-cœur. Chloé se frottait contre moi en susurrant que j'étais trop cool.

Cela ne se terminerait pas ainsi cette fois. Je l'entendais déjà me dire de sa voix haut perchée avant qu'elle ne claque la porte :

— Je me demande ce qui te gêne le plus... Apprendre que ta femme a un amant ou lui présenter ta maîtresse ?

J'ai décidé de temporiser. Rester un petit moment pour montrer que je n'étais pas jaloux (d'ailleurs je ne l'étais pas, enfin pas tant que ça, c'était l'effet de la surprise qui m'avait mis dans cet état), puis me retirer en gentleman sans créer d'esclandre. J'ai choisi cette solution pour le bien d'Hélène. En partant sur-le-champ, j'aurais eu le sentiment de l'abandonner lâchement. Elle manquait de discernement, soit, mais ce n'était pas une raison pour la laisser entre les mains de ce voyou sans scrupules, qui avait profité de sa naïveté pour la séduire. Peut-être avec l'idée de nous cambrioler. Je préférais m'assurer qu'elle ne courait aucun danger.

Hélène m'a alors étonné. J'aurais dû me douter qu'elle avait un sacré caractère. Elle m'avait jeté dehors neuf mois auparavant, c'en était bien la preuve. Sa réaction en nous apercevant, Chloé et moi, a dépassé toutes mes suppositions. Elle a d'abord marqué un temps d'arrêt. Rougi. Puis ouvert de grands yeux étonnés, très madame Dupré-Martin mère découvrant un Zoulou nu, jouant du saxophone dans son salon tapissé de soie sauvage jaune paille. Encore un peu et elle me tendait ses doigts menus pour un baisemain réglementaire.

Mais presque aussitôt, elle s'est ressaisie. S'est avancée vers moi avec une expression mondaine que j'ai trouvée exagérée. Le type s'est planté à côté d'elle dans une posture de propriétaire en affichant un sourire niais.

— C'est toi ?

Comme s'il avait pu s'agir d'un autre.

— Je pensais que tu travaillais à Paris...

— J'ai eu envie de prendre l'air. Moi, je croyais que tu étais à Londres. Avec Marion.

— J'ai changé d'avis.

J'étais stupéfait, anéanti devant tant de duplicité. Les femmes, vraiment. Chloé avait peut-être raison, après tout. On ne pouvait faire confiance à aucune.

— Bon, eh bien, je suppose que ça devait arriver un jour, a-t-elle ajouté en me regardant sans ciller. Je te présente Michaël. Michaël, je te présente Thomas, mon mari. Enfin... mon futur ex-mari.

— Alors là, très heureux, vraiment, a dit le type qui a avancé vers moi une main que je n'ai pas serrée. Vous avez une baraque top canon, dites donc.

Heureusement, il n'a pas ajouté « une femme top canon », car cette fois il prenait pour de bon mon poing dans la figure. Parfaitement à l'aise, Hélène s'est tournée vers Chloé.

— Bonjour, je suis Hélène. Vous devez être Chloé, j'imagine.

J'attendais qu'elle dise sur le même ton « je vous ai déjà vue en photo », mais elle s'est tue. Chloé ne s'est pas démontée. Elle a secoué avec chaleur la main assurée qu'Hélène lui tendait. Puis celle du type, dans un éblouissant sourire. Je connaissais trop les ingrédients qui composaient ce sourire. Une recette spéciale concoctée par Chloé dans le but de déclencher le maximum d'embrouilles. Séduction, provocation et un zeste d'électricité torride. Personne, je veux dire aucun homme normalement constitué, ne peut y résister. Ce sourire était très exactement celui qu'elle m'avait décoché quand son fiancé me l'avait présentée avec une fierté de conquérant. En voyant l'expression gourmande plaquée sur mon visage, il avait dû ébaucher la même grimace de haine que celle qui déformait mes traits à présent. J'en étais conscient mais comment faire autrement ? L'apprentissage du flegme anglais n'a pas fait partie, hélas, de mon éducation.

— Il me semble vous avoir déjà rencontré, a dit Chloé. en battant des cils.

— Michaël est musicien. Enfin, chanteur..., a

répondu Hélène. Vous l'avez peut-être entendu à la radio. Il a composé ce slow, vous savez : *Laisse mes lèvres sur ta bouche...*

— *Laisse ma bouche contre la tienne*, a corrigé le type.

Pour un chanteur, il avait une voix horrible, éraillée, presque cassée. Et des intonations curieuses comme s'il parlait français avec l'accent anglais. Ma bouche contre la tienne ? Ce que je pouvais le détester.

— C'est top que vous soyez là, a-t-il ajouté à l'adresse de Chloé avec un clin d'œil déplacé. Hélène m'avait parlé d'un petit week-end à deux, mais vous ne me dérangez pas. Faites comme chez vous.

Il s'est mis à rire. Il représentait tout ce qui me met hors de moi. Le genre de type qui se marre à ses blagues même quand elles ne sont pas drôles. Et même quand ce ne sont pas des blagues.

— Bien sûr que je vous connais. Je me suis éclatée sur votre chanson, l'été dernier. Ça déchirait.

Elle a commencé à fredonner. Chloé croit qu'elle chante mais en réalité elle beugle. Et ce n'est jamais en mesure. J'en étais malade de la voir se ridiculiser ainsi devant Hélène. Mais il a repris le morceau avec elle en suivant le bon rythme. Il souriait de toutes ses dents et il en avait une quantité qui me sidérait. Il se déhanchait comme s'il était sur une scène, un micro à la main :

— *Laisse ma bouche contre la tienne /Ce soir je veux que tu sois mienne /Dans la fraîcheur de tes vingt ans /Laisse-moi retenir le temps...*

Navrant duo. Je n'osais pas regarder Hélène. Elle aurait dû penser la même chose que moi si elle avait eu cinq minutes de bon sens. Mais ce type lui avait mis la tête à l'envers. Elle semblait lobotomisée. Elle le regardait avec béatitude comme si elle venait de recevoir un message de l'au-delà, du genre : « Dieu existe, il compose des slows à la guimauve. »

La sonnerie d'un portable les a interrompus. Heureusement, car de ma vie je n'avais entendu pareilles niaiseries. Même Lara Fabian ne chantait pas ce genre de trucs.

— Excusez-moi, ça doit être pour moi.

C'était forcément pour lui car le portable massacrait les premières notes de *House of rising sun*. Un mauvais goût pareil relevait de l'exploit. Il s'est dirigé vers l'escalier, a monté les marches deux à deux, d'un pas assuré. J'étais partagé entre l'incrédulité et la rage. Ce type allait dans MA chambre. La nuit dernière, il s'était installé à MA place, avait posé sa montre sur MA table de nuit. Peut-être même, avant de se coucher, s'était-il prélassé dans MA baignoire. Et il avait dormi dans MON lit. Avec MON Hélène. Si toutefois, ils avaient dormi.

J'ai serré les poings. Hélène me fixait de ses yeux d'eau limpide. Rien ne semblait la troubler. Pas même cette veste en cuir noir jetée n'importe comment sur le parquet, elle qui détestait tant le désordre. J'ai eu envie de donner un coup de pied dedans, de la piétiner, de la déchirer. Cette veste en cuir brillant focalisait soudain toute ma rage.

— Allô ? Ah, c'est toi, Charlie ? Attends...

La porte a claqué. Il y a eu un silence. C'était un cauchemar. J'allais me réveiller d'un instant à l'autre et la vie redeviendrait normale. Je serais à nouveau Thomas Larchet marié à Hélène Dupré-Martin. Comme chaque année, pour les vacances de printemps, nous serions partis une semaine à la campagne avec nos filles, Alice, six ans, et Inès, quatre ans, deux jolies blondes ressemblant à leur mère, excepté la fossette au menton que je revendique comme ma marque de fabrique.

Nous aurions invité un couple de nos amis, parents de deux fillettes de l'âge des nôtres. Selon un rite établi de longue date, nous nous serions baladés dans les forêts du voisinage, nous aurions organisé des courses à vélo dans les petits chemins creux, initié des expéditions à la ferme, vaches, dindons, poussins, cris de joie. Nous aurions sans doute passé une journée à la mer, cinquante kilomètres ce n'est pas si loin, aurait dit Hélène en rentrant, je me demande pourquoi on ne le fait pas plus souvent. Les enfants auraient eu les joues cramoisies à force de se poursuivre sur la plage.

Le soir, devant la cheminée, après le poulet à la normande, spécialité incontestée d'Hélène, nous aurions entamé une longue partie de Risk, rythmée par un solo de Coltrane s'échappant de notre chaîne Bang et Olufsen, et par les babillages des petites jouant sur le tapis du salon. Hélène aurait fait un feu, allumé des bougies odorantes. Elle a toujours été douée pour les ambiances.

J'ai dû faire un effort pour revenir à la réalité sordide. Hélène avait un amant. Soit. La nouvelle était déjà difficile à admettre. Mais enfin. A la rigueur, je pouvais le comprendre. La pauvre petite n'allait pas rester à se morfondre, attendant dans la douleur que je lui revienne. Si je lui revenais un jour. Seulement l'amant d'Hélène n'était pas un type comme tout le monde, un journaliste, un dessinateur, un éditeur ou un architecte. La mort dans l'âme, j'aurais pu tolérer un jeune collègue de son père, un chirurgien arborant, comme Bernard Dupré-Martin, d'épaisses lunettes de myope et une calvitie honorable.

A la rigueur, j'aurais pu admettre un artiste. Un acteur, un peintre, un rocker. Mick Jagger ou Sting étaient un peu trop vieux. Pourquoi pas Liam Gallagher ? Ou encore un vrai chanteur comme Stéphan Eicher, moche, d'accord, mais si talentueux. Peut-être en aurais-je été secrètement flatté. Hélène avec l'interprète de *Déjeuner en paix*. Toute ma jeunesse.

Mais non. L'amant qu'Hélène s'était choisi entre mille (y en avait-il eu d'autres ?) était un crooner pour midinettes, un de ces artistes insipides qui passent à « Star Academy » et chez Thierry Ardisson, le samedi après minuit. Show business et compagnie, à tu et à toi avec les stars. La bagnole tape-à-l'œil garée devant la maison laissait présager le pire. Saint-Trop, Saint-Barth, Roland-Garros, yachts rutilants et bouteille chez Castel, pages people des journaux branchés, photos soi-disant volées avec mannequins dénudés. Et bien sûr le nez dans la poudre.

Hélène avait-elle donc perdu son raffinement, son bon goût inné, tout ce que j'avais toujours admiré en elle, pour choisir quelqu'un d'aussi bestial ? Les femmes me surprendraient toujours. D'ailleurs, j'étais plus que surpris. Déçu. Voilà. Déçu. C'était le mot. La déception laisse plus de traces indélébiles que le coup bas de la trahison, me répétais-je en silence en me promettant de mettre cette phrase en exergue de mes Mémoires, le jour où je les écrirais.

Le roucouleur redescendait, son portable à la main. Cette fois, il s'était habillé mais ses pieds étaient toujours nus, comme s'il était le maître de maison. Le même sourire imbécile était plaqué sur son visage. Il ne changeait donc jamais d'expression ? C'était du même niveau que son vocabulaire, d'une spectaculaire indigence.

Il s'est approché d'Hélène. J'ai bien observé son petit manège. Il s'est retenu de justesse pour ne pas l'embrasser devant moi mais il lui a fait un clin d'œil et il lui a pressé la main. Elle lui a coulé un regard en coin, ridicule, le genre « moi Jane, j'ai trouvé mon maître ». Elle aussi s'adonnait à cette mythologie de pacotille. Succomber à l'homme fort, qui roule des mécaniques et les tombe toutes d'un seul regard. Ce n'était pas digne d'elle.

Encore une preuve de la duplicité des femmes. Elles vous balançaient de grandes théories sur l'égalité, exigeaient votre assentiment, vous faisaient une scène si par extraordinaire vous vous laissiez aller un tantinet (*arrête de regarder la télé, bouge, range, vide les cendriers, occupe-toi des enfants, j'en ai assez de tout faire dans cette baraque*) et n'avaient de cesse que vous ne soyez transformé en carpette pour bien mettre en valeur leurs droits. Puis elles s'aplatissaient devant le premier macho venu, accouraient dès qu'il les sifflait, se tortillaient pour l'éblouir. C'en était à vomir.

Je devais réagir. Sortir de l'inertie dans laquelle j'étais plongé. Mais j'avais beau essayer, je restais debout dans le hall, la mine déconfite, sans bouger, comme si on m'avait aspergé de gaz paralysant. Je voyais bien que je n'avais pas le beau rôle. Hélène, au contraire, semblait s'épanouir dans cette confrontation malsaine. Avec quelle joie prenait-elle sa revanche...

Un bref instant, j'ai osé la regarder. J'ai lu dans ses yeux d'un bleu dont l'abjecte traîtrise n'avait pas altéré la transparence, que ce n'était ni le lieu, ni le moment de provoquer un scandale.

« Nous nous trouvons entre gens éduqués, semblait-elle me dire. Ne transformons pas cette situation provoquée par le hasard en un mauvais vaudeville.

Sachons rester dignes. Et puis, n'est-ce pas toi le responsable ? Qui le premier a trompé l'autre ? Qui a
menti, qui a trahi ? Qui a brisé une famille ? Qui m'a
fait pleurer des nuits entières ? Qui m'a jetée dans les
bras d'un autre homme ? Tu voulais le chaos ? Alors,
assume.

« — Assumer, assumer. Quand tout fout le camp,
c'est facile à dire. D'abord, je ne suis pas le seul responsable. Dans un divorce, les torts sont partagés. Fais
ton examen de conscience. Tu portes des vieux pyja-
mas pour dormir, tu n'aimes pas faire l'amour quand
il y a de la lumière, tu n'acceptes rien d'autre que la
position du missionnaire. Quant à ton grand singe,
rassure-toi, je ne vais pas le tuer. Ni même lui abîmer
le sourire. Pas question d'écoper de quinze ans de
prison pour avoir supprimé l'amant de ma femme.
Aujourd'hui, on reste amis au nom de la bienséance.
Bientôt nous échangerons nos cartes de visite et pourquoi pas nos compagnes ? Pardon de vous déranger,
cher ami, lui dirais-je, mais il me semble que c'est ma
femme que vous embrassez. »

« — Après vous, mon cher, me répondra-t-il. A
propos, cette jeune personne que vous avez amenée...
Serait-il indélicat de vous l'emprunter ? »

Le silence s'est appesanti. Hélène a annoncé qu'elle
allait se doucher. Eh bien, qu'elle se débrouille toute
seule. J'en avais assez vu.

— Je dois passer un coup de fil, ai-je dit en clignant
les paupières comme si je sortais d'un long sommeil.
J'en ai pour quelques minutes. Ensuite, on s'en va. On
ne veut pas vous déranger.

— Ah, mais vous ne nous dérangez pas du tout.
J'aimerais vraiment que vous restiez. N'est-ce pas,
Michaël ?

— Ouais, a dit le balourd en louchant encore une fois vers Chloé. Ouais, ouais.

Puis il s'est tourné vers moi, l'air complice.

— Dites, vieux, Hélène m'a dit que vous avez refait toute la baraque ici. C'est pas mal du tout. Vous ne voulez pas me donner deux, trois idées pour chez moi ? J'avais bien pensé à Starck, mais il paraît qu'il est surbooké.

J'ai fait comme si je n'avais pas entendu et j'ai sorti le portable de ma poche. Il a souri bêtement, même pas conscient de son flop, et s'est tourné vers Hélène.

— Je te suis. J'ai des tonnes de coups de fil à donner.

Avant qu'il ne monte, j'ai bien surpris son clin d'œil à Chloé. Le pire c'est qu'elle le lui a rendu, la chienne. Je l'ai tirée par le bras et je me suis réfugié dans le salon avec elle. J'ai tapoté sur mon portable pour essayer de décommander l'agent immobilier. Je ne sais pas pourquoi je m'accrochais à ce coup de fil. Je m'étais résolu à partir. Mieux valait encore affronter les clones mondains de Vanessa plutôt que subir plus longtemps cette situation abominable.

— Allô, allô... Mais pourquoi ça sonne toujours dans le vide ? Il ne connaît pas l'usage du répondeur ou quoi ?

J'ai fouillé dans mes poches, regardé dans mon portefeuille, ouvert mon Palm à la page du jour. Le numéro de portable de l'agent était introuvable. Je ne tenais pas en place tellement j'étais énervé. J'ai marché dans la pièce, déplacé un vase, redressé une photo de famille. Hélène, les filles et moi, au temps du bonheur disparu. Il manquait deux dents de devant à Alice. Inès suçait encore son pouce. C'était l'époque où elle se promenait partout avec un morceau de velours rose qu'elle appelait « mon petit bizou ». Tout ça était bel et bien fichu.

Je me suis posté devant la fenêtre. Le ciel était gris plombé. C'était un beau gâchis. Personne ne s'occupait plus du jardin. La pelouse aurait eu besoin d'être tondue. Les haies ressemblaient à des tignasses hirsutes, faute d'un coup de sécateur pour les égaliser. L'année précédente, j'avais planté des tomates-cerises et des carottes naines avec mes filles. J'espérais que le gel de l'hiver ne leur avait pas été fatal.

Pourquoi la vie était-elle si compliquée ? D'un coup de baguette magique, j'aurais aimé effacer cette journée. Revenir au point de départ. A ce matin, par exemple. Après l'amour, je me serais rendormi, le corps chaud de Chloé lové contre le mien, au lieu de me lever en vitesse et de balancer d'un ton qui n'admettait pas de réplique :

— Allez, on se lève, on n'a pas que ça à faire.

La voix traînante de Chloé m'a ramené au réel. Elle examinait les CD et les DVD rangés dans la bibliothèque et assortissait ses trouvailles de petits commentaires.

— Il est quand même canon, son mec.

Mon regard furieux ne l'a pas démontée. Elle a poursuivi son babillage.

— Il a une de ces façons de bouger les hanches. Trop sexy. Et ta femme, c'est pas non plus une bourge chiante comme tu m'avais dit. Elle est drôlement classe. Oh là, là, tous ces vieux Rolling Stones ? Ça va te vexer, mais c'est la musique que mon beau-père écoutait avant de se casser. Pourquoi tu n'as que des trucs de nase chez toi, alors qu'ici, il y a toute cette bonne musique qui ne sert à personne ?

Je me suis abstenu de lui dire tout ce que je pensais

du « mec sexy ». J'ai respiré un grand coup et j'ai répondu, comme si de rien n'était, avec un grand sourire aimable.

— C'est bien pour ça que je veux vendre, pour qu'on fasse un partage légal et récupérer ce qui m'appartient. Tu comprends, mon bébé ? Mais pourquoi cet agent immobilier ne veut-il pas répondre ?

Chloé est venue s'asseoir à mes côtés. Elle a posé la tête sur mon épaule. L'effet a été immédiat. J'ai glissé une main sous son pull, commencé à pétrir son sein dont la pointe était au garde-à-vous comme un brave petit soldat de l'amour. Je voulais la prendre sauvagement sur ce canapé acheté chez « Caravane » avec Hélène, du temps où je préférais le confort conjugal aux soubresauts de la passion.

Je la tenais ma vengeance. Et puis j'avais trop envie d'elle.

— Tu es fou ? Pas ici. Pas devant ta femme...

C'était bien la meilleure. Chloé jouant les prudes, les convenables. Je n'ai pas retiré ma main, au contraire. J'ai insinué l'autre dans son jean, entre son string et sa peau. J'ai tenté de l'embrasser. Mais elle s'est dégagée. Elle semblait sincèrement choquée.

— Et si Michaël descendait ?

C'était donc ça qui la retenait. Que cet Elbaz nous découvre. J'avais donc raison sur leur petit manège. Quand il la regardait, les yeux lui sortaient des orbites.

— Michaël à présent... De mieux en mieux. Dis donc, comment tu connais ce type ?

— Tout le monde le connaît.

— Pas moi.

— Toi ? Tu ne connais rien. L'été dernier on n'entendait que lui en boîte.

J'ai sursauté.

— Depuis quand tu vas en boîte sans moi ?

— Je te ferais remarquer que tu m'avais laissée seule pour partir en Grèce avec ta famille. Il a bien fallu que je me trouve des distractions.

— Je croyais que tu étais à un stage de danse sportive...

— Oui, mais le soir, je sortais. Je n'allais quand même pas pleurer en t'attendant.

— Tu ne me l'as jamais dit.

— Tu ne me l'as jamais demandé... Oh, et puis tu me saoules à être tellement soupçonneux. Je commence à comprendre ta femme.

— Comprendre quoi ?

— Je me comprends.

Chloé s'est levée, a fouillé dans son sac, en a sorti une trousse de cuir rouge et a entrepris de se refaire une beauté devant un petit miroir. Elle a recourbé ses cils avec un mascara, poudré son front, rougi ses pommettes, s'est passé du rose sur les lèvres puis l'a estompé avec le bout de sa langue.

D'habitude, je pouvais passer des heures à l'observer quand elle se maquillait. J'aime ses gestes précis de fille, cette façon adorable de grimacer pour se rendre encore plus désirable. Mais je ne me suis pas laissé attendrir. Elle n'avait aucun scrupule.

— Bon, moi j'ai envie d'un café. Où est la cuisine ? Tu dois le savoir, j'imagine. C'est chez toi ici, non ?

Elle est sortie de la pièce. Je l'ai suivie. Pas question de la laisser seule. Voilà que Chloé, elle aussi, allait pactiser avec l'ennemi. On ne pouvait se fier à personne. C'était quoi cette histoire de boîte de nuit en vacances ? Quand je l'appelais de Grèce, je tombais sur sa messagerie. Elle prétendait qu'elle n'était pas joignable parce que les communications passaient mal entre les deux pays.

Naïf que j'étais, tellement empêtré dans mes problèmes de couple avec Hélène, que je n'avais pas voulu imaginer Chloé ayant une autre vie sans moi. Elle dansait jusqu'à l'aube... Avec qui rentrait-elle ? M'avait-elle trompé ? Son stage avait duré plus longtemps que prévu. M'avait-elle raconté des histoires ? Qui voyait-elle en dehors de moi ? Comment savoir ? Plusieurs fois elle avait menacé de partir. Je l'avais rattrapée de justesse, toujours avec les mêmes promesses. Mais elle finirait par me quitter quand elle découvrirait l'état pitoyable de mon compte en banque. Elle devait avoir quelqu'un d'autre dans sa vie. J'en étais certain. Ou alors cela ne tarderait guère. Elle était mûre pour Michaël Elbaz.

Il me fallait deux Aspegic. Et un grand verre de scotch. Un café aussi, pourquoi pas ? Un *ristretto* doublement dosé. Quelque chose de très fort, en tout cas, qui puisse calmer cette douleur à la tête. Pauvre Hélène. Si elle croyait que la vie allait être facile avec un type dont le but dans l'existence était de séduire toutes les femmes. Elle allait vite déchanter, c'était le cas de le dire. Je n'avais pas le cœur à rire. Et si elle décidait de refaire sa vie avec lui ? Comment savoir si leur histoire était plus qu'une aventure ?

Pour être honnête, je n'avais encore jamais envisagé cet aspect-là du divorce. Que ma femme se remarie me paraissait jusque-là tellement inconcevable que la pensée ne m'avait pas effleuré, ou alors de manière abstraite. Pourtant, elle était très jolie, même Chloé l'avait remarqué. Et puis elle semblait guérie de moi. Elle affichait une séduction nouvelle à laquelle aucun homme ne pouvait rester insensible.

Le roucouleur ne serait pas le genre à lâcher prise. Une femme comme Hélène le changeait des idiotes qu'il avait l'habitude de fréquenter. Si le professeur Dupré-Martin la voyait... Elle méritait que j'appelle son père, tiens, pour qu'il la remette sur le droit chemin. J'en oubliais qu'elle avait failli se fâcher avec sa famille quand elle avait, de force, décidé de m'épouser.

Cadette de trois frères brillants et surdiplômés, elle était la petite dernière très choyée à qui on finissait par pardonner ses choix excentriques. Les Arts plastiques au lieu de Sciences-Po ; le mariage avec un architecte, autant dire la bohème, plutôt qu'avec un énarque bon genre ; la maison de campagne en Normandie, si loin de la Charente. La brouille n'avait pas duré longtemps parce que ses parents l'aimaient sincèrement, et qu'ils n'étaient pas si mauvais, dans le fond, malgré leurs grands airs et leurs beaux principes.

Je me suis représenté Marie-France Dupré-Martin s'étranglant derrière son collier de perles à trois rangs, le jour où sa fille chérie lui présenterait son nouvel amant. Ils comprendraient tous qu'ils n'avaient pas gagné au change. J'ai imaginé le déjeuner dominical, dans la salle à manger de l'avenue Charles-Floquet, avec la nappe blanche brodée par les petites mains du couvent des Visitandines, le Limoges à motifs bleu pâle, dans la famille depuis des générations, les trois verres en cristal, eau, vin blanc, vin rouge, les innombrables couverts en argent, les pommes de terre soufflées et le gigot « rose à l'arête » selon une fine plaisanterie en vigueur.

Et en cerise sur le gâteau, le chanteur de charme. Coincé entre le cadet énarque et son épouse normalienne, le polytechnicien et sa femme sortie comme lui de la botte. En face, Jean-Baptiste, l'aîné, chirurgien à

l'instar de trois générations avant lui. Un vrai rebelle,
Jibé. Il avait épousé une Iranienne (richissime héritière
d'un diplomate, tout de même) et pour « casser les
traditions », s'était spécialisé dans la chirurgie ortho-
pédique.

« Je vois d'ici Monsieur Trop-Top couper la salade
avec son couteau et se planter dans les fourchettes.
Bien fait. »

Ma bonne humeur n'a duré que quelques secondes.
Une autre pensée, beaucoup plus grave, est venue
m'occuper l'esprit. Mes filles seraient-elles élevées par
cet analphabète ? Adopteraient-elles sa sous-culture
hyper-super-énorme, sa façon de penser à trois balles,
ses fréquentations douteuses ? Alice et Inès déguisées
en poupées Barbie, dansant derrière lui sur la scène du
Zénith, comme toutes ces bimbos dans les émissions
de variétés. Une horreur. Au lieu de poursuivre des
études sérieuses comme je l'envisageais déjà pour
elles, elles se lanceraient dans le show-biz, pistonnées
par le nouveau mari de leur mère. Je n'y survivrais
pas.

D'ailleurs ce serait une hécatombe. Délaissant ses
innombrables maîtresses, Bernard Dupré-Martin se
ferait hara-kiri dans son salon jaune paille. Sa femme
se jetterait par la fenêtre. Mes parents en mourraient,
surtout ma mère.

Pire, elle finirait par aimer Chloé. N'importe qui
plutôt que cet Elbaz.

— Mes petites-filles éduquées par un *saltimbanco* ?
Impossible.

Hélène devait quitter ce joli cœur sans tarder. Il
fallait aussi empêcher Chloé de le séduire. Je la
connaissais par cœur. Elle voudrait connaître ses amis,
les draguerait tous eux aussi. Rien ne l'arrêterait dans

sa course à l'argent. Elle irait danser avec lui jusqu'à l'aube dans ces boîtes à la mode où je m'étais senti si décalé. Je ne ferais pas le poids. Elle me quitterait pour de bon. Autant me suicider dans l'heure. Non, d'abord il fallait chasser le chanteur. Cette maison était la mienne. Il n'incombait qu'à moi d'y remettre de l'ordre. Il fallait que je sois fort. Un *maschio*, aurait dit ma mère.

J'ai regardé Chloé avec une dureté nouvelle. Au fond, n'était-ce pas ce qu'elle attendait de moi ? Je me suis dirigé d'un pas martial vers la cuisine, Chloé trottinant à mes côtés sur ses impossibles talons hauts de dix centimètres. L'air de rien, j'ai marché sur la veste en cuir noir, qui encombrait toujours le parquet de l'entrée. On a les vengeances qu'on peut. J'avais faim. J'ai ouvert le frigo qui présentait l'image de la désolation. Les clayettes étaient vides, hormis quelques pots de confiture et de condiments. L'intérieur commençait à sentir fort. Dans un placard tout aussi désert j'ai attrapé un paquet de crackers entamé. J'en ai tartiné trois de confiture d'abricots, dont j'ai au préalable ôté la couche de moisi, et j'ai commencé à manger sans joie, en espérant que ma migraine passerait ainsi.

Les biscuits étaient mous, la confiture acide. Chloé me regardait faire avec un dégoût manifeste. La seule pensée de nourriture révulse son organisme délicat. Deux grains de riz complet et quinze cafés serrés suffisent à son alimentation quotidienne. J'ai englouti les crackers à la file.

— Tu ne penses qu'à bâfrer. Et mon café ?

— Très facile. Il y a une Nespresso sur le plan de travail, des capsules à côté, il suffit de pousser le bouton à gauche pour faire chauffer l'eau. Quand le clignotant rouge s'arrête, c'est bon. Pour moi, ce sera un double *ristretto*.

J'ai failli ajouter : « femme », mais je me suis dit qu'il ne fallait pas trop lourdement appuyer sur la touche *maschio*, du moins pour commencer.

— Je sais comment ça marche, idiot. Tu as la même chez toi. Indique-moi où sont rangées les tasses. Tu crois que Michaël prend du sucre ?

Un coup de sonnette m'a empêché de répondre avec toute la grossièreté que cette dernière phrase méritait. Je me suis dirigé vers l'entrée et j'ai ouvert la porte. Deux femmes se tenaient sur le seuil. La plus petite avait des cheveux châtains coupés court. Elle affichait une quarantaine alerte. La plus grande, qui devait être l'aînée, était coiffée d'un chignon dont les mèches d'un blond grisonnant voletaient sur son cou, et autour de son visage.

Toutes les deux paraissaient perturbées comme si elles avaient reçu un choc.

Je ne les ai pas reconnues tout de suite. Au bout de quelques secondes de flottement, j'ai compris qu'elles étaient les filles de la vieille dame qui habitait la maison voisine. Je ne les avais pas croisées depuis un bon moment déjà. Elles ne devaient pas venir souvent. Ou alors c'est moi qui me faisais rare.

— Excusez-nous de vous déranger..., a commencé la grande, en hésitant.

— C'est urgent, a coupé sèchement la petite, nous avons perdu notre mère.

— Oh, ai-je dit. Je suis sincèrement désolé. Je vous présente mes condoléances.

8. Patricia

— Maman a encore caché des bouts de pain et des biscottes. On a de la chance que ça n'attire pas plus les souris.

Elizabeth se relevait avec difficulté. Elle tenait à la main un sac en plastique transparent. Elle en extirpa du bout des doigts quelques croûtons moisis, qu'elle considéra avec un dégoût mêlé de perplexité.

Quelle famille... Ma mère devenait folle et ma sœur perdait toute logique. Comment Yvonne aurait-elle pu se glisser sous le lit ? Avec si peu d'espace entre le plancher et le sommier ? Elizabeth avait pourtant inspecté l'endroit comme si la chose allait de soi. Grâce au ciel, j'étais rapide et je possédais du bon sens pour nous deux. Une chance que je sois là.

Je fis un rapide inventaire des affaires de ma mère.

— Ses vêtements d'hier ne sont pas sur sa chaise. Elle a dû les enfiler sur sa chemise de nuit. Dites-moi, Caroline.... Il s'est passé un bon moment quand vous avez quitté la cuisine, avant que vous ne vous soyez aperçue de sa disparition... Qu'avez-vous fait alors ? Essayez de vous concentrer.

Le visage de Caroline prit la couleur d'une tomate mûre. Elle tira sur les manches du peignoir de Richard, passa une main dans ses cheveux pour les ébouriffer, se tortilla comme une enfant prise en faute. Puis elle émit un : « heu » et encore un : « ah ». A part renifler et pleurer, elle n'avait toujours pas démontré ce qu'elle était capable de faire. Sa prétendue efficacité ne me convainquait guère.

— Alors ?

— Je suis allée aux toilettes et heu... J'ai passé un coup de téléphone. Mais c'était sur mon portable, reprit-elle vivement. Je me permettrais pas d'utiliser la ligne de madame Yvonne. D'ailleurs avant, elle mettait un cadenas, c'est ma tante qui me l'a dit.

Elle se remit à pleurer comme si je lui faisais peur. Elizabeth s'approcha et fit mine de la consoler.

— Calmez-vous, Caroline, ce n'est pas votre faute.

Si. C'était sa faute. Elle était chargée de surveiller notre mère. On la payait pour ça. Elizabeth voulait même l'engager. Et à mes frais encore. La question ne se posait même pas. C'était non. Non, non et cent fois non. Je n'étais pas une machine à billets. Je voulais bien m'acquitter de toutes les sommes qu'on me demanderait pour placer ma mère dans une maison de retraite où on la soignerait convenablement. Mais il était hors de question d'envisager une autre solution. Je ne marcherai pas dans leurs combines.

Ma mère avait besoin de personnel qualifié. Pas de deux campagnardes attardées dont l'une était au chômage et l'autre trop vieille pour faire correctement son travail. D'ailleurs, il était onze heures du matin, et Mme Bosco n'était toujours pas là. Si c'était ainsi qu'elles comptaient toutes les deux s'occuper de ma mère, nous courions à la catastrophe. J'avais envie de repartir sur-le-champ et de laisser Elizabeth se débrouiller avec ses petits bricolages. Mais une voix me soufflait qu'il fallait régler le problème avant de m'en aller. Autrement, je n'aurais pas fini d'en entendre parler.

S'énerver ne servirait à rien. Je devais me calmer. Respirer par le ventre. Inspire. Expire. Inspire. Expire. Je réglerai le compte de cette fille quand nous aurons récupéré ma mère. Elle ne restera pas une minute de plus dans cette maison. Ni moi d'ailleurs.

Ah, non... Elizabeth n'allait pas recommencer à fumer. Pas après ma crise de tout à l'heure. Son indifférence me suffoquait. Elle feignait de s'inquiéter pour moi mais se fichait éperdument de ce que je pouvais ressentir. Je toussotai deux ou trois fois. En vain. Elle avait déjà allumé sa cigarette, aspiré la fumée d'un coup sans paraître remarquer mon visage décomposé. Cette maison me faisait toujours le même effet. Je manquais d'air. Elle m'asphyxiait.

Ma sœur s'approcha de la fenêtre, l'ouvrit et scruta l'horizon à travers la vitre. Après une brève alerte, la pluie avait cessé. Mais le ciel était encore très sombre. Ici, le beau temps n'était qu'un leurre.

— Elizabeth... La fenêtre... Tu sais bien que je suis fragile. Et pour l'amour du Ciel, arrête de fumer ou je m'en vais... Vérifie à nouveau toutes les pièces à l'étage. Je vais examiner les chambres du bas. Caroline, où a-t-on retrouvé ma mère, l'autre jour ?

— Dans le jardin des voisins. Elle s'était endormie sur l'herbe, assise contre un gros arbre. Encore heureux qu'il n'ait pas fait trop froid. Elle aurait pu attraper la mort...

Elizabeth referma sans ajouter un mot et se dirigea vers les chambres de ses enfants, toujours silencieuse. Elle semblait préoccupée, comme si quelque chose d'autre que la disparition de notre mère la tracassait.

Je redescendis l'escalier en courant, Caroline sur mes talons.

— Vous, ne restez pas dans mes pattes. Allez vous habiller et rentrez chez vous. Et dites à votre tante de rappliquer tout de suite, on va avoir besoin d'elle.

— Oui, mais...

Pourquoi Elizabeth accordait-elle toujours sa confiance à des imbéciles ? Elle ne changerait jamais. L'année de la sixième, elle s'était entichée de la dernière de la classe alors qu'elle caracolait en tête dans presque toutes les matières.

— Personne ne veut lui parler, expliquait Elizabeth, parce qu'elle a toujours le nez qui coule et qu'elle ne sait pas ses leçons. C'est injuste.

Sa nouvelle amie passait de plus en plus de temps chez nous. Elizabeth s'épuisait à vouloir l'aider. Ses problèmes familiaux étaient insolubles – père alcoolique, au chômage, mère femme de ménage, vivant à six dans deux pièces minuscules. Au point que son travail scolaire s'en ressentait. Cette amitié ne plaisait évidemment pas à ma mère. Mais Elizabeth tenait bon. Elle pouvait parfois être têtue et je l'admirais pour son courage. Elle avait donné à cette petite, dont j'ai oublié le prénom, son devoir de grammaire pour qu'elle s'en inspire. L'autre l'avait copié sans changer une virgule. Elles avaient toutes les deux écopé d'un zéro qui faisait tache sur le carnet de notes de ma sœur.

— Je ne veux plus te voir ici, avait dit ma mère sans gentillesse à l'enfant. Allez, file, rentre chez toi.

Elizabeth avait persévéré dans le sauvetage de l'humanité souffrante. Militantisme acharné dans sa jeunesse, parrainage d'enfants en Asie et en Afrique, alphabétisation de Maliens à Montreuil, bénévolat au Samu social. Perte de temps et d'énergie, oui. Gouttes d'eau dans un océan de misère. Mais après tout, si cela lui donnait bonne conscience...

Au pas de course, j'entrepris une visite du rez-de-chaussée. Je commençai par le salon. Je regardai derrière le canapé recouvert de chintz fleuri, à l'anglaise. Le tissu était usé par endroits. On devinait l'empreinte des ressorts. J'effleurai une bergère en porcelaine posée sur un napperon de dentelle, un ramoneur avec son échelle et trois petits chiens qui secouaient la tête. Pendant des années, ma mère avait parcouru les brocantes et les foires de la région. C'était l'un de ses plaisirs favoris. Elle marchandait des objets, souvent très laids, dont le bas prix était à l'évidence son seul critère d'achat. Une bonne affaire la mettait en joie. Un bric-à-brac sans goût et surtout sans valeur, s'amoncelait dans toutes les pièces. Des vases, des statuettes, des tableaux, des meubles disparates, buffets massifs, chaises inconfortables.

Enfant, déjà, ce bazar des horreurs me faisait frémir. Je me promettais que mon futur appartement en serait l'exact contraire. Ma mère ne jetait jamais rien. Elle attendait que les choses soient hors d'usage pour les remplacer.

— Elle n'a pas les moyens de refaire la maison, expliquait Elizabeth, toujours prompte à lui trouver des excuses. Ce mobilier, ces bibelots font partie des années heureuses, quand elle vivait avec papa. Ils lui rappellent son passé. A son âge, c'est tout ce qui lui reste.

Heureuses, si on voulait. Elizabeth recréait la légende familiale. C'était sa particularité. Elle gommait ce qui lui déplaisait, inventait au besoin. Notre enfance avait été magnifique, nous nous entendions si bien. Nos parents étaient heureux ensemble. Notre mère n'était pas avare, tout juste économe. Si on l'entourait convenablement, sa maladie n'évoluerait pas. Jean-Maurice n'avait pas eu de chance, mais au fond c'était un type formidable.

Tous les événements de sa vie étaient vus sous le prisme d'une loupe exagérément optimiste. Etait-ce la preuve d'une grande naïveté ? Ou d'une bêtise insoupçonnée ? Pourtant Elizabeth était loin d'être une imbécile. La réalité ne lui convenait pas, voilà tout. J'avais souvent pensé que cette aptitude à minimiser les problèmes pour éviter de les affronter était le signe d'un colossal égoïsme.

Il ne me restait plus que l'atelier à explorer. Il fallait descendre trois marches, en remonter deux. J'entrai en hésitant. Pendant un court instant, j'avais imaginé le pire. Ma mère pendue à la poutre maîtresse. Mais non, tout était calme. La pièce était silencieuse. C'était une vaste grange, très haute de plafond, attenante au garage et reliée par un petit couloir au reste de la maison. Une porte vitrée donnait directement sur la forêt. La charpente de bois foncé, les murs de grosses pierres blanches, les larges fenêtres qui laissaient entrer la lumière lui conféraient une atmosphère apaisante, propice à la concentration.

Ma mère n'avait pas voulu y installer le téléphone.

— Que voulez-vous qu'il m'arrive ? disait-elle. Quand je peins, je ne veux pas qu'on me dérange.

Ses dernières productions étaient plutôt réussies. Elles tranchaient sur les natures mortes, les tournesols ou le « Clos Joli » croqué de face et de profil. A force de persévérance, ma mère avait gagné en technique ce qui lui manquait en talent. Dommage qu'elle ait cessé de peindre... Sur un chevalet, une toile trônait, signée comme les autres de son nom de jeune fille : Yvonne Bienvenue. Il s'agissait une fois encore d'un visage, toujours le même. Ewa, ma mystérieuse grand-mère.

Plus jeunes, nous avions reconstitué presque toute son histoire, par bribes, selon ce qu'elle acceptait de nous lâcher. Car elle demeurait avare de détails. C'était une tragédie familiale, intimement mêlée à la tourmente de ces années très sombres. Mon grand-père, Joseph Benveniste, rebaptisé Bienvenue, avait débarqué à Marseille via la Grèce, au début des années 20, flanqué de son inséparable frère aîné, Aaron. Tous les deux étaient tailleurs pour hommes, comme l'étaient leur père et leur grand-père avant eux. Munis d'un petit pécule, les économies de quinze ans de labeur, ils avaient ouvert un atelier à Paris, dans un appartement situé au quatrième étage d'un immeuble de la rue des Ecouffes. La plaque sur la porte indiquait « AUX FRÈRES BIENVENUE ».

Nous ne les avions pas connus. Aaron était mort d'une typhoïde juste avant la guerre. Il restait deux photos de Joseph. L'une avait été prise à Rhodes, devant l'échoppe paternelle, un an avant le départ des deux hommes. Ils étaient vêtus à l'occidentale, comme s'ils pressentaient déjà que leur destin se jouerait en France. Les autres membres de la famille avaient préféré rester dans l'île. Pourquoi s'exiler dans le froid et la pluie alors que le bonheur était là, à portée de la main, dans le parfum des fleurs qui s'ouvraient au soleil, dans la mer qui scintillait aussi loin que leurs regards portaient.

Presque toute la communauté – deux mille personnes – avait été déportée par les nazis en juillet 1944, à la fin de la guerre, avec une centaine de juifs originaires de l'île de Kos. On les avait emmenés à Haidiri, un camp de concentration près d'Athènes. Puis ensuite à Auschwitz, dont le nom était aussi peu familier à ces insulaires nostalgiques de leurs ciels lumineux, que la grise et froide Pologne. Peu en étaient rentrés. La famille des deux frères ne faisait pas partie du groupe des survivants.

L'autre photo de Joseph datait de son mariage, en 1925, avec Ewa Rudnicki, ma grand-mère. Les parents d'Ewa étaient arrivés de Lodz, en Pologne, juste avant la Révolution russe avec leurs trois enfants. Ils s'étaient installés dans le quartier où Joseph et Aaron avaient monté leur atelier de confection. A vingt ans, Ewa était une femme d'une beauté peu commune, avec des cheveux blond vénitien, dont les ondulations descendaient jusqu'à ses épaules rondes, des yeux clairs étirés sur des pommettes hautes, un nez droit et délicat. Ma mère prétendait que je lui ressemblais. J'étais la seule de la famille à arborer l'ossature fine de son visage et la couleur ambrée de ses yeux en amande. Avec cet héritage, ma mère aurait dû m'adorer.

Sous sa robe blanche de mariée, très simple, une coulée de satin fluide orné d'un peu de chantilly au décolleté et aux manches, on devinait les courbes du corps généreux d'Ewa, ses jambes minces perchées sur des talons hauts. Elle souriait à l'objectif d'un air contraint.

— Parce que ses chaussures lui faisaient mal aux pieds, nous expliquait ma mère, quand elle était – rarement – en veine de confidences.

A ses côtés, Joseph Bienvenue tenait sa jeune épouse par le bras, un air de triomphe plaqué sur son visage ingrat. Comment lui, un petit tailleur obscur, avait-il réussi à séduire une femme si belle ? Avaient-ils été heureux ensemble ? Comment s'étaient passées

les premières années d'Yvonne et de sa sœur Claudette ? A quoi pensaient-elles dans cet univers confiné
qui allait de l'atelier paternel à leur appartement situé
à l'angle de la rue du Roi-de-Sicile – trois petites chambres, une minuscule cuisine, des toilettes malodorantes
sur le palier – où Ewa rêvassait toute la journée, la tête
plongée dans des revues à deux sous ?

Ewa, qui aimait le cinéma à la folie, y emmenait
souvent ses filles le dimanche après-midi. Il fallait
soutirer par ruse de l'argent à Joseph qui grognait
comme si on l'assassinait, chaque fois que sa femme
avait besoin de quelques pièces. La passion du grand
écran était si vive chez Ewa qu'elle avait tenu à pré-
nommer sa fille aînée Yvonne, comme Printemps, et
la cadette, Claudette, comme Colbert.

Pendant la guerre, Ewa avait joué de malchance. En
août 1941, prévenu par un ami, Joseph avait réussi à
échapper à une rafle avec ses filles. Yvonne avait quatorze ans et Claudette à peine dix. Ce jour-là, Ewa se
trouvait chez ses parents à qui elle rendait visite chaque
matin. Les gendarmes avaient frappé chez eux. Ewa et
les siens – son père, sa mère, son frère cadet, sa sœur,
son beau-frère, et leurs deux jeunes enfants – avaient
été emmenés à Drancy puis à Auschwitz. Comme la
famille de Joseph, aucun d'entre eux n'était jamais
revenu.

A cet instant de son récit, ma mère fermait les yeux,
puis disait d'un ton brusque :

— Ça suffit. Allez ranger vos chambres. Vous avez
des devoirs pour demain ?

Joseph avait confié ses filles à une voisine qui les
avait emmenées chez des cousins à la campagne. Puis
il avait disparu. Après la guerre, il les avait cherchées
puis heureusement récupérées. Cela ne s'était pas si

mal passé pour elles. Les cousins étaient gentils. Elles avaient pu manger à leur faim. Joseph avait reçu la médaille de la Résistance. Il n'aimait pas trop raconter cette période. C'était un homme bourru. Ses colères brutales terrorisaient les petites. Il explosait puis se calmait aussi vite que sa rage était montée. Le reste du temps, il se taisait. Elles savaient alors qu'il ruminait son chagrin. Mais il ne parlait plus d'Ewa.

Dans l'atelier où il gagnait essentiellement sa vie avec des retouches – les clients n'avaient plus d'argent pour se payer du sur-mesure – il recevait parfois des visites. De messieurs d'âges divers, avec des noms amusants. Ma mère se souvenait d'un Prince. Il y avait aussi Trompe-La-Mort, Buraliste, Jean-François. Joseph les invitait à la maison. Yvonne préparait le dîner. Claudette desservait la table. C'étaient les seuls moments où leur père s'animait. Dans ses yeux tristes courait alors une lueur de gaieté. Une fois couchées, les filles entendaient, de leurs lits, les voix éraillées par le tabac évoquer des histoires ponctuées par de gros rires bruyants, où il était question de sabotages, de trains qui déraillaient, d'incendies de camions alle- mands. Elles s'endormaient, bercées par ces mystérieu- ses paroles.

Au matin, l'appartement sentait la cigarette brune, le vin bon marché et l'alcool de poire. Des verres vides et des cendriers débordant de mégots recouvraient la table. Parfois l'un des hommes restait dormir sur le canapé de la pièce commune. Il partait sur la pointe des pieds, un peu honteux, après le premier café. Joseph retombait dans sa torpeur.

Il ne s'était pas remarié.

— Pour quoi faire ? J'ai deux petites femmes à la maison.

Il était mort d'une attaque cardiaque le jour des vingt-deux ans d'Yvonne. Elle travaillait comme sténodactylo dans une compagnie d'assurances. Elle avait rencontré mon père peu après. Ensemble, ils avaient créé leur agence d'intérim, une innovation pour l'époque. Claudette avait émigré à Los Angeles, puis épousé Lester Kaplan, un juif américain, agent d'artistes.

Le couple avait péri dans un accident de voiture en revenant d'un voyage à Las Vegas. Ils ne laissaient pas d'enfants. Quand nous étions petites, nous nous apitoyions sur cette jeunesse orpheline dont ma mère nous faisait porter le poids comme l'avait fait son père avec elle. Puis nos questions avaient cessé. Peut-être ne voulait-elle plus nous répondre. Ou peut-être était-ce moi qui ne voulais plus l'entendre.

Depuis cette dispute, dont j'avais été le secret témoin à douze ans, j'avais parfois le sentiment d'avoir moi aussi perdu ma mère à peu près à l'âge où Yvonne avait perdu la sienne. Je ne parvenais plus à la plaindre.

Je rebroussai chemin, remontai les marches, parcourus le couloir en l'appelant. Mais ma mère ne surgit pas d'un placard où elle se serait cachée par jeu, ni de derrière un meuble. J'allai jusqu'à la porte d'entrée qui grinça fortement lorsque je la tirai vers moi. Comment ne l'avions-nous pas entendue sortir ce matin, alors que nous étions trois dans la cuisine ?

Un homme montait les marches du perron. C'était peut-être le facteur. Mais il n'avait pas de sacoche. Et il souriait, narquois, silencieux. Je le dévisageais, sans comprendre. Subitement, je sursautai.

— Jean-Maurice.

Il y avait bien longtemps que je ne l'avais vu mais il était resté le même, surgissant toujours dans nos vies à contretemps. Que venait-il faire ici ? Et pourquoi précisément aujourd'hui ? Je me sentais mal à l'aise. Il arborait ce fameux sourire qui autrefois tournait la tête des filles. Son allure vestimentaire n'avait pas changé. Un costume de velours côtelé marron couvert de pellicules aux épaules, un pull en shetland beige à col roulé qui bouchochait sur le devant. La bohème chic avait vieilli comme ses traits. Il avait eu un certain charme lorsqu'il jouait les séducteurs. Aucune femme, alors, ne lui résistait, même pas les proches d'Elizabeth. Il la trompait ouvertement mais il n'avait jamais affiché le moindre remords.

Avec les années, son visage s'était creusé. Ses yeux autrefois langoureusement cernés par les nuits de veille – les femmes, le poker – s'alourdissaient de vilaines poches. Il se coiffait toujours d'un catogan retenu par un élastique, mais ses cheveux se faisaient rares et grisonnaient sur le front et les tempes, comme sa barbe naissante. Ce matin-là, il ne s'était pas rasé.

— Ah, mais c'est la sister. Ça fait un bail, dis-moi. Pour une femme de ton âge, tu te maintiens bien.

Compliment ou vacherie, on ne savait jamais sur quel pied danser avec lui. Même si on subodorait l'absence de bienveillance. Au bout de cinq secondes, il fallait qu'il déclenche les hostilités. Ce surnom de « sister » m'avait toujours énervée.

— Tu n'as pas perdu tes bonnes habitudes de débarquer au mauvais moment.

— Toujours aussi hospitalière. Tu pourrais me faire entrer.

Je reculai pour le laisser passer. Je ne voulais pas qu'il me frôle. Au même instant Elizabeth descendait l'escalier. Elle pâlit en l'apercevant.

— Qu'est-ce qu'il vient faire ici, lui ? hurlai-je en

pointant un doigt accusateur sur mon ex-beau-frère. Tu
ne trouves pas que les choses sont déjà assez compli-
quées comme ça ?

— Pat, ça va, calme-toi. Je t'expliquerai. Jean-
Maurice, tu tombes affreusement mal, je suis vraiment
désolée.

Elle revint vers moi.

— Maman n'est pas en haut, j'ai cherché partout.

Mon regard allait de l'un à l'autre. Ma mère non
plus n'aimait pas Jean-Maurice. Pour une fois, elle
avait vu juste. Une scène me traversa l'esprit. A l'époque, j'habitais Lausanne où je suivais les cours de
l'école hôtelière. J'étais revenue à Paris avant de partir
en vacances avec Philippe, avec qui je venais de me
fiancer. Il attendait les résultats de sa dernière année
d'HEC. Nous nous trouvions toutes les trois dans le
salon de l'appartement familial de la rue de Clichy.
C'était la fin du mois de juin. Je clignais les yeux à
cause du soleil qui pénétrait à flots dans la pièce. J'étais
allée tirer les rideaux.

C'est alors qu'Elizabeth nous avait annoncé tout à
trac qu'elle était enceinte.

— De Jean-Maurice, précisa-t-elle, alors qu'ils
avaient rompu trois mois plus tôt.

Je m'étais retournée, surprise, les yeux écarquillés.
Après cette énième rupture, qui cette fois semblait
sérieuse, Elizabeth avait juré qu'elle ne lui pardonne-
rait pas. Il l'avait bafouée, une fois de plus.

Ma mère l'avait longtemps fixée sans prononcer un
seul mot. Puis elle avait soupiré.

— Eh bien, ma petite fille, avait-elle fini par lâcher,
je suppose que tu tiens par-dessus tout à le garder.

Je n'avais pas compris si elle parlait de Jean-
Maurice ou de l'enfant.

Caroline surgit de la cuisine, toujours enveloppée dans le peignoir de Richard. Jean-Maurice loucha sur ses seins. De ce côté-là non plus, il n'avait pas changé, obsédé sexuel comme à vingt ans.

— Vous n'êtes pas encore habillée ? Et votre tante ? Où est-elle ? Ah et puis fermez votre peignoir, je vous l'ai déjà dit.

— Ma tante ne se sent pas bien ce matin. Le docteur qui est venu pour sa jambe lui a dit de ne pas bouger. Je vais rester pour vous aider. J'ai refait du café.

Elle semblait vexée mais elle referma cependant le peignoir. Elizabeth dévisagea Jean-Maurice avec nervosité. Elle évitait de me regarder. Je ne savais pas ce qu'ils manigançaient, mais cela ne me plaisait guère.

— Maman s'est encore enfuie. La deuxième fois en trois jours...

Jean-Maurice tira des Gitanes sans filtre de sa poche. Il nous tendit le paquet. Je déclinai son offre en faisant la grimace. Elizabeth secoua la tête en montrant le sien. Elle eut la décence de ne pas l'imiter.

— Elle n'est pas bien loin, la mère Yvonne. Au train où elle allait...

Il examina le bout de sa cigarette, ôta deux ou trois brins de tabac collés à sa lèvre inférieure.

— Tu l'as vue ? Pourquoi tu n'en disais rien ?

— Où allait-elle ?

— Une à la fois, s'il vous plaît. Je ne disais rien parce que vous ne m'avez rien demandé. Et elle se dirigeait chez les voisins. D'autres questions ?

— Pas de temps à perdre, dis-je en remontant l'escalier à toute allure. On fonce à côté.

— Vous m'excuserez de ne pas « foncer » avec vous, mais je viens de me taper cent kilomètres en bagnole et je n'ai pas dormi de la nuit. Je suis épuisé, moi. Puisqu'il y a du café, j'en boirais bien une petite tasse.

Il s'adressait à Caroline en louchant toujours sur sa poitrine.

— Faut que je monte m'habiller....

Elle rougit sous le regard de Jean-Maurice. Mais elle ne rajusta pas le peignoir.

Grand, mince, myope, un peu voûté, le voisin avait un certain charme, si on aimait le genre indécis. Il portait un blouson en peau marron clair et jouait avec son portable. Son regard passait d'Elizabeth à moi, comme s'il voulait nous photographier. Puis il revenait vers son téléphone en hochant la tête tandis que je lui expliquais ce qui était arrivé à notre mère.

Il s'aperçut enfin que nous étions restées sur le pas de la porte.

— Excusez-moi, je suis très impoli. Entrez, je vous en prie. Je peux vous aider à fouiller notre jardin. Il n'est pas bien grand, ce ne sera pas trop difficile. Je ne vois guère d'endroit... Ah, la cabane à outils, peut-être...

Je n'étais encore jamais venue chez eux. La décoration était à la fois moderne et chaleureuse, raffinée sans ostentation. Depuis toujours, j'étais sensible à ces détails. Un intérieur en raconte cent fois plus sur ceux qui y vivent que des confidences souvent mensongères. J'avais aperçu une fois ou deux la jeune femme du voisin jouant dans le jardin avec ses adorables fillettes. A eux quatre, ils ressemblaient à une publicité pour la famille idéale.

Un jeune homme brun fit son apparition dans le hall. Vêtu d'un jean et d'un polo de cachemire noir, il avait gominé ses cheveux au point qu'ils en paraissaient mouillés. Il sentait l'after-shave et le savon, comme s'il sortait de sa douche. Lui aussi tenait un portable à la main. Cela me fit penser que j'avais oublié le mien dans ma chambre. J'espérais que personne ne chercherait à me joindre.

Le voisin le regarda avec une agressivité certaine, mais le jeune homme ne sembla pas s'en apercevoir. Il s'approcha et nous décocha un sourire empreint de séduction, un brin machinal cependant. Son visage me semblait familier mais je rencontre tant de monde dans mon métier que je renonçai à chercher dans quelles circonstances nous nous étions déjà croisés.

— Je vous connais, dit subitement le jeune homme en me dévisageant. Je suis sûr que je vous ai vue à la télé.

— C'est possible.

Encore un téléspectateur acharné. Je subodorai le pot de colle.

— Mais oui. (Il semblait très excité, soudain.) Je me souviens. J'y étais. Vous m'avez invité, je veux dire. « La main à la Pat »... Je suis Michaël. (Il me prit la main et la serra avec force.) Vous savez bien, le Michaël Elbaz de *Laisse ma bouche contre la tienne*, le supertube de l'été dernier. Dans votre émission, j'ai préparé un poulet au citron. Enfin, j'ai fait semblant. Parce que moi, la cuisine... Une recette de ma mère. Vous êtes son idole, elle vous a-do-re.

— Oui, oui, je me souviens de vous en effet.

Ce garçon n'avait aucune idée de l'usage qu'on pouvait tirer d'une casserole. En arrivant sur le plateau, il s'était vanté de n'avoir jamais rien fait chez lui. Sa mère s'occupait de tout, avait-il affirmé, ajoutant qu'à vingt-huit ans, il venait tout juste de quitter le foyer familial. Mais la chaîne voulait des vedettes. On me l'avait imposé. Il avait vendu des milliers de disques, il était populaire auprès des femmes. Je n'avais jamais écouté ses chansons.

— De la daube, m'avait dit ma fille aînée avec dédain.

Il avait fallu tricher. Recommencer les prises une dizaine de fois. Le montage avait été compliqué. Le garçon savait cependant jouer de son charme. Daube ou pas, toutes les petites assistantes en étaient folles.

— Dites, je vous ai pourri la life, pendant le tournage, non ? Mais on s'est bien éclatés quand même. Tout le monde m'a dit que j'étais génial.

Il regarda le voisin en riant. Ce dernier, qui ne s'amusait pas autant, lui décocha une vilaine grimace.

— Pardon, dit alors Elizabeth. Vos mondanités c'est bien gentil, mais le temps presse. On peut jeter un œil dans votre cabane à outils ?

Une jeune fille rousse à la peau très mate fit alors irruption dans l'entrée. Elle portait avec précaution des disques compacts et des DVD qu'elle déposa sur un fauteuil, puis elle plaça un sac noir sur la pile. Jolie, certes, mais tout à fait ordinaire si on la détaillait d'un peu plus près. Bien le genre à sortir avec Michaël Elbaz. Je ne comprenais pas ce que ce couple qu'on aurait plutôt imaginé dans un endroit à la mode venait faire dans ce coin de campagne isolé.

Contre toute attente, la fille se mit à hurler en direction du voisin :

— Thomas, je m'en fous. Je te préviens, j'attends pas le partage. Je ramène tout ça à Paris. D'ailleurs, j'en ai marre de cet endroit. On se casse ?

Le voisin haussa les épaules devant ces paroles énigmatiques. Sa femme descendit alors l'escalier, les cheveux enveloppés dans une serviette blanche. Elle portait un sweat-shirt beige, un jean de velours marron. Les ongles de ses pieds nus étaient vernis d'une exquise couleur rose pâle. Elle sourit quand elle nous vit et s'avança vers nous, prête à engager la conversation. Mais nous n'avions pas de temps à perdre en rapports de bon voisinage. Je la saluai d'un signe de tête rapide, marmonnai « Excusez-nous, nous sommes pressées », puis je tournai les talons, entraînant Elizabeth à ma suite. Le voisin nous précéda, dévalant les marches du perron devant nous.

— C'est par là, suivez-moi...

Une Peugeot 106 grise s'arrêtait sur le chemin. Un gros homme en sortit et claqua la portière. Il se précipita vers notre petit groupe. Malgré la température plutôt fraîche, son visage était trempé de sueur. Il s'essuyait le front avec un mouchoir blanc.

— C'est pas simple de trouver votre baraque, dites donc. Ça fait une demi-heure que je cherche. Je suis désolé d'être en retard, mais j'ai dû accompagner une petite mamie à la gare. Elle avait l'air complètement perdue sur la route. Les gens sont criminels de laisser les vieux se débrouiller sur le bord du chemin, de si bon matin.

— Une petite mamie ? hurla Elizabeth. Avec un imperméable beige ?

— Vous la connaissez ? Elle est de votre famille ? C'est pas bien de la laisser toute seule. Je l'ai emmenée là où elle voulait et encore j'ai fait un sacré détour, parce que j'ai dû retourner sur Evreux pour la déposer. Vous avez eu de la chance. Mais où vous allez tous, à courir comme ça ?

— Elizabeth, dépêche-toi. Prenons ma voiture, elle est plus rapide que ton tas de boue.

Je me remis à éternuer devant tout le monde. Je ne pouvais plus m'arrêter. J'étouffais. Je me sentais ridicule. Elizabeth me tendit son paquet de Kleenex. Depuis le début de la matinée, j'avais la sensation désagréable d'être à nouveau la petite sœur qui se faisait moucher. C'était ma punition pour être revenue dans cette maison, où le passé m'écrasait avec force. Comme si toutes ces années interminables d'une jeunesse que j'exécrais ne s'étaient jamais tout à fait effacées.

— Attendez, Pat, dit alors Michaël Elbaz qui nous avait suivies. Vous n'allez pas pouvoir conduire dans cet état. Je vous emmène, moi. J'ai une Maserati Coupé GT, je peux monter à 290 à l'heure si je veux. On sera à Evreux en trente secondes à tout péter.

— Vous êtes sûr... ? commença Elizabeth. Parce que j'ai aussi une voiture...

— La mienne est encore en rodage. Il faut que je la fasse rouler. En plus j'ai besoin de faire le plein avant de me tirer. Y a pas de station-service dans ce trou pourri, j'imagine. De toute façon, on va pas s'éterniser, non ? On cueille la mamie et on rentre.

Ce garçon n'avait pas inventé l'eau chaude, mais il allait nous faire gagner du temps. Il a ramassé une veste en cuir noir qui traînait sur le parquet, puis il l'a époussetée en faisant la grimace, avant de l'enfiler.

— Je vais chercher mon sac, dit Elizabeth...

— Pas question ! Il faut qu'on la rattrape avant de perdre à nouveau sa trace. Ou alors, tu ne viens pas.

— Je viens. C'est ma mère autant que la tienne.

— Qu'est-ce que je fais, moi ? demanda le gros type. Quelle maison je dois visiter ? Vous m'avez tellement mal indiqué au téléphone...

— Celle d'à côté, dit précipitamment le voisin. Dépêchez-vous. Tu viens Chloé ?

Je ne compris pas ce qu'il voulait dire mais je n'avais pas le temps de me poser des questions. J'ouvris la portière droite de la Maserati et m'installai d'autorité sur le siège avant. La voiture sentait le cuir neuf. Michaël tint la portière de son côté pour qu'Elizabeth puisse caser son mètre soixante-quinze à l'arrière.

— Je reviens, baby, cria-t-il à la voisine restée un peu en retrait.

Elle lui fit un petit signe de la main. La fille rousse emboîta le pas du voisin. Michaël la suivit du regard et claqua la langue d'un air appréciateur.

— Joli châssis, dit-il. Bon, je mets mon GPS en route. Vous savez où on va ?

— Oui, dit Elizabeth, roulez, je vais vous expliquer.

— Parce que le GPS, c'est super. On ne peut pas se perdre. Vous voulez que je vous montre ?

— Roulez, dis-je. C'est à droite en sortant.

Il démarra en faisant vrombir son moteur.

— Yououh ! hurla-t-il en effleurant les touches du lecteur de CD.

Une voix puissante envahit l'habitacle. Il poussa le bouton à fond. Le rythme était très alangui. Un slow avec violons et gros effets d'orchestre. Je compris vaguement les paroles : *Même si tu t'en vas, je suis là, à t'attendreuh, dans notre chambreuh...* C'était inaudible pour qui aimait vraiment la musique, mais probablement très commercial.

— Mon nouveau single, dit-il, très content de lui. Le disque de l'été. Il va faire un malheur, c'est moi qui vous le dis. On l'a déjà testé en boîte, c'est pas croyable comme les gens ont accroché. On le sort la semaine prochaine. Ça va être une folie.

Puis il se tourna vers moi. Il souriait comme s'il était filmé. J'ai déjà vu des cabots mais celui-là était hors compétition.

— Vous en faites pas, Pat, on va la retrouver votre maman. Sur la tête de ma mère, la pauvre.

9. Elizabeth

Cramponnée au fauteuil de Patricia, les deux poings si crispés que les jointures en devenaient blanches, j'ai fait semblant d'être à l'aise. Dans le rétroviseur, je voyais le visage souriant de ma sœur. Comment parvenait-elle à garder son calme, alors que l'aiguille du compteur frôlait les 200 kilomètres-heure ? Elle pérorait, racontait sa vie. Mon métier, mon émission, ma tranche horaire, mon audimat, vous connaissez Untel, ah oui parce qu'il est exquis, je l'a-do-re et machin, une vraie ordure, ha, ha, ha.

Avait-elle oublié le but de notre expédition ? Elle ne pouvait pas s'empêcher de charmer. N'importe quel mâle faisait l'affaire, même un chanteur pour midinettes. Elle en oubliait d'éternuer.

— C'est toujours tout droit, hein ?

D'une main, Michaël effleurait son volant et de l'autre, il pianotait sur son écran GPS. J'avais peur qu'il ne perde le contrôle de son impressionnante machine. Autrefois j'aimais bien la vitesse, quand Jean-Maurice pilotait sa grosse Kawasaki et que je m'arrimais à lui pour des courses intrépides. Depuis la naissance de Simon, je ne commettais plus d'imprudences. Les enfants ont ceci de bien qu'ils sont un bon prétexte à arrêter tout ce qui ne vous amuse plus en prenant de l'âge : aller en boîte, rentrer à l'aube, écouter de la musique trop fort, fumer des joints, se saouler. Mais je n'ai jamais été du genre à trop sortir des chemins balisés.

Et si Michaël fonçait dans le décor ? Quel gâchis. Patricia et moi grièvement blessées, mortes peut-être. Maman, perdue dans la nature, incapable de se débrouiller. Ma sœur avait été bien légère d'accepter la proposition de ce garçon qu'elle connaissait à peine. Nous aurions dû prendre sa voiture. Ou bien la mienne, ce gros « tas de boue » qui valait bien la Mercedes classe E, dernier modèle, cadeau de Philippe pour son anniversaire. Après tout, nous n'en étions pas à quelques minutes près. Oui, mais Patricia voulait tellement paraître. Une Maserati. Dans Evreux. Du sensationnel sur la place de la Gare. Ma sœur ne changerait jamais.

Nous sommes demeurés silencieux quelques minutes. J'écarquillais les yeux, je regardais de tous les côtés pour vérifier que maman n'avait pas rebroussé chemin. Nous allions peut-être la croiser sur la route, souriante, réjouie du bon tour qu'elle venait de nous jouer. Parfois, je voudrais tant croire aux miracles.

Après la pluie de la matinée, le soleil était réapparu, tantôt brillant franchement, tantôt dissimulé sous une longue traversée de nuages. La Normandie que j'aimais, verte et humide, défilait sous nos yeux, vastes champs bordés de haies blanches, forêts fraîches et silencieuses, petites routes que nous avions l'habitude de parcourir à vélo. J'appréciais le charme de ces villages discrets aperçus au loin, ces vieux bourgs groupés autour d'un vieux clocher dardant sa flèche vers le ciel.

Dès la toute première fois, quand mes parents nous avaient emmenées à Juilly, j'avais ressenti un véritable coup de foudre. Des années plus tard, je ne m'en étais toujours pas lassée. Le « Clos Joli » était apparu à l'adolescente que j'étais, férue de contes de fées depuis l'enfance, comme un lieu où la magie s'incarnait. La maison avait un tel attrait avec son toit de chaume d'où émergeaient quatre lucarnes espiègles, sa façade blanche ornée de colombages. J'étais déjà trop âgée pour croire aux sortilèges, mais je m'attendais presque à voir sortir Blanche-Neige et son escorte de nains, comme dans le dessin animé de Walt Disney. Nous étions en décembre. Cependant il me semblait que le printemps allait renaître dans l'instant, ornant les pommiers et les cerisiers de fleurs délicates.

J'ai tout de suite aimé le jardin laissé si longtemps à l'abandon. Avec ses hautes herbes et ses arbres touffus, il me faisait penser à une jungle miniature. J'aurais voulu qu'il reste ainsi, sauvage, mystérieux, presque hostile. Maman s'en était d'abord occupée, bien avant de meubler l'intérieur. Nous avions planté des herbes odorantes, quelques plants de tomates, des fraisiers, des framboisiers et toute une rangée de cassissiers. Ensuite il y avait eu les rosiers qui faisaient sa fierté et qu'elle entourait de soins particuliers. Quand le temps était au beau fixe, je pouvais rester des heures à l'ombre d'un bosquet à lire ou à travailler.

Je rêvais d'une maison qui m'appartienne. Pendant longtemps, j'avais convoité celle des voisins. Elle avait changé quatre fois de propriétaire en trente ans. Chaque fois que la pancarte « A vendre » réapparaissait sur la haie de thuyas, j'échafaudais des plans, cherchais comment infléchir mon banquier. Mais je n'avais jamais eu l'argent nécessaire. D'autres projets paraissaient plus urgents. Je l'avais souvent regretté. Nous aurions évité une cohabitation rugueuse avec maman, ce qui n'avait pas toujours été facile, surtout avec les enfants.

Je n'avais pas renoncé pour autant à investir le « Clos Joli ». D'abord, maman n'était pas *si* difficile. Il suffisait de savoir la prendre. Et puis rien, pas même son impossible caractère, ne pouvait m'empêcher d'aller à Juilly dès que l'occasion s'en présentait. J'en appréciais même le climat, au contraire de Patricia qui ne jurait que par les Tropiques. J'avais écrit de nombreuses pages sur tout ce qui m'attachait à ce coin de Normandie, mais je n'avais jamais osé les montrer. Je n'étais ni Flaubert, ni Maupassant, ni Julian Barnes. Pas plus que je ne faisais lire les carnets que j'entassais dans mes tiroirs, journaux intimes, débuts de romans jamais aboutis, idées d'intrigues, poèmes composés à la va-vite.

Une habitude contractée au début de l'adolescence, parce que mon professeur de français nous avait encouragées à tenir notre Journal. A présent, je poussais mes élèves à en faire autant. Jean-Maurice avait lu quelques-uns de mes feuillets. Son jugement avait été sévère.

— Tu ne seras jamais un écrivain. Contente-toi d'être un bon prof. Ce n'est déjà pas si mal.

Je n'avais pas cessé d'écrire pour autant. Je ne publierais jamais, voilà tout. Contrairement à ma sœur, je me contentais très bien de l'ombre. Dans mes carnets chinois à la couverture de carton noir bordée de rouge, je continuais à dépeindre la pluie tombant sur le jardin, les odeurs d'herbe mouillée, la douceur du ciel après un orage, les camaïeux de rose tendre et de bleu délavé qui enveloppaient la campagne au crépuscule, les fins d'après-midi brumeuses, quand la nuit était sur le point de tomber et que je me blottissais sur le canapé devant un feu de bois, avec un chocolat chaud et un roman. La vente du « Clos Joli » serait un vrai déchirement. Je ne voulais pas penser à ce qui se passerait si maman y était vraiment obligée.

Patricia avait vu juste. Je n'avais pas l'argent pour racheter leurs parts. Richard ne gagnait pas assez sa vie dans les assurances. Avec trois enfants, nous nous en tirions bien mais sans nous autoriser de folies. Si je voulais profiter encore de la maison, il fallait que maman y demeure le plus longtemps possible. Et j'étais prête à tout. Bien avant que Patricia ne remarque les tout premiers symptômes, j'avais déjà compris de quelle maladie notre mère était atteinte. Mme Bosco m'avait tout de suite alertée. Je l'avais longuement observée, j'avais noté les premiers oublis, la mémoire qui vacillait puis se reprenait et se remettait d'aplomb comme un voilier qui tangue sous le vent. Je n'avais pas voulu en savoir plus, par peur d'une vérité douloureuse à admettre. Et sans doute aussi pour gagner du temps sur des décisions que je pressentais inévitables.

Les distractions de maman n'étaient pas trop visibles. Il avait été possible de donner le change pendant un certain temps. Elle était encore capable de mener sa vie comme avant, en râlant parce qu'elle faiblissait, mais sans se plaindre ouvertement. Elle ne l'avait fait que plus tard, quand les manifestations de son mal s'étaient faites plus précises et qu'elle commençait à en être vraiment gênée. Au début, Patricia qui la voyait trop peu n'avait pas discerné l'étrangeté de son comportement. Ensuite, j'avais minimisé le problème. Ma sœur n'avait pas insisté. J'avais compté sur son égoïsme et j'avais eu raison. Puis il y avait eu cette émission à la télévision, qui l'avait inquiétée. Il m'était impossible de tricher plus longtemps. Le diagnostic du médecin m'avait attristée. Il ne m'avait pas surprise.

Nous arrivions à un carrefour.

— C'est bizarre, a dit Michaël. Je ne trouve pas l'itinéraire sur le GPS. Je vais où maintenant ?

Sur son écran s'affichaient la place de la Concorde, la place de l'Etoile, la place Vendôme, à Paris. Mais aucune trace d'Evreux et de sa place de la Gare. C'était un GPS pour riches, assorti à la voiture. Il semblait très dépité.

— A droite, a dit vivement Patricia. A droite, évidemment.

— Non, à gauche, ai-je dit, décidée à reprendre l'avantage. Et ensuite vous continuez sur la N 13. Je connais bien, vous pensez, depuis le temps que je viens.

— Dans ces conditions, je me tais, a dit Patricia d'un ton aigrelet. C'est vrai que tu viens ici bien plus souvent que moi.

Michaël a abandonné le GPS à regret.

— Il est mal programmé, c'est normal. Cette bagnole est neuve. C'est la troisième fois que je la conduis. Faut que je regarde le mode d'emploi.

— Regardez plutôt la route, a marmonné Patricia.

— J'ai un pote, son père a la même chose que votre mère, a dit Michaël en pensant alléger l'ambiance. Il prend son fils pour Jean-Luc Delarue. Chaque fois qu'il le voit, il lui dit : « M'sieur Delarue, je vous vois tout le temps à la télé, j'aimerais bien un autographe. » Mon pote ça le tue. Il adore son père. Vous ne trouvez pas ça tordant ?

Non, je ne trouvais pas. Nous n'avions pas le même humour. D'ailleurs je ne regardais jamais la télévision.

— Même pas l'émission de votre sœur ?

— Elizabeth est une intellectuelle. Elle enseigne la littérature. Elle n'a pas de temps à perdre avec ces bêtises.

— Vous êtes prof ? Moi, j'ai toujours été nul en classe. Ma mère, qu'est-ce que j'ai pu l'angoisser, la pauvre. Et regardez où j'en suis. Je gagne mille fois plus de thunes que mon beau-frère qui est expert-comptable. C'est lui qui s'occupe de mon pognon. Ça le rend fou.

— Voilà la gare, a dit sèchement Patricia. Arrêtez-vous. Comment fait-on pour descendre ?

Elle s'énervait sur la poignée sans parvenir à la débloquer.

— Attendez, attendez, vous n'allez pas tout me casser. Elle m'a coûté bonbon, cette bagnole.

Michaël a ouvert sa portière et s'est extirpé de la voiture. Patricia a fait de même et je me suis contorsionnée pour sortir à mon tour. Nous nous sommes précipitées toutes les deux vers l'entrée de la gare en courant aussi vite que possible. Patricia était en tête. Elle tenait le bon rythme malgré son asthme prétendu. Il est vrai qu'elle s'entretient en pratiquant le tennis et la gymnastique. Moi, il y a bien longtemps que j'ai renoncé à toute forme d'exercice.

— Je me gare et je vous rejoins, nous a crié Michaël en remontant dans la Maserati.

Il n'y avait pas trace de maman. Nulle part. Personne ne l'avait vue. J'ai eu un moment de découragement.

— Il faut téléphoner aux flics. Je ne vois pas ce que nous pouvons faire d'autre.

Une grosse Africaine s'est approchée de nous. D'une main, elle tenait un seau en plastique, et de l'autre un balai muni d'une serpillière. Elle a posé son seau, s'est appuyée sur son balai et nous a regardées en hochant la tête.

Patricia tournait déjà les talons. La femme a alors ouvert la bouche.

— Si c'est une dame âgée que vous cherchez, avec un imperméable, des bottes et un sac en plastique, je l'ai vue tout à l'heure. Elle m'a fait pitié, toute seule comme ça, sans sac ni bagages. Elle n'arrêtait pas de répéter qu'elle avait faim. J'ai dit qu'il fallait qu'elle traverse le boulevard Gambetta et qu'elle aille en face, rue Jean-Jaurès pour trouver quelque chose à manger. Elle avait l'air de connaître.

— Allez, Pat, on y va,

— Si c'est pas malheureux, a ajouté la femme d'une voix forte. Laisser des vieux errer dans les rues. Quand on pense à tout ce qui s'est passé l'été dernier avec la canicule... Dans mon pays, c'est pas comme ça.

Nous avons traversé le terre-plein en courant. De l'autre côté du boulevard, un klaxon insistant nous a alertées. Michaël se faufilait à notre hauteur au volant de sa Maserati. Il a baissé sa vitre.

— Où allez-vous ?

— Maman est rue Jean-Jaurès. Il paraît qu'elle cherche du pain. C'est tout droit.

— Je me gare et je vous suis. Ensuite on ne traîne pas, hein ? Je n'ai pas que ça à faire, moi.

— Il est bizarre ce garçon, a dit Patricia. Il propose de nous aider et tout de suite après il semble regretter cet accès de gentillesse. On ne lui a rien demandé. Et puis qu'est-ce qu'il a à tourner comme ça en rond ? On dirait un gosse qui s'amuse avec son nouveau jouet.

Nous avons descendu la rue Jean-Jaurès en courant. Maman avait sur nous une bonne longueur d'avance.

Nous marquions un arrêt devant chaque boutique d'alimentation, regardions à l'intérieur, mais elle demeurait introuvable. Au croisement, nous n'avons pas hésité et nous avons pris la rue de la Harpe. Dans cette voie piétonne, Maman a ses commerçants, son coiffeur, ses habitudes. Si la mémoire lui revenait, elle n'aurait pas de mal à retrouver ses repères.

Au milieu de la chaussée, un attroupement s'était formé. J'étais sûre qu'il s'agissait de maman. L'anxiété me comprimait la poitrine. J'imaginais un accident, un malaise, une crise cardiaque. La réalité était bien différente. Devant la porte d'une supérette, deux gendarmes et un homme vêtu d'une blouse blanche entouraient ma mère. Une dizaine de curieux s'étaient regroupés autour d'eux. Un des deux flics, petit, moustachu, l'air peu commode, tentait de lui faire décliner son identité, mais elle refusait de répondre. L'autre, vêtu comme lui d'un pull, d'un pantalon et d'un blouson bleu marine, gardait le silence. Il avait un visage plus doux. Il était aussi plus jeune.

Maman portait un imperméable beige, trop grand pour elle, qui avait dû appartenir à Richard, enfilé sur une vieille jupe marron, un pull bleu vif et de grandes bottes en caoutchouc mastic. Elle balançait un sac plastique siglé Auchan à bout de bras et fixait la pointe de ses pieds, avec un air égaré.

— Maman, ai-je dit en écartant les badauds, maman nous sommes là. Nous venons te chercher.

J'avais le cœur qui battait à tout rompre comme si c'était moi qui étais en faute. J'ai toujours eu du mal à me comporter face à la police. Même si je n'ai rien à me reprocher, je me dis qu'à force de chercher, on finirait bien par trouver en quoi je ne suis pas en règle. Devant un crime que je n'aurais pas commis, je serais la suspecte idéale, celle qui en fait trop pour démontrer son innocence.

— C'est pas trop tôt, a-t-elle dit en relevant la tête. Il y a un moment que je vous attends. Je commençais à me faire du souci pour vous. Vous vous étiez perdues ?

— Pas si vite, a dit l'homme en blouse blanche. Cette dame a volé un paquet de pain et elle a refusé de me le payer. Je connais le coup : elle se balade avec un sac Auchan et elle fait croire qu'elle a acheté le pain ailleurs. On ne me la fait pas à moi. J'ai une caméra qui surveille le magasin.

Il était rond, épais, entêté. Chauve. Certainement pas le genre de personne à se montrer compréhensive.

— Ça ne se passera pas comme ça, a marmonné ma mère. Si cet individu s'obstine à me persécuter, je le dirai à votre père. D'ailleurs où est-il ? Pourquoi n'est-il pas venu avec vous ? Il vous laisse sortir seules maintenant ?

J'ai eu envie de pleurer. Patricia s'est adressée au gendarme le plus âgé qui paraissait être le chef. Elle a pris son ton assuré de femme du monde qui ne souffre pas d'être contredite. Pour elle, les flics sont des fonctionnaires à son service et rien de plus. Elle a articulé chaque mot comme s'ils étaient incapables de la comprendre.

— Je suis Patricia Puyreynaud. Cette femme est ma mère. Elle n'a plus toute sa tête car elle souffre d'une maladie qui affecte sa mémoire. Elle n'est pas responsable de ses actes. Nous allons régler à ce monsieur le paquet de pain et l'incident sera clos.

— Allons, qu'est-ce que tu racontes ? a dit ma mère. J'ai toute ma tête. J'ai faim, voilà tout. On ne m'a pas servi mon petit déjeuner ce matin.

Je me suis avancée vers elle et j'ai glissé mon bras sous le sien. J'aurais donné n'importe quoi pour qu'ils nous laissent repartir tout de suite.

— Maman, sois raisonnable. Tu as voulu acheter du pain, c'est vrai, mais tu as oublié ton porte-monnaie. Ce n'est pas grave. Nous allons payer et nous rentrerons ensuite à la maison. Tu pourras te reposer dans ta chambre.

— Je n'ai pas besoin de repos, a dit ma mère en se dégageant avec brusquerie de mon emprise. Je veux mes enfants. Où sont mes filles ?

— Maman... Nous sommes là. E-li-za-beth et Pa-tri-cia. J'ai montré Patricia du doigt. Fais un effort, s'il te plaît.

— Combien je vous dois ? a demandé Patricia toujours très maîtresse d'elle-même.

Je ne sais pas où ma sœur puisait cette force. Moi j'étais bouleversée. Etait-ce bien ma mère qui divaguait ainsi, coincée entre deux gendarmes ? Et qui refusait de reconnaître ses filles ? Ma mère, enfin, qui avait volé un pain dans le rayon d'une supérette sans même comprendre pourquoi ?

Je me suis détournée pour éviter de pleurer. Cette fois, c'était moi qui reniflais. Patricia a fait comme si de rien n'était mais j'ai bien vu qu'elle aussi avait les yeux mouillés. Sa carapace pouvait donc se fendiller... Elle a éternué deux ou trois fois, a cherché son sac et s'est rendu compte alors qu'elle ne l'avait pas pris avec elle. Elle a regardé dans ma direction. Je lui ai fait signe que je n'avais pas non plus le mien. C'était trop stupide. Nous étions parties tellement vite que nous avions tout laissé à la maison.

— Une minute, a dit alors le chef des gendarmes qui semblait avoir intensément réfléchi. Rien ne me

prouve que vous êtes ses filles. Vous avez ses papiers ?
Et les vôtres, vous pouvez me les montrer ?

— Ecoutez. Patricia haussait le ton à nouveau. Tout
ceci est ridicule. Notre mère s'est enfuie ce matin.
Nous nous sommes lancées à sa recherche, en oubliant
nos sacs et nos cartes d'identité. Vous pouvez téléphoner à mon mari. Il est président d'une banque privée.
Moi-même je travaille à la télévision, je présente une
émission culinaire sur le câble, « La main à la Pat »...

Cet énoncé n'a pas paru impressionner les gendarmes. Ni même le gérant de la supérette qui répétait
bêtement :

— Et mon pain, qui va me le payer ?

Un mouvement s'est alors fait dans la foule. Tel
Indiana Jones dans sa veste de cuir, Michaël arrivait à
notre hauteur, en écartant les badauds. Il arborait son
sourire le plus commercial. Je l'ai mis au courant en
quelques mots.

— Laissez-moi faire, a-t-il murmuré.

J'étais curieuse de voir comment il allait s'y prendre.

— Je suis Michaël Elbaz, a-t-il dit d'une voix forte
en se tournant vers le petit attroupement qui s'est soudain animé.

— On le connaît ce type-là.

— Il est passé à Star Academy.

Michaël a continué de sourire. Il était dans son élé-
ment.

— C'est bien lui. Hé, tu nous donnes un autographe ?

Une jeune fille s'est détachée du groupe. Elle a sorti
un carnet et un stylo de son sac. Ses copines, deux
blondes aux joues rouges et rebondies, se sont mises
à glousser.

— Moi c'est Sandrine, a-t-elle dit, en tendant le carnet ouvert à une page blanche. Elle était écarlate. Michaël l'a signé avec un clin d'œil de connivence.

— Tu viendras me voir ? Je suis en tournée cet été, j'ai quelques dates en Normandie. Allez, on se fait la bise ?

Il s'est exécuté. La jeune fille est rentrée dans le rang, encore plus cramoisie.

— Vous voyez bien, a-t-il dit aux gendarmes en montrant la foule d'un geste majestueux. Trois fois disque d'or l'été dernier. Prenez donc mon portable, si vous désirez appeler le mari de madame.

Michaël a proposé son minuscule appareil au plus jeune des deux gendarmes qui a hésité, regardé son chef, puis jugé prudent de ne pas le prendre. Un peu énervé, Michaël a alors sorti une liasse de sa poche, choisi une coupure de cent euros et l'a tendue au gérant.

— Voilà pour le pain, a-t-il dit. Et maintenant, il faudrait laisser repartir ces dames. Et moi, a-t-il ajouté avec une nervosité soudaine, je suis archipressé. Je n'ai pas que ça à faire.

Le gérant a attrapé le billet du bout des doigts, l'a examiné longuement, l'a levé pour le regarder à la lumière puis a fini par le rendre à Michaël. Ses petits yeux méfiants n'arrêtaient pas de se plisser.

— Vous n'avez pas moins gros ?

— Résumons-nous, a dit le chef gendarme. Pas de papiers sur vous, pas d'argent non plus. Vous prétendez que cette dame est votre mère. Qu'est-ce qui va me prouver tout ça ?

— Mais vous êtes con ou quoi ? s'est emportée Patricia.

— C'est vrai qu'il est con, a dit maman en pouffant.

Elle a répété le mot deux ou trois fois, comme si elle n'avait jamais rien entendu de plus drôle. J'étais estomaquée. J'ai tenté de lui faire signe de se taire mais elle a fait comme si elle ne comprenait pas.

— Attention, dit le flic, on n'insulte pas les forces de l'ordre. Ça pourrait vous coûter cher.

— Mais puisque je vous dis que nous avons oublié nos papiers à la maison, a repris Patricia, hors d'elle. Si vous ne nous croyez pas, appelez Mme Bosco qui travaille chez nous depuis trente ans. Elle est du coin.

— C'est ça, appelez qui vous voulez mais faites quelque chose, a dit Michaël qui s'énervait de plus en plus. Il regardait sa montre, tapotait les touches de son portable. On n'a plus de temps à perdre, il faut que je sois cet après-midi à Paris.

— Il est con, il est con, a repris maman, visiblement aux anges.

— Maman, pour l'amour du ciel, tais-toi.

Blessé dans sa dignité, le gendarme moustachu ne voulait plus rien entendre. Il restait immobile, le visage baissé en faisant mine de réfléchir intensément.

Tout le monde s'est mis à parler et à gesticuler en même temps. Maman se balançait légèrement d'un pied sur l'autre, avec un petit sourire ravi, comme si elle comprenait qu'elle était la cause de tout ces problèmes et que cela l'amusait follement.

— Il est con, il est con, chantonnait-elle tout bas, en me jetant des coups d'œil furtifs.

J'ai fini par suggérer avec douceur que quelqu'un retourne chercher nos papiers. Le gendarme moustachu a trouvé la proposition à son goût. Il a décidé d'emmener maman au commissariat et de l'y garder le temps qu'elle récupère sa carte d'identité.

— Vous, vous y allez ! a-t-il dit en me désignant.

Et vous, a-t-il repris en fixant Patricia avec sévérité, vous accompagnez votre mère. Et gare à vous si cette dame se tient mal.

— Et moi qu'est-ce que je fais ? a demandé le gérant. Regardez, elle a ouvert le paquet et mangé la moitié d'une tranche. Je ne peux tout de même pas le remettre en rayon.

— Cette dame prendra de la monnaie et passera vous rembourser, n'est-ce pas ? a dit le gendarme qui s'est tourné une fois encore vers moi.

Confuse, je me suis adressée à Michaël.

— Ça ne vous ennuie pas ?

— Si, un peu. Que voulez-vous que je vous dise ? Je n'ai pas le choix, non ? Je vous ramène en vitesse et ensuite vous vous débrouillez toute seule. OK ?

Il a saisi son portable et s'est s'éloigné pour parler tranquillement. Un jour viendrait où ce garçon se ferait greffer une carte SIM dans l'oreille.

Patricia a pris maman par le bras.

— Tu viens avec moi ?

— Oui, ma petite chérie, a répondu maman qui semblait soudain avoir retrouvé tous ses esprits. On va prendre un pot quelque part ?

Guidée par sa fille, elle marchait à petits pas comme une très vieille dame. Mon cœur s'est serré à nouveau. Je les ai regardés s'éloigner, les deux gendarmes devant, ma sœur et ma mère en arrière.

— Vous venez ? a dit Michaël d'un ton brusque. J'espère qu'on ne m'a pas piqué ma caisse. Elle est garée dans la rue derrière, mais je me méfie de ce bled.

Assise à l'avant de la voiture, j'avais moins mal au cœur. Mais je me cramponnais toujours à la poignée de la portière. Michaël a commencé par s'emporter contre les flics et le temps qu'ils nous faisaient perdre. Comme je ne lui répondais pas, il s'est concentré sur son volant. Puis il a fini par se calmer.

— Vous voulez que je mette de la musique ?

— J'ai mal à la tête.

— D'accord, d'accord, je vous laisse tranquille.

J'espérais qu'il allait tenir sa promesse. J'étais obsédée par l'idée d'arriver le plus vite possible au « Clos Joli » et d'en repartir illico pour le commissariat afin de récupérer maman.

— Dites-moi, a-t-il repris dans la seconde. Je voulais vous demander un truc. Tout à l'heure votre sœur a donné le nom de votre mère. Yvonne Gordon, c'est bien ça ?

— Oui, c'est bien ça.

— On avait un vieux voisin à Sarcelles qui s'appelait comme ça. Léon Gordon, ça vous dit quelque chose ? C'est un parent à vous ?

— Je ne crois pas. Des Gordon, il y en a beaucoup.

— Il était juif. Vous l'êtes aussi ?

— Oui.

— Incroyable. Parce que moi aussi, figurez-vous.

Il était soudain très excité comme si je lui avais révélé un secret d'importance. La place que prenait le judaïsme chez les jeunes générations ne laissait pas de m'étonner. Quelques années plus tôt, Félix, mon second fils, avait voulu faire sa bar-mitsva alors qu'il ne connaissait rien à la religion. Il avait vite abandonné l'idée devant notre manque d'enthousiasme. Dans la famille, nous sommes plutôt du genre assimilés. Après la guerre, malgré le culte voué à Ewa, ma mère avait décidé d'oublier ses origines. Elle n'en était pas à un paradoxe près. Nous ne pratiquions pas, même deux fois par an, comme la plupart de nos coreligionnaires.

Français et républicain avant tout, farouchement athée de surcroît, mon père nous avait élevées dans la sainte laïcité. Avoir un Lobligeois ou un Puyreynaud pour gendre ne le dérangeait pas. Mais il y avait des limites à son esprit de tolérance. Il n'avait pas supporté le mariage de Patricia à la cathédrale Saint-Patrick de New York. Ma sœur en était fière, au contraire, parce que les cérémonies étaient réservées d'ordinaire aux paroissiens installés dans le quartier depuis plusieurs générations. Mais son futur beau-père avait des relations. Surtout, il était très fortuné.

— A New York, on peut faire ce qu'on veut quand on a de l'argent.

A l'époque, j'avais fait le voyage toute seule pour assister à la cérémonie et à la réception. Simon était encore un bébé, je l'avais laissé chez mes parents, à Paris. Je venais de me séparer de Jean-Maurice. Il m'en reste peu de souvenirs, hormis une sensation de malaise qui était allée en s'accroissant devant la richesse des parents de Philippe, la société huppée rencontrée chez eux, ambassadeurs, hauts fonctionnaires, politiciens, financiers, auteurs en vue, artistes.

Je parle mal anglais, les conversations m'avaient échappé. Ce n'était pas mon monde. Jamais cela ne le serait. J'étais demeurée dans mon coin comme une petite provinciale, un verre de jus d'orange à la main, épatée malgré moi par l'aisance avec laquelle Patricia évoluait dans ce tourbillon de luxe et de frime. C'était comme si elle avait toujours vécu avec eux. Elle pratiquait leurs codes, leurs rites, savait comment se comporter. J'ai mesuré alors combien ma sœur que je croyais connaître si bien m'était devenue une parfaite étrangère. Nous n'avions ni les mêmes amis, ni les mêmes ambitions. Nous vivions à des années-lumière l'une de l'autre.

Quand j'ai rencontré Richard Fischer à la réunion d'un comité de quartier qui se mobilisait contre la démolition d'un pâté de vieux immeubles, pour le seul profit d'un promoteur, ma mère a juste fait remarquer :

— J'espère que ce n'est pas un « froum ».

Ce mot venu tout droit du yiddish nous avait fait rire. Mais Richard et moi étions de la même vieille école. Celle des irréductibles incroyants, laïques et non pratiquants, juifs au fond de nous, sionistes sans avoir jamais mis les pieds en Israël, militants pour une juste paix entre deux Etats voisins. Nous ne comprenions pas pourquoi il fallait désormais afficher ses origines, nous qui avions pensé jusque-là que cela relevait de nos affaires privées. L'antisémitisme qui surgissait à nouveau, et nous avait tout d'abord laissés incrédules, nous inquiétait sans encore vraiment nous alarmer. Avec mon caractère résolument optimiste, je pensais que les choses allaient s'arranger, sans doute pour ne pas avoir à imaginer le pire, celui que mes parents avaient connu et subi.

— Et votre fils, il a quand même fait sa bar-mitsva ? a repris Michaël.

Il n'avait pas cessé de me bombarder de questions auxquelles je répondais par bribes. Je n'avais pas envie de discuter de ces sujets-là avec lui.

— Dommage, moi j'ai des supersouvenirs de la mienne. On a même une cassette vidéo. Vous auriez dû insister. Il est circoncis au moins ?

Michaël a soudain regardé son tableau de bord. Il s'est mis à hurler.

— Putain, je suis trop con. Avec tout ce bordel, j'ai

oublié de faire le plein. Je suis à sec. Plus une goutte d'essence, même dans la réserve.

J'ai failli le réprimander comme je le fais quand mes enfants abusent des gros mots. Mais je me suis tue car la situation me semblait grave. Il a freiné brusquement, s'est arrêté sur le bas-côté de la route. Le soleil avait à nouveau disparu, vaincu par la masse des nuages. Une petite pluie fine a commencé à tomber.

— En panne dans ce trou pourri, c'est bien ma chance, a-t-il grommelé en saisissant son portable pour appeler le service d'urgence Maserati.

C'était bien la mienne aussi.

10. Hélène

C'est *Hellzapoppin*, cette histoire. Ou la cabine des Marx Brothers dans *Une nuit à l'Opéra*. De plus en plus de monde et de plus en plus de cinglés réunis dans un tout petit périmètre. Il y a d'abord eu ce type bizarre en catogan. Ensuite Thomas a débarqué, flanqué de cette impossible rousse. Et enfin les voisines, au comble de l'affolement.

Quel duo étonnant. La grande blonde en parka beige et jean de velours côtelé noir délavé ressemble à une girafe. Son long cou fait ployer sa tête sur sa poitrine et l'oblige à rentrer les épaules, jusqu'à se tenir voûtée. L'autre sœur est plus jolie, plus raffinée. Très élégante aussi, avec son trench kaki et son étole de cachemire vert amande jetée avec un négligé étudié sur ses épaules.

A l'écran, elle est toujours bien coiffée et habillée par des créateurs en vogue. Lorsqu'elle casse un œuf dans un bol de porcelaine blanche ou qu'elle coupe des légumes sur une planche en bois pour les verser dans un wok, elle conserve toute sa distinction. Les éclaboussures, les taches de sauce, n'ont pas de prise sur elle. Son grand tablier de chef reste immaculé. Le cameraman prend plaisir à filmer en gros plan ses

mains fines aux ongles laqués de rouge qu'elle agite
en gestes précis comme une danseuse balinaise. Le
résultat, simple crème renversée à la badiane, ou tartare
de daurade au thé vert, est toujours un petit chef-
d'œuvre de bon goût et d'esprit.

Hélène a souvent regardé l'émission avec sa fille
aînée. Depuis qu'elle est en âge de déguster autre chose
que des purées de légumes et des préparations hachées,
Alice se passionne pour la cuisine. C'est devenu un
jeu entre elles, auquel Inès a ensuite tenu à se joindre
par mimétisme. Hélène a acheté des livres de recettes
pour enfants. Puis elle a découvert par hasard « La
main à la Pat » sans y associer tout d'abord leur voisine
de Juilly. Pourtant la mère lui a souvent parlé avec
fierté de sa fille cadette, qui présente sa propre émission à la télévision. Elle n'a pas dû y prêter attention,
la vieille dame est bavarde. Quelquefois même, elle se
montre confuse. Ou peut-être n'a-t-elle pas mentionné
qu'il s'agissait de cuisine.

Trois ans auparavant en sortant de la maison avec
les petites, Hélène a croisé Patricia. Elle s'est étonnée
de ne pas l'avoir remarquée plus tôt.

— Sa présence chez moi relève de l'exceptionnel,
lui a expliqué plus tard la vieille voisine. Ma fille est
allergique à la campagne depuis qu'elle est toute petite,
c'est un vrai handicap. Mais là, elle avait un tournage
dans une auberge de la région. Elle est passée me voir.

Depuis qu'ils ont acheté « La Pommeraye », Hélène
a surtout rencontré les autres membres de la famille.
La grande blonde, son mari et leurs trois enfants, des
adolescents maussades. En apercevant Patricia Puyreynaud, Alice est devenue toute pâle. Elle est restée
immobile puis l'a fixée sans oser proférer une parole.
C'est comme si elle avait croisé Harry Potter pour de

vrai, a-t-elle ensuite expliqué avec sérieux. Alice a toujours eu des réflexions surprenantes pour son âge.

Patricia Puyreynaud s'est montrée charmante. Elle a embrassé l'enfant et proposé de l'inviter au studio pour assister au tournage de l'émission. A Paris, Alice a quelquefois réclamé à sa mère qu'elle téléphone à Patricia pour lui demander de tenir sa promesse. Puis elle n'y a plus pensé. Depuis que Thomas est parti, Hélène regarde encore de temps à autre « La main à la Pat », mais avec beaucoup moins d'enthousiasme. D'ailleurs Alice a cessé de s'y intéresser, comme si elle aussi associait Patricia aux jours heureux en famille.

Mais Hélène ira mieux désormais. Elle en est sûre. En pensant à la nuit précédente, elle sent son ventre se contracter. C'était « top », comme dit Michaël. Curieux comme il peut se montrer balourd dans la vie et être si généreux dans l'amour. Il n'a pas cessé de lui murmurer toute la nuit qu'elle était belle. Rien de mieux que le regard d'un homme pour se sentir désirable. Thomas ne la regardait plus. Elle attend Michaël pour rentrer avec lui. Elle ne sait pas si elle veut que leur histoire continue. Il n'a pas l'air très disponible. Elle ne tient plus à souffrir.

Un instant, elle imagine une scène impossible, Michaël assis à la table de ses parents, au cours d'un déjeuner dominical. Elle se figure les haut-le-cœur de sa mère quand il saucera avec un bout de pain, la vinaigrette des asperges. Ou encore la tête de son père quand il l'entretiendra de sa Maserati – 290 au compteur, une bombe – et du prix qu'il l'a payée – tout compris avec les options. Chez elle, on ne parle jamais d'argent, c'est vulgaire. Elle surprendra les coups d'œil ironiques de ses frères qui s'emploieront à démonter sa belle assurance – et qui n'y parviendront pas car Michaël est trop imbu de lui-même ; devinera les grimaces de mépris de ses belles-sœurs, plus coincées les unes que les autres. Ces prudes ne soupçonneront jamais, même dans leurs rêves les plus osés, les prouesses de Michaël au lit. Tant pis pour elles.

La vision de Michaël Elbaz, avenue Charles-Floquet, lui paraît aussi improbable que celle de cette anorexique de Chloé discutant de la cuisson des spaghettis avec la mère de Thomas. Ces deux évocations la font rire. Dommage, elle aurait bien aimé entendre Michaël pousser la romance au moment du café, dans le salon familial, accompagné par sa mère au piano et par sa belle-sœur à la flûte traversière.

— *Laisse ma bouche contre la tienne*, se surprend-elle à chantonner.

Et elle éclate encore de rire. A partir d'aujourd'hui, tout va changer. Elle a envie de musique, de danse, de fêtes. Sortir de son petit univers confiné. Fairre entrer le bonheur dans sa vie. Casimir, vous êtes un ange.

Dommage qu'elle ait laissé le bouquin à Paris, elle voudrait en relire certains passages. Il faut qu'elle appelle Marion pour tout lui raconter. La nuit folle. Les joints. La tête de Thomas en voyant Michaël. Bien fait pour lui. Son air innocent quand l'agent immobilier a débarqué. Comme si elle n'avait pas compris son manège. Ce qu'il peut être puéril. Une vraie tête à claques. Quand ils vivaient ensemble, il se comportait souvent comme un adolescent, parfois très gâté (la faute en incombe à Anna Larchet) mais la plupart du temps, très drôle.

Ce refus de grandir est propre à leur génération, nourrie de tout un humour décalé et absurde. Mais Thomas pouvait aussi se montrer pondéré, responsable.

Le mélange était équilibré. Avec Chloé, le gamin l'emporte définitivement sur l'adulte. Il semble paralysé devant elle comme un lapin devant un serpent à sonnette. Elle rit encore en imaginant Thomas en lapin. Le joint d'hier soir a laissé des traces.

Il a pourtant raison. Le moment de conclure leur divorce est sans doute arrivé. Se séparer de tout ce qui entrave. Vendre « La Pommeraye ». Hélène y a pensé bien avant lui. Elle a contacté l'agent immobilier presque tout de suite après son départ. Un vendredi soir de septembre où elle s'est sentie cafardeuse, elle a proposé aux filles, qui n'avaient pas classe le lendemain, d'aller se changer les idées à la campagne.

— Il y aura papa ? a demandé Inès qui s'obstine à ne pas comprendre que Thomas est parti.

Alice lui a donné un coup de coude.

— Non, il n'y aura pas papa, Inès, tu vois bien qu'ils ont divorcé.

— C'est moins bien sans papa, a conclu Inès, qui a passé tout le trajet, le front collé contre la vitre de la portière arrière, à chantonner : « Mon petit papa, je veux mon petit papa. »

Ces deux jours n'ont pas été très réussis. Inès n'a pas cessé de faire remarquer tout ce que son papa savait faire. Cueillir les framboises remontantes, réparer la roue du vélo, cuisiner des spaghettis à la carbonara, une des recettes de leur grand-mère Anna. Alice n'a rien dit mais Hélène a ressenti sa tristesse muette. Elle-même n'a pas réussi à leur donner le change. Pourtant, elle s'y est employée. Elles sont allées jusqu'à la mare pour voir si la famille canard s'était agrandie depuis l'été, ont préparé un gâteau au yaourt, joué aux petits chevaux, et regardé pour la millième fois le DVD d'Harry Potter. Mais en vain. Les filles se sont traînées, elle aussi.

Le samedi matin, après une nuit blanche, elle a poussé la porte de l'agence immobilière de la rue de Verdun, à Evreux, là où s'est conclu l'achat de la maison. L'agent avec qui ils avaient fait affaire n'était plus là, mais son successeur a semblé tout de suite intéressé. Le coin s'était développé, était devenu à la mode. Quand Thomas et elle ont acheté « La Pommeraye », ce n'était pas encore le cas.

— A présent, a dit l'agent immobilier avec volubilité, les Parisiens se lassent de la Normandie maritime, Deauville, Trouville, Honfleur. Trop de monde. Trop touristique. Les gens sont en quête d'authentique. Ils reviennent à la vraie vie, dans une vraie nature, pas sophistiquée.

Ce qu'elle lui décrivait lui paraissait correspondre. Il voulait venir visiter sur-le-champ. Il était même disposé à coller tout de suite une affichette dans la vitrine. Pouvait-elle lui fournir une photo prise en été ? Hélène l'a remercié, promis qu'elle réfléchirait, mais elle n'a pas donné suite à sa visite.

Elle va et vient au rez-de-chaussée de la maison pour réparer le désordre. Elle chantonne. Un sac Prada est posé sur la console de l'entrée, au-dessus d'un gros tas de disques compacts et de DVD. Hélène les passe en revue :

— Elle est gonflée. Non seulement elle me pique mon mec, mais en plus elle embarque ma discothèque.

Partagée entre le fou rire et la colère, elle va ranger la pile dans les rayons de la bibliothèque.

— Pas touche, ma petite. Ça, c'est à moi.

Cette fille est vénale. Hélène s'en doutait. Elle sourit en imaginant la tête de la mère de Thomas devant pareille créature. Anna Larchet, son accent italien, ses grandes jupes noires, sa voix de tragédienne, et Chloé avec ses jeans moulants, ses talons de dix centimètres et son anneau dans le nombril. Anna adore Hélène à présent qu'elle a pris Chloé pour cible. Quand elle a appelé ses filles à Nice, Anna a enchaîné sur son sujet favori – son fils chéri, jouet d'une créature – mais Hélène a abrégé la conversation. *Basta cosi.*

Aussi bizarre que cela puisse paraître, Hélène est soulagée. Encore jalouse de Chloé, il est vrai, mais moins tourmentée que lorsqu'elle se contentait de l'imaginer et que la jeune femme hantait ses rêves. Chloé ne lui fait plus peur. Pour un peu, elle l'amuserait presque. Elle semble tellement transparente. Elle manipule les hommes avec son corps parce qu'elle n'a que cette arme à sa disposition. On ne lui a rien appris d'autre. Hélène, elle, a un cerveau. Elle compte bien s'en servir contre elle. Maîtrriser ce qui vous effrrrraye.

La porte d'entrée s'ouvre brusquement. C'est Thomas. Il est tout pâle. Un pan de sa chemise est sorti de son pantalon. Ses cheveux sont ébouriffés sur les tempes. Il a vieilli.

« Un vrai clodo, se dit Hélène. Pauvre vieux. Miss Nombril A L'Air ne doit pas beaucoup se préoccuper de lui. »

— Que se passe-t-il encore ? Quelle catastrophe vas-tu m'annoncer ? L'agent immobilier ne veut pas acheter « La Pommeraye » ? Tu ne vas pas pouvoir te refaire ?

Thomas la considère avec stupeur.

— Quel agent immobilier ? De quoi tu parles ?

Il a un geste de la main qu'Hélène connaît bien et

qui signifie : « Arrête tes conneries. » Puis il se reprend calmement :

— Non, c'est pas ça, c'est Chloé.

— Chloé ? Elle s'est noyée dans la mare ? Quel drame affreux...

— Très drôle, Hélène, vraiment très drôle. Tu as changé, c'est incroyable ce que tu as changé.

Il la regarde un instant, perplexe, et se gratte le dessus du crâne.

— Non, Chloé est tombée dans leur foutu jardin. Elle a voulu cueillir des framboises, ou du moins elle a cru qu'il y en avait, parce qu'en cette saison... Mais bon, elle ne connaît pas bien la campagne. Il y avait un trou, elle a glissé et s'est pris le pied dedans. Je n'arrive pas à savoir si sa cheville est cassée tellement elle hurle. On s'y est pris à trois pour la dégager et la rentrer dans la maison.

A trois ?

— Avec l'agent immobilier, enfin je veux dire... Oh, et puis ça va bien comme ça. Il y avait un autre type, aussi. Un mec un peu bizarre avec un catogan. Le style soixante-huitard attardé, écrivain maudit qui a eu son heure de gloire il y a cent douze ans, et qui ne s'en est jamais remis. Assez glauque, d'ailleurs. Il n'y a ni bande Velpeau ni pommade anti-inflammatoire dans la maison. L'armoire à pharmacie est fermée à double tour à cause de la vieille voisine et c'est sa fille qui a la clef.

— Tu es venu voir ce qu'il y avait dans notre trousse de secours ? Tu connais l'emplacement, je suppose ? Toujours le même depuis ton départ, dans le placard de notre salle de bains, rayon du haut, pour éviter que les filles y aient accès.

— Oui mais c'est que...

Thomas se dandine soudain, n'osant pas regarder Hélène dans les yeux.

— C'est que... quoi ? Tiens, je vais même être gentille avec toi : la salle de bains se trouve en haut. Contiguë à notre chambre à coucher par laquelle il faut passer. Quoi ? Le lit défait te gêne ? Tu as des pudeurs de jeune fille à présent ?

Thomas ôte ses lunettes, les essuie avec le pan de sa chemise et les repose sur son nez. Hélène a toujours été attendrie par son plissement d'yeux quand il effectue ce geste familier. Sans verres, il n'y voit pas à deux mètres. Ce rappel de leur intimité ancienne la trouble. Mais elle ne bouge pas.

— Elle fait un foin de tous les diables, finit-il par dire. Pauvre petite, ce qu'elle peut souffrir... Elle a peut-être quelque chose de cassé. En plus, je l'ai laissée avec ce type. Je n'ai aucune confiance...

Puis, comme Hélène le regarde toujours sans réagir, il se compose une mine implorante.

— Hélène... Tu as bien un diplôme de secouriste, non ?

Hélène le fixe quelques secondes. Puis comprend :

— Ah ! non alors... Sûrement pas.

— Hélène, je t'en prie, fais un effort. Je l'emmènerais bien à l'hôpital d'Evreux, mais d'abord il faut la soulager, la bander, lui donner un truc qui la calme, je ne sais pas trop quoi, moi. Allez, sois sympa.

— Non, et non, Thomas, c'est non. Tu ne peux quand même pas me demander une chose pareille. Cette fille t'a rendu dingue.

Sans ajouter un mot, Hélène lui désigne l'escalier. Thomas la regarde encore, espérant enfin éveiller sa compassion. Puis il a un petit soupir qui signifie « soit, je n'insiste plus ».

Hélène l'entend grommeler pendant qu'il monte lourdement les marches. Il est vraiment cynique. Soigner Chloé. Bientôt il va lui demander de l'inviter à dîner chez eux. Tous copains, comme dans ces séries américaines où les membres des familles recomposées rivalisent de bons sentiments les uns envers les autres. Ou comme dans ces interviews de magazines où les actrices expliquent, avec force détails, combien leurs maris et amants successifs forment désormais une chouette bande de copains qui s'occupent ensemble de tous les enfants.

En réalité, Chloé se comporte comme une peste avec les filles, qui le lui rendent bien. Hélène ne fait rien pour calmer le jeu. Thomas n'a qu'à se débrouiller. Toutes ces attitudes nobles, ces belles paroles sont de la pure fiction. Dans la vraie vie, les ex se détestent. Les uns parce qu'ils ont la rage d'avoir été largués, les autres parce qu'ils se sentent coupables. La paix des anciens ménages n'existe pas, ou alors, peut-être, quand on devient très vieux et très sage. Hélène n'est pas si vieille et elle ne veut plus être sage.

Jusque-là, elle a fait bonne figure, feint d'être cordiale, mais sa patience a des limites. Elle n'est pas obligée de supporter la transformation de Thomas en carpette. Chloé par-ci, Chloé par-là. Cette voix sucrée comme s'il s'adressait à une demeurée ou à une enfant de quatre ans. Il ne prend jamais cette intonation quand il parle à ses filles. Quel hypocrite. Elle l'entend encore débiter ses théories sur les femmes.

— Pour moi, le physique ne compte pas. Bien sûr j'apprécie la beauté mais il faut qu'une femme ait aussi une tête bien pleine. Comme toi, mon amour. Quel intérêt d'être deux si ce n'est pour échanger ? Communiquer ?

Elle les imagine bien « communiquer » ensemble. Chloé – quel prénom impossible – ne doit lire que les programmes télé, regarder « Bachelor », traîner ce pauvre Thomas en boîte de nuit, lui qui de sa vie n'a jamais su danser en rythme. Toujours à contretemps, même pour un slow.

Elle termine de ranger les CD puis se demande ce que Thomas peut bien fabriquer là-haut. Il met beaucoup trop de temps pour trouver un bandage. Elle entend alors son portable sonner et cherche son sac du regard. Elle l'a sans doute laissé dans sa chambre. Elle se décide à monter, mais la sonnerie s'arrête.

Thomas a disparu. Elle inspecte le couloir, va jusqu'à la salle de bains des filles. Personne. En revenant sur ses pas, elle remarque que la porte de la chambre d'Alice est entrouverte. Elle entre sans faire de bruit.

Thomas est assis sur le lit laqué de blanc, envahi par les poupées et les ours en peluche. Il examine un Charlie Brown en feutrine. Hélène lui trouve une mine très lasse, presque mélancolique. Elle reste quelques secondes immobile dans l'embrasure de la porte. Silencieuse. Elle le dévisage avec dureté. Elle ne veut plus jamais se laisser attendrir.

Il lève alors la tête.

— Qu'est-ce que tu fais ? Tu as trouvé ?

Il lui désigne la poupée qu'il tient dans la main.

— Tu te souviens de Charlie Brown ? Elle l'appelait « Cha'lie » parce qu'elle ne savait pas prononcer les « r ». On l'avait trouvé chez FAO Schwartz, à New York. C'était notre premier voyage après sa naissance. On était tellement culpabilisés de l'avoir laissée à ma mère qu'on voulait acheter la moitié des peluches du magasin.

— Je me souviens surtout de l'énorme panthère

noire qui coûtait une fortune et que tu voulais absolument lui rapporter. J'ai eu du mal à te convaincre de te rabattre sur une ourse blanche qui tenait son bébé ourson entre ses pattes.

— Ah oui, c'est vrai. Qu'est-ce qu'elle est devenue, la maman ourse ?

— Elle est toujours dans la chambre d'Alice, à Paris. Dans ses bons jours, elle la prête à Inès.

Le portable qui sonne encore l'empêche de se lancer plus avant dans une nostalgie qui lui noue déjà la gorge. Elle ne veut pas qu'il l'entraîne sur ce terrain-là, puis qu'il la laisse ensuite pour rejoindre Chloé. Elle tourne les talons et se précipite dans sa chambre. Le temps qu'elle fouille dans son sac et la sonnerie a cessé. Elle s'assoit sur les draps défaits. Thomas a dû avoir un choc en entrant. Le lit ressemble à un champ de bataille amoureuse juste après le combat. Il a sans doute remarqué le gros cône presque consumé, dans le cendrier posé sur sa table de chevet. Le portable se fait entendre pour la troisième fois. Le numéro affiché est celui de Michaël, elle le reconnaît tout de suite.

— Allô ? Hélène ? Ah, tu réponds enfin, ça fait dix minutes que j'essaie de te joindre.

Michaël se lance dans une explication confuse. Patricia Puyreynaud est chez les flics à Evreux qui attendent ses papiers d'identité et ceux de sa mère pour la laisser repartir. Sur le chemin du retour, Michaël est tombé en panne d'essence. La dépanneuse va arriver mais ça risque d'être plus long que prévu. Il faudrait que quelqu'un vienne chercher Elizabeth qui est avec lui, puis récupérer Patricia et leur mère.

— Michaël, je n'ai pas de voiture. Je ne sais pas si...

Evidemment Thomas va refuser de l'aider. Ce serait de bonne guerre.

— Attends, je te passe Elizabeth. Elle va t'expliquer.

— Allô, dit une voix qui s'efforce d'être calme. Mon Dieu, je suis si gênée. Nous vous causons tant de soucis avec maman alors que vous auriez dû passer un week-end bien tranquille...

Hélène comprend alors qu'elle doit aller dans la maison voisine, demander à Jean-Maurice – elle suppose qu'il s'agit de l'homme au catogan – de lui apporter le plus vite possible son sac et ceux de sa mère et de sa sœur.

— Nous sommes sur la D155, à la sortie d'Evreux. Il ne peut pas nous rater. Je vous repasse Michaël.

— Hélène ? Je t'embrasse comme un fou, fort... et partout. Tu m'embrasses aussi ?

— Oui, oui, dit Hélène, un peu abasourdie. Je... je...

Elle lève la tête et aperçoit Thomas devant la porte ouverte. Il tient toujours le Charlie Brown à la main.

— Je t'embrasse très fort moi aussi, dit-elle d'une voix ferme. Très, très fort. A tout de suite.

Elle raccroche. Elle sourit. Thomas fait la grimace.

— Oui ? Oui ? Tu as un problème ?

— Excuse-moi. Je ne voulais pas être indiscret mais je... je n'ai pas trouvé de bandage.

— Bon, dit Hélène. Elle feint de soupirer. Bon. Tu as gagné. Je vais chercher ce qu'il faut et je viens avec toi.

— Hélène ? Hélène, je... enfin je...

— Oui ?

Elle le fixe droit dans les yeux. Il baisse les siens comme un petit garçon pris la main dans un pot de Nutella. Puis il se redresse.

— Non, non. Rien.

11. Jean-Maurice

A peine Elizabeth et Patricia avaient-elles franchi le seuil de la maison en courant, à la recherche de leur mère, qu'il était monté au premier étage. Il avait poussé une porte, au hasard. Tout compte fait, leur absence tombait bien. Il avait besoin de reprendre ses esprits avant qu'elles ne reviennent. Les négociations qu'il avait en tête pouvaient se révéler délicates.

Avant de sombrer dans le sommeil d'un coup, il avait examiné les lieux. C'était une chambre de garçon banale, celle que son fils Simon partageait avec son frère cadet. Pourquoi les jeunes gens d'aujourd'hui étaient-ils si prévisibles ? Et pourquoi son propre fils ne dérogeait-il pas à la règle ? Pourquoi ressemblait-il à ces milliers de gosses qui appréciaient la même musique, regardaient les mêmes films, jouaient aux mêmes jeux vidéo, collaient les mêmes posters sur les murs de leurs chambres ? La faute à une éducation conformiste ou à une génération sans imagination ?

A en juger par leurs affiches, les deux garçons écoutaient du rap et du reggae, regardaient « South Park », fumaient des joints le samedi soir et peut-être en semaine, se prenaient pour des rebelles parce qu'ils détenaient quelques grammes d'herbe dissimulés au fond de leur sac à dos. Rien de nouveau sous le soleil. Lui, dans sa jeunesse, il voulait vraiment changer le monde. Eux ne cherchaient qu'à en profiter.

Les rayons de la bibliothèque étaient remplis de bouquins de poche, légèrement moisis, sentant l'humidité. Il s'agissait, pour la plupart, d'auteurs policiers classiques, Agatha Christie, Ellis Peter, Conan Doyle, Ellery Queen et de quelques écrivains de science-fiction, Philip K. Dick, Frank Herbert et Dan Simmons. Rien de très littéraire.

— A ton âge, mon vieux, je connaissais par cœur Rimbaud et Lautréamont.

Le dessus du bureau, une planche épaisse de bois brut posée sur deux tréteaux, était vierge de papiers et de livres, comme si personne n'y travaillait jamais. Une photo encadrée était posée dans un coin, à côté de l'ordinateur. Il la saisit pour l'examiner de plus près. Elle remontait à une quinzaine d'années, peut-être plus, il n'aurait su le dire. Elle avait été prise sur le perron, sans doute en été, car les rosiers en massifs croulaient sous les fleurs. C'était charmant si on voulait. La maison lui faisait plutôt penser à une vieille dame coquette qui se serait trop parée pour avoir l'air plus jeune.

La scène était on ne peut plus familiale. Parfois, il avait envie de mordre devant tant d'hypocrisie, de rancœurs dissimulées, de détestations réciproques. Epanouie sous un grand chapeau de paille, clignant les yeux pour se protéger du soleil, Elizabeth portait sa fille, comment s'appelait-elle déjà, Julie, ah non, Juliette, un an environ, dans ses bras. A ses côtés, se tenait Richard, moins bedonnant qu'aujourd'hui. Quel couple désassorti. Ensemble, ils frôlaient le ridicule, elle grande et massive, lui, culminant à sa hauteur, avec un visage de Pierrot dégarni, orné d'un petit nez rond de clown.

Ils se donnaient cependant des « chéri » par-ci et « mon ange » par-là, s'envoyaient des œillades énamourées même après tant d'années de mariage. Au début, Jean-Maurice soupçonnait son ex-femme d'en rajouter pour lui démontrer ce qu'était un couple heureux, puis il s'était rendu à l'évidence. C'était bien ainsi qu'ils fonctionnaient, se couvrant de paroles douces et sucrées jusqu'à l'écœurement, trop exagérées pour être tout à fait honnêtes.

Assis au deuxième rang sur un pliant, Simon qui devait avoir six ou sept ans, se montrait maussade pour ne pas changer. Ce gosse vous lâchait rarement un sourire, comme s'il voulait vous faire payer on ne savait quelle trahison à son égard. Quelqu'un avait dû lui dire d'entourer l'épaule de son frère « comme ça vous êtes si mignons » et il s'était acquitté de la demande sans plaisir, comme d'une corvée impossible à éviter.

Le petit qui avait dans les deux ans – Elizabeth n'avait pas traîné pour refaire des enfants – arborait le visage satisfait et le nez en patate de son père. A trente ans, il serait tout aussi ventripotent. Au centre trônait Yvonne, qui tirait la tronche, comme toujours. La digne grand-mère de Simon. Il se demanda qui était l'auteur du cliché. A cette époque, son ex-beau-père avait déjà succombé au cancer qui l'avait rongé pendant tant d'années. Au moins la mort l'avait-elle fait échapper à sa femme. De toute cette fichue famille, c'était lui le moins antipathique. Là où il était, il avait la paix.

Où était donc passée l'autre tribu, celle des friqués ? En vacances sur un yacht cabotant d'île en île dans les Caraïbes ? Il n'y avait pas trace de Patricia, de son

mari arrogant, de ses filles qui étaient sans doute deve-
nues des pimbêches à l'image de leur mère. Il se surprit
à ressentir un pincement de jalousie en constatant qu'il
n'y avait aucune photo de lui dans la chambre.

— Ça m'est bien égal.

Il s'écroula sur un des lits. Il eut un sommeil agité,
rempli de rêves bizarres. Un huissier le menaçait de
l'expulser d'une maison d'édition qu'il ne connaissait
pas. Les murs et les fenêtres étaient peints en noir.
Revêtu d'un gilet à rayures jaunes et noires comme un
valet de chambre, une serviette de cuir sous le bras,
l'huissier proférait des menaces.

— L'argent d'abord, si tu n'écris pas, tu dois payer
avant minuit.

Brutalement réveillé, en sueur, mal à l'aise, il se
demanda d'où provenaient les cris qu'il entendait. Un
crime était peut-être en train de se commettre, presque
sous ses yeux. Meurtre à Juilly. Il pourrait faire un
tabac avec ça. Tous les ingrédients étaient réunis. Deux
maisons de campagne, côte à côte, dans un lieu-dit
désert. Une ex-belle-mère, atteinte d'une Alzheimer,
dont les filles guignaient peut-être l'héritage. Une jolie
voisine en peignoir avec un homme (son mari, son
amant ?) qui l'attendait dans une chambre et manifestait sa jalousie en lui criant de le rejoindre. Un autre
couple qui arrivait tôt dans la matinée, pour les sur-
prendre en flagrant délit d'adultère.

Au final, le coupable serait forcément lui, l'écrivain
solitaire et cynique, prêt à n'importe quelle mauvaise
action pour se remplir les poches d'un petit peu d'argent frais. Pourtant, si un assassinat avait bien eu lieu,
à quelques mètres de sa chambre, ce n'était certainement pas de son fait. Il avait un alibi.

« Je dormais à poings fermés, monsieur l'inspecteur,

ce sont les cris de la victime qui m'ont réveillé. Il était environ – il consulta sa montre – onze heures trente. Mon petit Jean-Maurice, tu lis trop de romans policiers. Ou bien ce sont tous ces Agatha Christie dans la bibliothèque qui te seront montés à la tête. Bon, maintenant que je suis réveillé, autant aller voir ce qui se passe. »

Il se résolut à quitter son lit dont le matelas était trop dur. Descendit en vitesse le grand escalier de chêne ciré et ouvrit la porte d'entrée pour se retrouver dans le jardin. Le ciel s'était à nouveau voilé. Un vent frisquet soufflait sur les branches. Le printemps se faisait attendre. Fichu pays. Deux hommes couraient sur la pelouse en direction des cris. Il reconnut le premier, le grand un peu voûté, celui-là même qu'il avait aperçu sortant d'une Twingo verte pour se diriger vers la maison voisine, accompagné de cette jolie rousse bronzée.

Derrière lui, s'essoufflait un gros homme en costume de tergal beige et cravate bleue rayée, qui balançait un attaché-case en cuir marron au rythme de sa course.

— C'est par là ! cria le grand voûté en désignant l'endroit d'où partaient les hurlements. Chloé, ma chérie, tiens bon, nous arrivons.

Il leur emboîta le pas, par simple curiosité. Un écrivain devait toujours aller au-delà des événements. C'était ainsi qu'il ramenait de la matière pour écrire, comme un pêcheur remplit ses casiers. Hélas, il avait beau poser ses filets, il ne réussissait plus à transformer ce qu'il attrapait en mots et en phrases propices à lui valoir un grand succès. Ses prises étaient maigrelettes, anémiques. Rien que l'on pût transmuter en espèces bien sonnantes ou en prix littéraire prestigieux, ce qui revenait, tout compte fait, au même.

— Lobligeois, lui avait dit un éditeur en lui rendant un manuscrit (un pauvre crétin qui ne savait même pas lire, un comble dans ce métier), vous manquez de souffle. C'est petit, mon ami, très petit. Désolé, mais vous avez perdu la magie de votre premier roman. Contentez-vous de raconter les histoires des autres. C'est tout ce dont vous êtes capable à présent.

Il aurait pu le gifler si, ce jour-là, il n'avait pas eu tant besoin de son chèque d'à-valoir pour raconter, avec tout le pathos dont il était encore capable, les Mémoires d'une stripteaseuse transsexuelle entrée dans les ordres à la suite d'un chagrin d'amour.

Les cris provenaient du fond du jardin. En s'approchant un peu plus il distingua des « au secours, au secours, j'ai mal, j'ai trop mal » qui tenaient plus de l'animal que de l'humain, et en tendant bien l'oreille, plus de la femelle que du mâle.

Les deux hommes se jetèrent avec un bel ensemble dans un buisson. Il les suivit. La jolie rouquine gisait à terre, son pied droit replié sous sa jambe. Le grand voûté se fraya un passage en écartant les branches, alors qu'il aurait été plus simple de contourner le buisson pour l'atteindre. Il tenta de toucher le pied de la fille mais celle-ci, un instant calmée par leur arrivée, se remit à glapir de plus belle.

— Ne me touche pas, tu es fou... je me suis cassé le pied, peut-être la jambe...

Pauvre gosse. Elle pleurait tellement que son rimmel barbouillait le haut de ses joues de traces noirâtres. Pourtant, même dans cette posture émouvante, la douleur faite femme, elle était sacrément excitante. Sous son petit blouson de cuir, elle portait un microscopique pull moulant de la couleur de ses yeux verts, qui mettait en relief deux seins ronds qu'il devinait fermes. Elle avait une peau couleur capuccino qui donnait envie de la toucher sur-le-champ. Sans parler de ce nombril à l'air, percé d'un anneau doré. Les filles d'aujourd'hui s'y entendaient pour être de sacrées allumeuses. Elles n'avaient peur de rien. Cette demoiselle-là avait un beau tempérament qui méritait qu'on s'y intéresse.

— Si je peux me permettre, il faudrait la soulever et la ramener à la maison pour examiner sa blessure. Mademoiselle, ajouta-t-il en se penchant vers elle, je suis désolé, vous aurez peut-être à souffrir un peu mais il me sera difficile de faire autrement. Faites-moi confiance, ce ne sera pas long.

La rouquine cessa de pleurer, se demandant avec curiosité ce qui allait se passer. Elle renifla puis elle s'adressa à Jean-Maurice en gémissant, les yeux mi-clos, les lèvres et la poitrine en avant.

— J'ai trop mal, j'ai dû me casser la cheville.

— Ne pleure pas mon bébé, répondit vivement le grand voûté. On va te ramener à la maison et ensuite on appellera un médecin. Ce n'est rien, trois fois rien...

— Comment ça, ce n'est rien ? C'est ta faute, c'est toi qui as insisté pour venir dans ce bled pourri. Comment je vais faire, moi, maintenant pour prendre mes cours de Pilates ? Mon coach va être furax. J'ai déjà payé tout le trimestre d'avance. Et la fête de Vaness ? Je vais avoir l'air de quoi ? Je suis sûre que tu l'as fait exprès...

— Ne dis pas de bêtises. D'abord, si tu mettais des baskets comme tout le monde pour te balader dans la campagne au lieu de ces talons grotesques ?

— Tu ne vas pas me dire comment je dois m'habiller, non ? Comme ta femme peut-être ? En bourge ringarde, avec des Tod's avachies ?

— Bien, bien, dit Jean-Maurice, conciliant mais ferme. Tout le monde se calme, d'accord ? On va la soulever et l'installer dans la maison, ensuite on discutera. Vous, vous passez votre main gauche sous ses fesses et vous croisez vos doigts avec les miens. C'est ça. Et maintenant soutenez-la avec votre bras droit, je fais la même chose de mon côté. Mon petit, vous n'êtes pas confortable comme ça ?

La rouquine le regarda avec des yeux admiratifs. C'était comme ça qu'il fallait parler aux femmes. Elles devaient sentir qui était le maître. Après avoir crié de nouveau pendant qu'ils la soulevaient de terre, elle s'était calmée et appuyait son sein droit contre lui. Sous sa main, il sentait des fesses dures et charnues à la fois.

Jean-Maurice se concentra sur le chemin semé de graviers. La pluie se mit à tomber de nouveau. Derrière eux, courait le gros homme cravaté qui bourdonnait comme une mouche derrière une vitre. Soufflant à la manière d'un phoque asthmatique, il criait et gesticulait pour leur indiquer la direction de la maison. Comme s'ils ne la voyaient pas.

Devant la porte, se tenait la petite femme de ménage blonde. Elle avait troqué son peignoir en éponge contre un jean et un pull rose très ajustés. Elle avait une sacrée paire de seins. On en oubliait presque qu'elle était trop courte sur ses jambes.

— Oh mon Dieu, cria-t-elle en mettant ses mains devant ses yeux comme pour éviter un spectacle insoutenable. Qu'est-ce qui nous arrive encore ? Personne n'est là...

— Oui, mais nous, nous sommes là, l'interrompit Jean-Maurice. Pouvez-vous nous indiquer un endroit où installer au mieux cette délicieuse demoiselle ?

J'aurais ensuite besoin d'un gant de toilette et de quelques glaçons.

Ces deux ordres énoncés à quelques secondes d'intervalle parurent la déconcerter. Elle finit par obéir.

— Suivez-moi.

Si la rouquine se frottait intentionnellement contre lui, ce n'était pas seulement pour attiser la jalousie du grand voûté, mais bien pour le provoquer, lui. Elle était en manque, cela se sentait. Elle ne devait pas rigoler au lit tous les jours avec son binoclard. Il n'était pas du genre à savoir combler une femme.

— Par là, par là, dit la femme de ménage qui, il s'en souvenait, se prénommait Caroline. Elle leur désignait un canapé recouvert de cretonne fleurie. Avec un parfait mouvement d'ensemble, empreint d'une exquise délicatesse, ils y déposèrent la rouquine. Ce qui ne l'empêcha pas de beugler pour la forme. Le grand voûté glissa un coussin sous son pied.

— Attention, quelle brute, voyons, tu me fais mal... Ce que tu peux être maladroit...

— Mon bébé, il faudrait découper ta bottine au couteau...

— Tu es fou ? glapit le bébé qui eut soudain tout d'une harpie. Des Sergio Rossi à trois mille boules ? C'est toi qui vas me les racheter peut-être ?

— Permettez, dit alors Jean-Maurice, j'ai l'habitude des chaussures de femme...

La rouquine eut un air intéressé.

— Ah ? Vous travaillez dans la mode ?

— Non, je suis écrivain, mais la chaussure de femme, voyez-vous, c'est un peu mon dada. Il n'y a rien de plus... de plus sensuel... J'ai écrit des pages magnifiques sur le sujet.

— N'importe quoi, dit le grand voûté.

— Vous écrivez des livres ? C'est vrai ? Vous passez à la télé ?

— Ça m'arrive, dit Jean-Maurice avec modestie. Bon, voyons cette cheville. Pouvez-vous vous pousser s'il vous plaît ?

— Et pourquoi ? Je peux très bien enlever cette bottine moi-même.

— Ah, tu ne vas pas recommencer. Laisse-le faire puisqu'il te dit qu'il a l'habitude.

Le grand voûté haussa les épaules et s'écarta en grommelant quelque chose que Jean-Maurice ne comprit pas. Ce mec-là devait être fou de jalousie. « Moi, si j'avais un beau petit lot comme ça en magasin, je ne le mettrais même pas en vitrine. »

Il entreprit de descendre tout doucement la fermeture de la bottine.

— Si vous avez mal, tenez fermement mon bras. Vous pouvez me griffer, je ne suis pas sensible.

La fille gloussa. Le grand voûté se plaça alors devant lui pour bien montrer qui était le propriétaire, mais Jean-Maurice ne se laissa pas démonter. Il continua son geste et finit par ôter la chaussure. Elle avait un pied superbe, à la fois sensuel et enfantin, mince et délicat sous le collant transparent. Les orteils étaient longs et fins, les ongles minuscules et vernis de rouge, la cheville nerveusement dessinée annonçait une jambe parfaitement tournée.

Jean-Maurice le saisit avec délicatesse et cette fois le résultat ne se fit pas attendre. Il le reposa doucement non sans lui avoir fait frôler avec discrétion la partie renflée de son jean. Placé comme il l'était, le grand voûté ne pouvait rien voir de son manège, mais à en juger par son souffle inquiet, il devait certainement se douter de quelque chose.

La rouquine le regardait faire, subjuguée.

— Il n'y a rien de cassé. C'est sans doute une entorse.

— Laissez-moi regarder, dit l'autre en le repoussant brutalement.

— Non pas toi, Thomas, tu vas me faire mal...

— Où est la glace ? demanda Jean-Maurice d'une voix forte.

— Voilà, voilà dit Caroline qui surgit à point nommé de derrière une porte.

— Vous auriez pu la démouler, dit Jean-Maurice en considérant le bac à glaçons qu'elle lui tendait avec un sourire désarmant. Vous n'auriez pas un bol ? Et un gant de toilette ? Vous avez regardé dans l'armoire à pharmacie pour trouver une bande élastique ?

— Elle est fermée à clé l'armoire, pour pas que Mme Gordon elle prenne des médicaments sans faire exprès, comme c'est déjà arrivé. C'est Elizabeth qui a les clés.

Elizabeth. Où était-elle passée ? À cette heure-ci elle aurait déjà dû être rentrée avec Patricia et Yvonne. C'est qu'il n'allait pas s'éterniser, même si cette fille ne lui déplaisait pas.

Les affaires d'abord, l'amusement ensuite. Il fallait être sérieux pour une fois.

— Vous êtes sûre qu'il n'y a rien du tout dans la maison ? demanda le grand voûté. Pas la moindre bande ? Pas d'anti-inflammatoire ?

— Sûre. Pour ouvrir l'armoire, faudra attendre Elizabeth.

— On ne va pas la laisser comme ça, dit Jean-Maurice. Cette pauvre petite souffre le martyre. Il n'y aurait pas un voisin qui pourrait nous donner un coup de main ?

— Heu... Le voisin, c'est moi.

— Et ta femme ? demanda vivement Chloé.

Sa femme. Jean-Maurice aurait dû s'en douter. Une histoire classique. Le grand voûté avait largué la bourgeoise distinguée pour la petite jeune plus bandante. Avait-il gagné au change ? En tout cas, l'épouse légitime ne le pleurait pas, à en juger par la mine épanouie qu'elle arborait quand il était entré chez elle tout à l'heure.

— Elle a bien un diplôme de secouriste mais je ne sais pas si elle accepterait...

— Pourquoi ? Elle est sympa, non ? Pas mesquine ni jalouse. C'est pas comme toi...

— J'y vais, moi, si vous ne voulez pas laisser mademoiselle toute seule...

Le grand voûté hésita. Il parut réfléchir.

— Chloé, mon chéri, dit-il finalement. Je fais un saut à la maison et je ramène Hélène. Si c'est seulement une entorse, elle saura te soulager.

— Oui, oui, dit la rouquine avec un geste de la main qui lui signifiait son congé. Allez, grouille-toi, j'ai trop mal.

Mais il avait encore de la peine à lâcher prise.

— Ne vous inquiétez pas, dit Jean-Maurice. Je vais laisser mademoiselle se reposer, j'ai quelques coups de téléphone à passer.

— Je ne serai pas long, dit le voûté en le regardant sévèrement. Cinq minutes pas plus. C'est juste à côté. Compris ?

Puis en changeant de ton, presque en chuchotant, il se pencha vers la rouquine. Il l'embrassa sur la bouche puis il passa une main sous son pull et lui malaxa les seins. Quelle obscénité. Cette fille allait lui claquer entre les mains, il en prenait le pari. D'abord, il était tout à fait stupide de la laisser seule avec lui. A sa place, il aurait plutôt fait le contraire.

— C'est pas tout ça, dit l'agent immobilier, mais faut que j'y aille moi aussi. Je vous laisse ma carte à tout hasard. Si jamais vous vous décidez, faites-moi signe. Les deux maisons m'intéressent.

Quand tout le monde fut parti, Jean-Maurice demanda à Caroline de préparer du café puis il s'approcha de Chloé qui gardait les yeux mi-clos. Il vit cependant qu'elle le regardait s'approcher. Elle se tortilla quand il arriva à sa hauteur. C'était une invite claire. Il prit une chaise, s'assit tout près d'elle. Il commença par lui parler de lui, de ses livres, du milieu littéraire. En général, cela marchait à tous les coups. Les jolies femmes adoraient les hommes intelligents, elles se sentaient flattées qu'ils puissent s'intéresser à elles. Elle n'était pas sotte, du reste. Le niveau zéro de la culture, certes, mais elle avait de la repartie et une certaine finesse. Elle pouvait même être drôle.

Au bout de quelques minutes, ils riaient tous deux aux éclats, comme de vieilles connaissances. Elle en oubliait de se plaindre. Il allait profiter de son immobilité pour s'approcher plus près, lorsque Caroline revint en portant un plateau avec deux tasses. Le café s'était renversé dans les soucoupes. Chloé refusa le sucre qu'il lui proposait, prit la tasse et la porta à ses lèvres. Elle avait des mimiques de chaton. Un régal.

Caroline se planta devant eux. Il se creusa la tête pour l'éloigner à nouveau. Chercher une aspirine ? La boîte à pharmacie était fermée à clé. Apporter une couverture ? Faisait bien assez chaud comme ça. Il pensait ne jamais arriver à ses fins mais une bienheureuse sonnerie de portable vola soudain à son secours.

Assourdies mais insistantes, les premières mesures

de la *Marche nuptiale* revinrent en boucle jusqu'à ce que Caroline finisse par les entendre. Elle se précipita en criant :

— Attendez, attendez, j'arrive.

Avant de sortir de la pièce, elle se retourna.

— C'est mon portable. J'ai pas bien l'habitude de la sonnerie, il est neuf.

La voie était à nouveau libre. Il n'avait pas beaucoup de temps devant lui pour amorcer les travaux d'approche. Il prit la main de Chloé et lui débita un tas de platitudes, qui fonctionnaient toujours. Enfin presque.

— Ecrire, ça vous plairait ? Avec votre physique, vous feriez un malheur dans les émissions littéraires. Je suis sûr que vous auriez des tas de choses à raconter. Vous semblez avoir une expérience de la vie... Je me trompe ? Votre enfance. Votre mère. Les hommes. Vous devez bien les connaître, non ? J'ai un grand nombre d'amis dans ce milieu qui ne demanderaient qu'à vous aider.

Il cita quelques pointures de la télévision mais elle secouait la tête. Michaël Elbaz, demanda-t-elle, vous le connaissez ? Non, ça ne lui disait rien, mais PPDA, Michel Polac, Bernard Pivot, de vieux amis à moi... Non ? Vous ne les connaissez pas ? Et moi, si je connais Benjamin Castaldi, Arthur, Armande de la « Star Ac » ? Pas vraiment. Il faudrait ?

Il en était là, si proche d'elle qu'il pouvait sentir son souffle. Le grand voûté fit alors irruption dans la pièce, suivi par sa femme. Derrière eux, Caroline brandissait son portable.

— C'est ma tante au téléphone. Elizabeth est en panne d'essence.

Le grand voûté se précipita sur lui, menaçant. Il

n'eut que le temps de retirer précipitamment sa main et de reculer sa chaise.

— Non mais dites donc, vous, faut pas vous gêner...

Derrière lui, sa femme ébaucha un petit salut distant qui indiquait qu'elle l'avait reconnu. Chloé prit un air de dignité outragée avant de se remettre à gémir. Dans la confusion qui suivit, explications laborieuses de Caroline, mêlées à celles plus logiques de l'ex-épouse qui tentait de s'expliquer d'une voix posée cependant que Chloé réclamait qu'on la soigne, il comprit qu'Elizabeth l'attendait quelque part sur la route d'Evreux.

Caroline partit chercher les sacs à main qu'elle lui réclamait dans les chambres du haut. L'ex-épouse qui se prénommait Hélène avait apporté une trousse de secours dans laquelle elle piocha une pommade.

— Il faudrait que je puisse déchirer votre collant, dit-elle à Chloé d'un ton neutre.

Chloé acquiesça sans mot dire et ferma à demi les yeux. Le grand voûté lui tenait la main avec l'air du type qui va assister à l'opération de la dernière chance. Il lui murmurait des paroles d'encouragement. Hélène gardait un visage fermé, presque en colère.

Jean-Maurice suivit leur manège avec intérêt. Hélène ôta le gant plein de glaçons, puis elle coupa le collant à la hauteur du mollet, avec un plaisir manifeste, sans douceur. Chloé poussait de temps à autre de petits cris perçants. Le grand voûté répétait sans cesse :

— Ce n'est rien, mon bébé, ça va aller.

A chaque « mon bébé », il lui semblait qu'Hélène appuyait plus qu'il ne le fallait ses ciseaux sur la cheville. Chloé protestait avec vigueur.

— Mais vous me faites mal. C'est exprès ou quoi ?

— Hélène...

— Thomas, si tu continues à me perturber, j'arrête tout. C'est bien clair ? Et vous, vous resterez avec votre entorse pas soignée. Ça peut être dangereux.

« Charmant trio, se dit Jean-Maurice en allumant une cigarette. Ça va mal se terminer. Meurtre à Juilly. Cette fois-ci, ce sera pour de vrai. »

Caroline redescendit en portant triomphalement les sacs. Le téléphone sonna. Elle se précipita pour répondre en faisant signe à Jean-Maurice de récupérer ses trophées.

— Allô, oui, oui, il arrive, vous voulez que je vous le passe ? Non ? Je lui dis de se dépêcher ? D'accord, je lui dis.

Elle raccrocha, puis elle lui tendit les sacs. Un Hermès en croco beige, une besace de cuir marron râpé, et un petit sac rigide en vernis noir, avec un fermoir à l'ancienne.

Il attrapa les trois. Caroline lui criait dans les oreilles.

— Dépêchez-vous, Elizabeth s'impatiente. J'ai vérifié, leurs portables sont bien dedans...

— J'y vais, dit-il en jetant un dernier coup d'œil derrière lui.

Hélène en était à présent à passer de la pommade avec de petits gestes précis mais fermes sur la cheville de sa rivale. Laquelle protestait à chaque mouvement de sa main.

— Ne bougez pas. Comment voulez-vous que j'y arrive ? Ce que vous pouvez être douillette.

J'aimerais bien savoir comment cet épisode d'*Urgences* va se terminer, se dit Jean-Maurice. Des ciseaux qui dérapent. Une dose trop forte de calmants. Il faudra que je repasse par ici pour connaître le dénouement. Patricia Cornwell aurait adoré.

Il dit « au revoir » d'une voix forte. Hélène lui rendit poliment son salut sans lever la tête. Chloé marmonna un vague « à tout à l'heure ». Le grand voûté ne daigna pas lui répondre. Allez donc rendre service. Il s'était presque cassé le dos à porter la petite et voilà comment on le remerciait.

Caroline le précéda pour lui ouvrir la porte. Elle resta sur le seuil pour le regarder s'éloigner et lui glissa avec une œillade complice :

— Roulez pas trop vite.

Il marcha rapidement vers sa voiture, s'assit au volant, parcourut quelques mètres. Quand il fut hors de portée de la maison, il s'arrêta sur le bas-côté de la route et ouvrit le sac Hermès en croco. Il en sortit un portefeuille assorti qui contenait des papiers d'identité, deux cartes de crédit Gold et une liasse épaisse de billets de cinquante et de cent euros dont il subtilisa quelques exemplaires.

Puis il remit le portefeuille dans le sac qu'il referma.

— Cette brave Patricia. Voyons si elle va se montrer aussi coopérative pour la suite...

12. Patricia

La pluie tombait à nouveau en gouttes fines et serrées. Elles coulaient drues sur mes cheveux, ruisselaient dans mon cou. Les sinus me brûlaient. Mes tempes étaient douloureuses. Ma mère marchait un peu en retrait. J'allais trop vite pour elle. Elle avait les yeux rougis par la fatigue, de grands cernes marron qui débordaient sur ses joues fripées. J'arrangeai mon étole sur sa tête pour la protéger de la pluie. Elle se laissa faire sans protester. Ainsi attifée, elle ressemblait à une vieille paysanne polonaise.

— Où va-t-on ? demanda-t-elle d'une voix faible.

— Je voudrais trouver un endroit où nous attendrons Elizabeth.

— Pourquoi n'est-elle pas là ? Et Mme Bosco ? On ne la trouve jamais quand on a besoin d'elle. Patricia, tu m'écoutes ?

Nous errions dans Evreux depuis un bon quart d'heure. Je connaissais mal cette ville. Elle ne me plaisait pas beaucoup. Je me souvenais vaguement de la cathédrale et du fameux panorama où mes parents nous emmenaient quand nous étions petites pour admirer les paysages. D'une pâtisserie, aussi, rue Chartraine, qui vendait de délicieux gâteaux aux pommes, ma seule consolation pendant ces dimanches d'ennui provincial.

Le commissaire m'avait dit de suivre la rue des Chasseurs puis de tourner à droite, rue du Général-Leclerc. Là, je devais tomber directement sur la rue Chartraine. Il n'y avait rien de plus facile. Quand nous étions sorties de l'Hôtel de Police, il ne pleuvait pas encore. Nous avions marché. J'avais besoin de respirer. Tant pis si le pas de ma mère se faisait de plus en plus traînant. La pluie était revenue.

Je pris au hasard la rue Saint-Thomas, puis encore une ruelle qui débouchait sur une petite place bordée de maisons et de commerces. Un marché s'y tenait. Malgré le temps, les clients se pressaient en nombre. Les étalages affichaient une opulence à la normande tout en chair et en crème. Des odeurs de fromages, de poisson frais, de crêpes au beurre, de pizzas cuites au four. Partout, des charcuteries, des poulets, des œufs, des pyramides de légumes dont la fraîcheur attestait la provenance maraîchère, des fruits rebondis, des primeurs, une incroyable variété de pommes, de toutes couleurs et de toutes tailles. On ne trouvait rien de tel à Paris. Malgré moi, je fis l'inventaire de toute cette abondance. Un réflexe de professionnelle qui jauge d'un œil averti.

— Patricia, je suis fatiguée.

La pluie était de plus en plus forte. Je cherchai un café pour nous abriter mais, autour de la place, il n'y avait rien à mon goût. Je jetai un coup d'œil à l'intérieur d'un bar où quelques habitués se tenaient autour de tables en formica marron, l'air morne. Derrière son comptoir, le patron, un gros homme rougeaud, essuyait des verres, avec un torchon à carreaux.

— Et là ? dit ma mère.

« Là », était une brasserie à la façade peinte en rouge. L'intérieur semblait plus avenant que ce bar triste.

— Tu as raison. On va s'installer là.

— J'ai faim, dit ma mère en entrant.

De petits box rouges divisaient l'espace, meublés de fauteuils en velours de même couleur et de tables carrelées de faïence. A droite, dans un vivier qui tentait de ressembler à une fontaine, évoluaient des homards et des crabes. L'endroit était à peu près acceptable.

Je désignai un box. Là, au moins, nous ne souffririons pas de promiscuité.

— Je voudrais une tarte Tatin. J'adore les tartes Tatin.

— Tu n'as rien mangé depuis ce matin. Tu ne veux pas plutôt une omelette ?

Elle tenait à sa tarte. Je l'aidai à s'asseoir, puis je m'installai en face d'elle, appelai la serveuse. Je commandai une Tatin et deux thés.

— Vous n'avez pas de Earl Grey ?

Va pour le Darjeeling en sachet jaune. Je ne voulais rien d'autre. Je me nourrissais toujours très peu afin de garder une ligne impeccable. Mon métier impliquait une conduite spartiate. Comme les sommeliers qui recrachent le vin après l'avoir goûté, j'avalais deux ou trois bouchées de chacun des plats que je préparais. Me priver était devenu une seconde nature. Avec tous les dîners, les déjeuners et les dégustations auxquels j'étais astreinte, c'était une discipline de tous les instants que je devais mener sans faillir.

J'ôtai mon trench et aidai ma mère à se débarrasser de son imperméable. Elle avait les cheveux trempés. Je ne devais guère être plus reluisante. Elle répéta plusieurs fois « j'ai faim ». Quand la serveuse lui apporta son gâteau, avec une généreuse portion de crème fraîche servie à part dans un petit bol, elle prit sa cuiller d'un geste brutal, la plongea dans les pommes caramélisées et la porta à ses lèvres. Je la regardai mâcher la bouche ouverte. Déglutir bruyamment. Puis recommencer le même mouvement de façon mécanique. Sa maladie avait emporté toute trace de bonne éducation. Des miettes parsemaient son menton. Elle avait oublié l'usage de la serviette.

J'avais honte de me l'avouer. Le dégoût l'emportait sur la compassion. La vieillesse m'avait toujours répugnée. Surtout celle des femmes. J'en traquais sur moi les moindres prémices. Je m'appliquais à en retarder la venue par des crèmes, des manipulations, des injections, toutes sortes de pilules antioxydantes. Je ne supportais pas les rides, les taches, les cheveux blancs, les visages affaissés, les mains tremblantes. Les corps abîmés, ventres plissés, cuisses amollies, seins pendants, vidés de leur chair, me terrifiaient. Les symptômes de l'âge me semblaient pires encore chez ma mère parce qu'un jour ou l'autre je deviendrais comme elle, même si je ne lui ressemblais pas. J'espérais simplement ne pas être un fardeau pour les miens.

Depuis que sa maladie avait été diagnostiquée, les mêmes questions revenaient me hanter. A quoi cela servirait-il de prolonger son existence quand elle aurait perdu l'usage de la parole, quand elle ne saurait plus marcher ni accomplir les gestes de la vie quotidienne ? Pourquoi fallait-il s'acharner alors que la bataille était perdue d'avance ? Et pourquoi devait-on un jour inverser les rôles, devenir les parents de ses parents, à l'âge où l'on doit encore s'occuper de ses enfants ?

Concentrée, ma mère dégustait sa tarte avec un plaisir évident, en piochant de temps à autre dans la crème.

Sa vie semblait tout entière contenue dans cet instant. Elle paraissait n'avoir gardé aucun souvenir des récents événements. La fugue vers la gare, l'auto-stop avec l'agent immobilier, le vol du pain de mie, l'attroupement devant la supérette. Sa mémoire était à nouveau vierge, comme une disquette dont les données auraient été effacées par mégarde.

J'ôtai le sachet de la théière. Versai le liquide trop foncé dans la tasse. La portai à mes lèvres. Je fis la grimace. Trop fort, trop de tanin. Je m'obligeai cependant à boire quelques gorgées pour me réchauffer.

A peine entrées dans ce commissariat impersonnel qui ressemblait à une quelconque officine administrative, on nous avait désigné deux chaises de plastique blanc recouvertes de tissu vert émeraude, scellées au sol comme toutes celles qui composaient la rangée. L'attente n'avait pas duré longtemps. Ma mère montrait des signes d'impatience.

— On rentre à la maison. Je veux me reposer.

Le commissaire était arrivé peu après. Par miracle, il m'avait reconnue. C'était un gourmet averti. Il avait de petits yeux gentils sous des lunettes rectangulaires, et une moustache de bonne taille, qui formait une bosse grise sous son nez.

— On n'arrête pas madame Puyreynaud, dit-il, assez mécontent, aux deux gendarmes. Pas comme une vulgaire voleuse. Pat, la célèbre Pat, de « La main à la Pat », ça ne vous dit rien ? Vous ne la connaissez pas ? Vous ne connaissez pas grand-chose, alors.

Les flics avaient baissé la tête. J'en avais profité pour leur jeter un regard de triomphe. J'étais cependant très agacée. Ces crétins nous avaient fait perdre un temps considérable. A cette heure-ci, nous aurions déjà dû être au « Clos Joli ».

Le commissaire avait appelé sa femme au téléphone.

— Chérie, devine qui j'ai en face de moi ? Tu ne devines pas ? Attends, je te la passe. Tu ne vas pas en croire tes oreilles.

— Dites, vous voulez bien lui parler ? Elle est tellement fan de ce que vous faites. Elle ne rate jamais une seule de vos émissions. Et nous, on mange drôlement bien grâce à vous.

Il avait éclaté d'un grand rire de gorge qui allait avec sa silhouette imposante et le ventre qui débordait de sa ceinture. J'étais prête à faire tout ce qu'il voulait. Pourvu qu'il nous laisse sortir de là.

— Allô, chère madame, avais-je susurré de ma voix la plus onctueuse. Oui. C'est bien moi... Pat, de « La main à la Pat ». Un concours de circonstances trop long à vous expliquer. Oui, oui, je prépare un nouveau recueil de recettes, consacré à l'art d'accommoder la volaille. Ça va s'appeler « Des plumes à la Pat ». C'est un jeu de mots. Amusant, oui. C'est mon éditeur qui l'a trouvé. Il a beaucoup de talent pour les titres. Mes produits ne sont pas vendus à Evreux ? Vous pouvez les commander sur Internet. Je vais demander votre adresse à votre mari. Dès que je serai rentrée chez moi, je vous ferai préparer un petit choix. Mais si, mais si, c'est la moindre des choses.

J'avais aussi obtenu de téléphoner à Philippe. Il rentrait de Moscou. Il n'avait rien compris à ce que je lui racontais d'une voix précipitée. Il était préoccupé par un dîner en ville qui avait lieu le soir même.

— De gros clients. Tu n'as pas intérêt à te défiler. Débarrasse-toi de ta famille. Tu ne trouves pas que tu

en fais un peu trop, non ? Elles n'ont qu'à se débrouiller sans toi.

Comme si c'était facile. Il avait abrégé la conversation. Il se trouvait dans un taxi qui revenait de
Roissy. Le boucan était infernal sur l'autoroute.

Puis j'avais appelé la maison. J'étais tombée sur
Constance que j'avais réveillée. Agathe dormait encore.
La reine des cossardes et l'impératrice des paresseuses.

— Il se passe quelque chose de grave ? demanda
la voix ensommeillée de ma fille aînée.

— Non, non, ça va, retourne au lit. L'après-midi
n'a pas encore commencé.

Je raccrochai un peu sèchement. Je n'avais pas osé
contacter mon assistante. Je le ferai un peu plus tard,
d'une cabine téléphonique. Je m'étais moquée du jeune
Elbaz avec son portable greffé à la main. Mais je
regrettais bien de ne pas avoir emporté le mien.

Ma mère s'était soudain animée.

— Je ne veux pas rester là. Pourquoi veulent-ils
nous garder ? Qu'est-ce qu'on a fait de mal ?

Rien. Nous n'avions rien fait de mal. Il faudrait juste
retourner à la supérette pour payer le pain de mie. Mais
le commissaire nous faisait confiance. Il comprenait.
C'était désolant. Vraiment. Il s'était excusé cent fois.
Nous avait proposé de rester en attendant le retour
d'Elizabeth. Offert de prendre un café. Poliment,
j'avais décliné la proposition.

— Si je ne réussis pas à joindre ma sœur, nous
serons de retour dans une demi-heure pour l'attendre
ici. Je crois que ma mère a besoin de prendre l'air.

— Dites, m'avait murmuré le commissaire en
aparté, au moment où nous franchissions le seuil. C'est
formidable ce que vous faites pour votre maman. Mais

vous n'y arriverez jamais sans vous faire aider. J'ai vu un reportage là-dessus à la télé. Il faudrait lui trouver un endroit où on s'occupe d'elle. Vous ne pensez pas ?

Si, je le pensais. Je ne pensais qu'à ça. Si seulement Elizabeth ne s'obstinait pas autant.

Ma mère terminait sa tarte Tatin en se léchant les lèvres. Elle regarda son assiette vide avec un petit air déçu. Trempa son doigt dans le bol de crème et se mit à le sucer. Son menton luisait. Un bout de pomme s'était incrusté entre ses deux incisives. Je faillis lui dire de l'ôter et puis j'y renonçai. A quoi bon ?

Jamais je n'aurais le courage de la prendre chez moi. De m'en occuper, même par intermittence, comme ma sœur l'avait fait jusque-là. C'était au-dessus de mes forces. Et puis il y avait cette vieille histoire. Du temps avait passé, bien sûr. Mais je n'oubliais pas. Ce soir-là, quelque chose s'était brisé en moi. J'aimais ma mère, sans doute, mais ce n'était pas spontané. Je l'aimais par devoir ou par habitude, comme on doit aimer ses parents quand on a été éduqué selon certaines valeurs, comme je l'avais été. Mais je l'aimais de loin, sans éprouver de sentiments véritables. Je ne me souvenais pas d'avoir eu envers elle le moindre geste de tendresse. Je ne l'embrassais pas sur les joues. Je ne la serrais pas dans mes bras. Je ne m'étais jamais blottie dans les siens. De toute façon, j'avais toujours eu les effusions en horreur.

— Je ne peux pas, dis-je tout haut.

— Tu ne peux pas quoi ?

— Rien, rien. Tu ne bois pas ton thé ? Tu te souviens de ce qu'a dit le médecin ? Il faut boire. C'est important de s'hydrater avec ta maladie.

— Je n'aime pas le thé. Tu ne vas pas me forcer,

non ? Où sont tes enfants ? Tu ne t'occupes jamais de tes enfants. Il n'y a que ton travail qui compte.

— On ne va pas recommencer. Mes filles sont grandes. Constance a plus de vingt ans. Elles n'ont pas besoin de moi.

— On a toujours besoin de ses parents, dit ma mère en me regardant avec sévérité.

Puis elle passa du coq à l'âne, comme elle le faisait toujours depuis qu'elle était malade.

— J'ai encore faim. Je voudrais une autre tarte.

Je commandai un deuxième gâteau et m'enquis d'un téléphone.

— En bas, à côté des toilettes.

— J'ai envie de faire pipi, dit ma mère en se tortillant.

Je réclamai l'addition. Avant de quitter Michaël, je lui avais demandé de me prêter de l'argent. Il était sur le point de ranger son billet de cent euros dans sa poche. Il avait hésité.

— Vous n'allez pas nous laisser sans le sou, tout de même ? Et puis vous savez où me retrouver pour vous faire rembourser, non ?

Il avait ri. Un peu à contrecœur. Mais il m'avait tendu le billet.

Je le donnai à la serveuse. Elle le regarda dans tous les sens, puis se décida à l'empocher. Elle revint au bout de cinq longues minutes avec une autre tarte et de la monnaie. Ma mère s'impatientait. Je décidai d'entreprendre l'expédition toilettes. Il me fallait descendre avec elle l'escalier étroit qui y menait. Ce que nous fîmes, non sans mal, elle s'accrochant à mon dos et moi avançant avec prudence.

Le téléphone se trouvait au bout du couloir, entre deux portes. J'ouvris celle réservée aux femmes.

— Tu peux te débrouiller toute seule ? Il faut que je passe un coup de fil.

— Je ne suis pas manchote. Je peux aller aux toilettes sans aide, tout de même.

Je refermai la porte. Glissai une pièce de deux euros dans la fente du téléphone. Le répondeur du portable d'Elizabeth se déclencha. Je laissai un message lui indiquant que nous étions à la brasserie située sur la place Georges-Clemenceau. Je raccrochai et composai le numéro du « Clos Joli ». La tonalité indiquait que la ligne était occupée. J'essayai à nouveau d'appeler Elizabeth. En vain. Je téléphonai à mon assistante à Paris. Je lui laissai un message disant que j'étais retenue chez ma mère. Je ne savais plus qui appeler d'autre.

J'entrai alors dans les toilettes pour femmes. Sur ma gauche se trouvait un lavabo surmonté d'un miroir. Deux portes en stratifié marron me faisaient face. Le loquet coincé sur la couleur rouge indiquait qu'elles étaient verrouillées.

J'appelai mais il n'y eut pas de réponse. Je recommençai deux ou trois fois, sans succès. Au hasard, je tambourinai sur une des portes.

— Qu'est-ce que vous voulez ? fit une voix féminine qui n'était pas celle de ma mère.

Je m'excusai et entrepris de taper à l'autre porte.

— Ouvre, je sais que tu es là. Est-ce que ça va ? Réponds-moi au moins.

Au bout de quelques secondes, j'entendis le loquet cliqueter.

— Je n'arrive pas à ouvrir, dit-elle. On m'a enfermée.

— Personne ne t'a enfermée. C'est toi qui as poussé le loquet. Si tu l'as fait dans un sens, tu vas pouvoir le faire dans l'autre. Tu vas très bien y arriver. Tu tires vers toi, sans te paniquer. Ce n'est pas bien compliqué.

— C'est Mme Bosco. Elle m'enferme tout le temps. Si elle croit que je ne vois pas son petit manège. Germaine, ouvrez-moi donc ! Je vous l'ordonne.

— Ce n'est pas la peine de te mettre dans cet état. Je ne suis pas Mme Bosco, je suis Patricia, ta fille.

Je parlementai avec elle le plus calmement que je pus, compte tenu de notre état d'énervement mutuel. Une grande femme en pull à col roulé violet et treillis noir bardé de poches, juchée sur des talons aiguilles, sortit des toilettes voisines dans un grand fracas de chasse d'eau. Elle me dévisagea avec méfiance. Puis elle sembla comprendre la situation.

— Vous voulez de l'aide ? demanda-t-elle en rajustant son pantalon sur ses fesses rebondies. Cette dame a eu un malaise ? On appelle les pompiers ?

— Non merci. Je n'ai besoin de rien.

— Ce que j'en disais..., dit la femme en haussant les épaules. Montrez-vous sympa avec les gens, tiens.

Il me fallut dix bonnes minutes de tractations, d'encouragements, de conseils murmurés avec douceur pour que ma mère parvienne à ouvrir la porte. Elle paraissait au comble de la frayeur. Ses yeux étaient fixes. Soulagée, je la pris par le bras, l'emmenai vers le lavabo. J'allai chercher du papier au distributeur, l'imbibai d'eau et le lui passai sur le visage. Puis je l'aidai à rajuster ses vêtements.

Je contemplai notre image dans le miroir. J'étais livide. Moi aussi, j'avais eu très peur. Les cernes de ma mère s'étaient encore creusés. Soudain, elle eut l'air d'avoir cent ans. Je revis dans un flash son visage altier, sa silhouette élégante. Il y avait des siècles de cela. Elle se parfumait alors avec *Madame* de Rochas.

Je n'avais jamais oublié cette odeur qui imprégnait ses placards, ses vêtements, et jusqu'aux mouchoirs brodés à son chiffre, qu'elle empilait dans ses tiroirs. Ma mère n'avait plus de sillage à présent. Elizabeth n'avait pas jugé important de lui acheter une eau de toilette.

« Nous n'avons rien en commun, me dis-je en la fixant dans la glace. Mes yeux sont verts, les siens marron, mon nez est droit, le sien, busqué. Rien n'indique que nous sommes si proches. Est-ce que je l'aimerais un peu plus si je lui ressemblais davantage ? J'ai toujours eu ce sentiment étrange de ne pas être de son sang. Sauf quand je regarde la photo d'Ewa dont elle a toujours dit que j'étais son double. »

Elle m'attrapa par le bras. Ses yeux brillaient comme si elle allait se mettre à pleurer.

— Ma petite fille, murmura-t-elle, ma petite fille. Qu'est-ce que j'ai ? Qu'est-ce qui se passe ? Parfois j'ai l'impression de m'enfoncer très loin dans le noir. Je ne comprends plus rien. Dis, c'est ça ? C'est cette maladie ? Que va-t-il m'arriver à présent ? Le noir ? Le noir ?

— Il ne va rien t'arriver du tout, dis-je en me raclant la gorge. Ça va aller. On remonte. Elizabeth va venir nous chercher.

Je passai une main dans mes cheveux pour les recoiffer d'un geste rapide, vérifiai ma tenue. Puis j'ouvris la porte. Elle me prit la main. La serra dans la sienne. Je trouvai étrange le contact de cette paume sèche, de ces doigts noueux de vieille femme qui cherchaient si fort les miens. Nous ne nous étions pas tenues ainsi depuis ma petite enfance. Je voulus me dégager mais ma mère s'accrochait.

Nous sommes remontées non sans mal, sa main tenant toujours solidement la mienne. Le thé avait refroidi dans les tasses. On lui avait apporté une autre tarte. La grosse pendule au-dessus du comptoir indiquait douze heures quarante. Le bruit était si dense qu'il fallait hausser la voix pour s'entendre. La serveuse courait de tous côtés, hélée par les habitués. A côté de nous, deux hommes fumaient en attendant leur commande. Dans l'air flottaient des odeurs de choucroute et de bière.

Ma mère piocha dans sa tarte, porta sa cuiller à sa bouche, se remit à mastiquer bruyamment.

Je ne tenais plus en place. J'étouffais. Je craignais une crise d'éternuements.

— J'ai une idée. On va retourner au commissariat. Je vais descendre et rappeler Elizabeth pour qu'elle vienne nous chercher là-bas.

— Pas question, dit ma mère avec fermeté. Pas question. Je déteste les commissariats. Ton père le savait. Même quand nous avons été cambriolés à Paris et à Juilly, trois fois la même année, tu ne te souviens pas, tu étais trop petite, je n'y suis pas allée. C'est lui qui a porté plainte.

Je ne parvenais pas à m'adapter aux changements brusques qui s'opéraient dans sa mémoire. Par moments elle ne se souvenait de rien, pas même de ce qu'elle avait accompli dans l'instant. Puis avec une soudaineté qui me sidérait, elle plongeait dans son passé, en rapportait certains épisodes très détaillés, comme des objets égarés et précieux qu'elle venait de retrouver. Ces temps derniers, ces descentes se faisaient moins nombreuses. Un jour viendrait où elle n'aurait plus rien à attraper. Ce serait alors le silence. La lumière qui s'éteint, avait dit la neurologue. La porte qui se ferme à jamais.

Quand, mû par un mystérieux et secret mécanisme,

son cerveau se remettait à fonctionner, elle nous dispensait à la hâte ce qu'elle pouvait y trouver. Comme si c'était la dernière fois qu'elle exhibait ces vieilleries de leur cachette.

— C'est excellent, tu sais. Tu n'en veux pas ? Tu ne sais pas faire ça, toi qui sais tout faire ? demanda-t-elle en attaquant son dernier quart de tarte.

— Non, dis-je en jetant un coup d'œil sur l'horloge. Enfin si. Mais autrement. Finis vite, je vais redescendre pour téléphoner à nouveau.

Ma mère ne semblait pas pressée.

— Moi, je ne suis pas comme toi. Je n'ai jamais aimé cuisiner. Peut-être parce que j'ai été obligée de le faire très jeune. Avec mon père et ma sœur, on se débrouillait comme on pouvait. Et comme j'étais l'aînée, à moi les corvées culinaires. Je crois que ça m'a dégoûtée à vie. Ma mère...

Au secours, elle n'allait pas remettre ça. Pas le couplet sur cette pauvre Ewa emmenée par les nazis parce qu'elle était allée rendre visite à sa famille. Il y avait prescription, c'était fini. On n'en parlait plus. Plus jamais. Nous avions autre chose à faire qu'à remuer tout ce passé lointain dans une taverne d'Evreux qui sentait la choucroute et la bière.

— Tu sais que ce n'est pas vrai, poursuivit-elle sans remarquer mon agacement. Ma mère n'a jamais été déportée...

— Laisse Ewa où elle est. Paix à son âme héroïque. Il est tard maintenant. Je vais aller...

— C'était un mensonge de mon père, poursuivit-elle. Il n'a jamais supporté qu'elle nous quitte.

— Qu'elle nous quoi ? Mais qu'est-ce que tu racontes ? Tu confonds tout. S'il te plaît, termine ta tarte. Regarde, tu as sali ton imperméable.

Ma mère examina la tache graisseuse. Pendant quelques instants, elle sembla déstabilisée. Elle leva la tête
et plongea ses yeux dans les miens. Ils avaient retrouvé
toute leur vivacité. Mal à l'aise, je soupirai et je me
mis à jouer avec le ticket de caisse. Je le pliai, le repliai
encore.

« Ne pas la brusquer, avait dit la spécialiste. C'est
toujours la tentation que nous avons avec ce genre de
malades. N'oubliez pas qu'ils sont fragiles. Plus fragiles que nous. Il faut de la patience. »

Facile à dire. Ma main pianotait à présent sur les
carreaux de la table. J'aimais bien le bruit de mes
ongles laqués sur la faïence. Je m'efforçai de penser à
autre chose. A ma prochaine émission, par exemple.
J'avais eu une bonne idée à propos des portraits de
Jamie Oliver et de Nigella Dawson, les jeunes prodiges
de la cuisine anglaise. Nous allions les monter sur fond
de musique rock. Je demanderai au jeune stagiaire son
avis sur la question. Il devait connaître tous les groupes
à la mode. Je voulais aussi dépoussiérer l'habillage de
l'émission, en rajeunir la présentation. J'allais donner
satisfaction aux décideurs de la chaîne. Il fallait bien
que j'accepte quelques concessions, si je voulais qu'ils
me laissent tranquille.

La voix monocorde de ma mère ne me lâchait pas.
Elle fixait un point au-dessus de moi. Elle parlait lentement mais sans hésitation. Comme si les mots, trop
longtemps retenus dans sa tête, sortaient dans l'ordre
exact où elle les avait si souvent répétés.

— C'était avant la guerre, au printemps 39. Ma
mère avait un amant. Un photographe américain de
passage à Paris. Il l'avait abordée dans la rue, frappé,
je crois, par sa beauté. Ma mère était une si jolie
femme. Il lui avait raconté qu'elle allait faire du

cinéma. Il l'emmènerait à Hollywood pour qu'elle devienne une actrice célèbre. Elle nous avait montré sa photo. Elle riait. Elle disait : « Cet homme va me sauver la vie. » Quand elle allait le voir, elle nous enfermait à double tour dans l'appartement. Elle nous interdisait de répéter à mon père qu'elle était sortie. Nous étions petites, alors, mais je crois bien que nous avions tout compris. Un jour, une dispute a éclaté entre elle et papa. Elle voulait partir pour les Etats-Unis et nous emmener. Elle savait que la guerre allait éclater. Mais il a refusé. Il hurlait : « Va-t'en avec ton amant, traînée, moi vivant, tu ne prendras pas les enfants. »

— Elle a été déportée, dis-je, le plus patiemment que je pus. Ewa a été déportée. Elle est morte du typhus à Auschwitz. Tu nous l'as toujours raconté. Elle est allée chez sa mère, comme tous les matins, et c'est à ce moment-là que les gendarmes ont surpris toute la famille. Vous, vous avez eu de la chance. Quelqu'un vous avait prévenus qu'il y aurait une rafle. Ton père a pu vous faire fuir. C'était en 1941.

— C'est lui qui a tout inventé, après la guerre. Il n'a jamais encaissé son départ. Il avait honte. Il se sentait humilié. Elle a préparé une petite valise et puis elle nous a embrassées. Elle nous a dit : « Attendez-moi. » On ne l'a jamais plus revue. Un peu plus tard, au début de la guerre, papa nous a cachées à la campagne. Il n'est revenu nous chercher qu'à la fin. Quand il est rentré, il a raconté qu'elle était morte dans les camps, avec les autres membres de sa famille. Mon grand-père, ma grand-mère, mes oncles Haïm et Alfred, ma tante Hannah, mes petits cousins Lulu et Jeannot. C'était hélas la vérité. Personne n'a survécu. Sauf ma mère, sans doute, qui nous avait quittés bien avant leur arrestation. Mais pour mon père, elle était

morte là-bas. Il n'y avait plus personne pour le contre-
dire et surtout pas nous, à qui il intimait le silence.
Nous n'avions plus de famille. Et les voisins s'en
fichaient bien. Il a fini par se persuader que ce qu'il
prétendait était vrai. Sa femme avait subi le sort terrible
de tous les siens. On a bien essayé une fois ou deux
d'aborder le sujet, mais il a crié si fort qu'il nous a
terrifiées. Il a brûlé toutes ses affaires. J'ai pu sauver
une photo et la bague qu'elle avait oubliées dans un
tiroir. En secret, ma sœur et moi nous n'avons pas
cessé d'espérer son retour. Claudette a essayé de la
retrouver ensuite. Elle est partie pour les Etats-Unis
avec ce fol espoir. C'est pour ça qu'elle avait épousé
Lester, parce qu'il connaissait le milieu des artistes.
Mais rien. Pas un signe. Plus personne n'avait entendu
parler d'elle.

Je ne la croyais pas. Elle mentait. C'était évident,
elle mentait. Comment mon grand-père aurait-il pu
inventer une histoire aussi sacrilège ? Plaquer une des
plus grandes tragédies de l'Histoire sur son petit drame
conjugal alors qu'il avait tant souffert de la disparition
de ses proches ? Sa propre famille et toute sa belle-
famille s'étaient évanouies dans la fumée des camps.
Personne n'en était revenu. Lui, il avait vieilli d'un
coup, s'était figé dans sa douleur. Quand le chagrin
était trop fort, il regardait pendant des heures la photo
prise avec son frère Aaron, devant le magasin paternel.
Il n'était plus jamais retourné dans son île. Toute sa
vie, il avait porté son malheur sur ses épaules. Il aurait
imposé à ses filles, déjà éprouvées par tant de morts,
le fardeau d'un si odieux mensonge ? Allons, c'était
impossible. Pas lui, pas Joseph. Pas après tant de larmes.

Agacée, j'allais vivement répliquer. Ce que je vis

m'en empêcha. Deux larmes. Deux petites larmes coulaient des yeux secs de ma mère. Dessinaient deux minuscules ruisseaux brillants sur ses joues fripées. Allaient se perdre dans les ridules autour de sa bouche. Les années n'avaient rien ôté à l'intensité de sa peine. Je demeurai silencieuse quelques secondes. Elle pleurait sans bruit. Ma gorge se serra, les yeux me piquèrent. Une émotion inconnue me gagnait. En même temps, je m'en voulais de me laisser piéger.

Je me ressaisis, pris sa vieille main osseuse dans la mienne. Je la caressai doucement pour la consoler. Puis j'accomplis un geste qui me surprit moi-même. Je la portai à mes lèvres et y déposai un baiser. Si tout ce qu'elle venait de me révéler était vrai, comment avait-elle pu garder un tel secret ? Des années à ressasser un passé dont elle n'avait pas le droit de parler. Même quand les derniers témoins étaient morts, son père, puis sa sœur Claudette, elle avait gardé le silence. Elle n'avait jamais rien raconté à quiconque. C'était incompréhensible.

Mais non, j'étais stupide. Ma mère avait dû confondre. Sa pauvre mémoire embrouillait tout. Pourtant son affliction semblait bien réelle.

— Ecoute-moi, dis-je en me forçant à la regarder dans les yeux.

— Oui ? dit-elle en faisant un effort, comme pour se sortir d'un songe. Oui ? Je voudrais rentrer, j'en ai assez. J'ai sommeil. Où est Elizabeth ?

Une voix se fit entendre dans le haut-parleur.

— Madame Patricia Puyreynaud est demandée au téléphone.

Elle parut effrayée, me prit la main, s'y agrippa comme pour me supplier de ne pas la laisser.

— J'arrive tout de suite, dis-je. Regarde, le téléphone est sur le comptoir. Tu peux me suivre des yeux, je ne disparaîtrai pas. C'est Elizabeth. Elle va arriver dans quelques minutes. Elle vient nous chercher. Tu vas pouvoir te reposer. Ne t'inquiète pas. Je suis là. Fais-moi confiance... Maman...

13. Elizabeth

Dans mon métier de professeur, j'ai eu affaire à un certain nombre d'excités et non des moindres. Mais Michaël Elbaz les surpassait tous. Prix d'excellence des donneurs de tournis. Victoire du chanteur le plus agité. César de l'épuisant personnage.

Pendant la demi-heure où nous avons attendu à la fois Jean-Maurice et la dépanneuse envoyée par le service après-vente de Maserati, les deux tardant à arriver, il n'a jamais cessé de téléphoner. J'ai fini par tout connaître de sa vie par portable interposé. Sa mère, « Mamouchette ». Son agent Charlie, consulté toutes les cinq minutes. Ses copains, ses musiciens, tout ce petit monde du show-business dont j'ignorais jusqu'alors l'existence et qui a pris forme peu à peu devant moi.

Ses petites amies présentes ou futures figuraient nombreuses sur sa liste d'appels. Il y avait Marina, Julia et Eloïse, la préférée du moment. Elles semblaient se disputer le privilège d'être inscrites sur son carnet de bal, car il y a eu un va-et-vient incessant de rendez-vous et de contrordres.

Son habileté à mentir me stupéfiait. Il brodait, improvisait, balançait des « je t'aime » et des « tu me manques » à tout propos, avec gentillesse, je dois le reconnaître, et surtout avec une absolue décontraction, comme si tout cela était normal. Le plus fort était qu'il n'était pas du tout embarrassé de parler devant moi, y compris de choses intimes. C'était comme si je n'existais pas. C'en était gênant à la longue.

Je ne pouvais même pas attendre dehors. La pluie était trop forte. J'ai eu un mal fou à lui emprunter son portable. J'ai d'abord tenté de joindre la maison mais la ligne était occupée. Quand il a appelé Hélène Larchet, la voisine – j'ai enfin compris qu'elle comptait, elle aussi, parmi ses conquêtes – j'en ai profité pour lui demander d'aller prévenir Jean-Maurice.

Pauvre naïve jeune femme. Il lui a répété mot pour mot ce qu'il avait déjà dit aux trois ou quatre autres candidates en lice.

— Je t'embrasse partout et très fort. Et toi ?

La réponse a dû être satisfaisante. D'après ce qu'il m'a vaguement expliqué, elle et son mari étaient en instance de divorce.

— Un bouffon, ce mec-là, m'a-t-il dit en guise de commentaire sur le voisin, comme je m'apitoyais sur eux.

Les apparences sont tellement trompeuses. J'aurais pu donner sans hésiter le prix de la « Famille en or » à ce si joli petit couple et à leurs adorables fillettes. Moi aussi, je suis une candide.

J'ai obtenu de haute lutte le 712 pour joindre Mme Bosco afin qu'elle appelle Caroline à la maison. Deux précautions valaient mieux qu'une. Je voulais que Jean-Maurice soit prévenu de tous les côtés. Je me méfie de ses capacités à rendre service. Quand il n'est plus resté personne sur la planète Elbaz à joindre de toute urgence, Michaël a enfin posé son portable sur le tableau de bord en le surveillant d'un œil inquiet.

J'ai alors goûté quelques instants d'un merveilleux silence.

Mais c'était trop beau pour durer. Il s'est mis à chercher des stations de radio, a zappé toutes les trente secondes. Du blues, du rap, du classique, des infos. Une infernale cacophonie. J'en avais les oreilles qui tremblaient. A la fin, je me suis fâchée. J'ai pris ce ton sévère de prof qui marche si bien avec mes élèves.

— Michaël, ça suffit maintenant. Vous allez rester un peu tranquille ?

Il m'a regardée, très déstabilisé. Un instant, j'ai cru qu'il allait s'énerver. Mais non. Il a éclaté de rire. Il faut avouer qu'il a un charme désarmant quand il rit. Il en devient irrésistible. J'ai compris, à cet instant précis, l'attrait qu'il pouvait exercer sur les filles. Moi-même, avec mes quarante-neuf ans et mes rides autour des yeux, je n'y étais pas insensible.

— Excusez-moi, a-t-il dit tout penaud. Vous avez raison. C'est exactement ce que ma mère me reproche. L'agitation. Que voulez-vous, je suis comme ça, je n'y peux rien. Un défaut de fabrication.

Et il s'est instantanément remis à jouer avec son portable. Puis avec l'écran de son GPS, que, décidément, il ne parvenait pas à faire fonctionner. Enfin, il m'a regardée, pris d'une inspiration subite.

— Dites donc, entre vous et votre sœur, c'est pas franchement le grand amour, non ?

De quoi se mêlait-il celui-là ? Nos affaires ne le regardaient pas. Dans toutes les familles, c'est la même histoire. On se critique, on se juge, on se jauge, on décortique ses moindres faits et gestes. On se défoule. Reprocher est une habitude qui remonte à l'enfance.

Clan contre clan, sœur contre sœur, enfants contre parents. C'est bien connu, les autres ont toujours tort. Surtout quand ils nous sont très proches. La promiscuité excite la réprobation, elle la provoque et la favorise. Mais comme le dit si bien le proverbe, il vaut mieux laver son linge sale entre soi. Cela évite les vraies fâcheries, facilite les retrouvailles. Il n'y a rien de plus exaspérant qu'une famille, rien de plus névrotique, rien de plus fatigant aussi. Mais je plains ceux qui n'en ont pas.

— C'est compliqué..., ai-je dit en hésitant. Patricia est impulsive. Et je peux être parfois agaçante.

— C'est vous l'aînée ?

— Oui.

— Ouille.

Michaël est resté silencieux quelques instants, à méditer cette parole profonde.

— Désolé, hein, c'est pas pour vous que je dis ça, mais les aînés, quels casse-couilles.

— Pardon ?

— Oui, enfin, vous voyez ce que je veux dire, non ? Ils commandent, ils sont prétentieux, ils ont toujours raison, ils vous rabaissent. Je sais de quoi je parle, je suis le petit dernier. Ce qu'ils ont pu me saouler, les trois autres. Heureusement, je me suis bien vengé. Je me suis tellement appliqué pour les dépasser que maintenant c'est moi qui suis célèbre et pas eux.

J'espérais qu'il allait se taire enfin mais il était à nouveau lancé.

— Mais vous n'êtes pas comme ça, vous ? Si ? Vous êtes comme ça ?

— Je ne sais pas, ai-je dit un peu sèchement. Franchement, je n'en sais rien.

Un coup de klaxon s'est alors fait entendre. A travers la pluie, j'ai reconnu la voiture de Jean-Maurice. Tas de boue pour tas de boue, je préfère le mien. Moins sale et sans doute plus fiable. Jean-Maurice n'a jamais su ce que signifient les mots « réviser une voiture », ou encore « nettoyer. » Il déteste tout ce qui peut le contraindre. Il est surtout très paresseux.

— Merde, a dit Michaël, je croyais que c'était la dépanneuse. Ils vont finir par venir ou quoi ? C'est quand même insensé ce qu'ils peuvent prendre leur temps. Franchement, payer une bagnole ce prix-là et me retrouver sur la route à attendre comme un blaireau, c'est un comble.

Il a repris son téléphone, a composé un numéro.

— Allô, je voudrais le service dépannage de Maserati.

Excédée, j'ai ouvert la portière. Jean-Maurice a baissé sa vitre.

— Je t'embarque pour un tour, poulette ?

J'ai esquissé une grimace.

— J'espère que tout va s'arranger, ai-je dit, soulagée. Si je ne vous revois pas avant votre retour à Paris, je vous souhaite bonne chance pour tout. J'ai été ravie de vous rencontrer.

— Au revoir, a-t-il dit. Moi aussi. Ravi. On se fait la bise ?

Je me suis extirpée de l'habitacle non sans mal – ces engins-là ne sont pas faits pour des femmes de ma stature – puis j'ai couru vers la voiture de Jean-Maurice. L'intérieur ressemblait à l'extérieur. Une véritable poubelle. Des journaux partout, des bouteilles de vodka vides, des vieux papiers, des caisses en carton, tout un bric-à-brac inimaginable. Sans parler de l'odeur écœurante d'alcool et de tabac froid. Je le soupçonnais depuis longtemps d'être devenu un véritable alcoolique.

— Fais-toi une place, a-t-il dit en balayant d'un geste tout ce qui se trouvait sur le siège passager.

Il a fait un signe d'adieu à Michaël qui ne lui a pas répondu, trop occupé à pianoter sur ses touches. Puis il a démarré.

— Charmant ce jeune homme. C'est un de tes amis ?

— C'est trop compliqué. Je t'expliquerai. Tu as nos sacs ?

Ils étaient sur la banquette arrière. J'ai pris le mien, vérifié que mon portefeuille était à l'intérieur. Il y avait un message sur mon portable. C'était Patricia.

— Nous allons place Georges-Clemenceau à Evreux, ai-je dit à Jean-Maurice. Continue sur la D155.

Il a démarré sans faire de commentaires. J'ai appelé les renseignements, obtenu le numéro de la brasserie. Je connaissais l'endroit, à mille lieues des goûts raffinés de ma sœur. Sans doute, elle et maman avaient dû être surprises par la pluie. Mais comment les flics les avaient-ils relâchées si vite, sans attendre leurs papiers ? Patricia leur avait probablement fait son grand numéro de femme du monde, doublé de celui de la star de télé. A ce jeu-là, elle était imbattable.

Je l'ai fait appeler. A l'autre bout du fil, sa voix était blanche. Comme si elle avait vu un fantôme. S'occuper de maman n'était pas de tout repos, elle s'en apercevait enfin. Je n'en étais pas mécontente.

Je lui ai dit que nous arrivions.

— Dépêchez-vous.

En quelques mots, j'ai mis Jean-Maurice au courant de la situation. Il n'a fait aucun commentaire. Puis j'ai appelé Richard. Tout allait bien. Après une halte dans un restaurant gastronomique, les enfants et lui étaient repartis vers le Sud. Les amis qui nous avaient invités pour la deuxième semaine des vacances de printemps habitaient Robien, à quelques kilomètres d'Avignon. Le temps était au beau. Sa voix était joyeuse.

J'ai passé sous silence les galères que nous avions subies depuis le matin. Ce n'était pas la peine de l'inquiéter, il est déjà d'un naturel anxieux. Je lui ai caché aussi mon expédition en voiture avec Jean-Maurice. Ce n'est pas qu'il soit jaloux, mais il n'aurait sans doute pas apprécié.

J'ai encore appelé Simon, resté à Paris pour réviser ses partiels. Le téléphone de la maison était sur répondeur et son portable sonnait dans le vide.

— Toi aussi tu es devenue une accro du portable ? Comme tous ces gens qui remplissent le vide de leur existence en pensant qu'ils communiquent alors qu'ils se contentent de polluer l'atmosphère de milliers de paroles inutiles ?

J'espérais que Jean-Maurice n'allait pas repartir dans ses théories fumeuses. Il adore discourir des heures entières sur la décadence de notre société. Quand je l'invite à dîner, c'est toujours la même histoire. Au bout d'un moment Richard pique du nez sur son verre et se met à bâiller. Il comprend alors qu'il faut lever le camp. Autrement, il n'y a pas moyen de l'interrompre.

Il était si brillant autrefois. La magie du verbe. Il savait comme personne captiver un auditoire. Malheureusement, il était aussi obsédé par les femmes. Exactement comme Michaël Elbaz, avec les mêmes mensonges éhontés mais sans cette bienveillance amusée qui rachetait le chanteur. Jean-Maurice n'a jamais eu le moindre scrupule pour arriver à ses fins ni la moindre limite dans sa soif de conquêtes.

J'ai mis du temps à lui pardonner pour Silvia. J'ai perdu en même temps mon mari et ma meilleure amie.

— Tu sembles bien pensive, ma petite Elizabeth.

— J'espère que tout va bien entre Patricia et maman. Tu la connais. Elle a du mal à rester calme.

— Si je la connais. Ha, ha, elle n'a pas changé la sister. Toujours ce balai dans le cul, hein ?

J'ai failli protester et puis je me suis tue. Je n'avais pas envie de discuter ni de me disputer. Jean-Maurice a soupiré, s'est éclairci la gorge. Nous n'étions plus très loin de la place du Marché. Je sentais qu'il avait besoin de me parler. J'attendais la rengaine habituelle, ma petite Elizabeth, j'ai besoin que tu me dépannes, et blablabla...

Il avait toujours de bonnes excuses. L'électricité à payer. L'école de ses fils. Un reliquat d'impôts. Pourquoi me laissais-je ainsi faire ? Je ne sais toujours pas. Pour Simon, sans doute. C'était toujours la réponse que je me donnais quand je me posais la question. Je n'avais pas envie que son père se clochardise. Jean-Maurice en prenait dangereusement le chemin. Il commençait à devenir une caricature de lui-même alors qu'il avait été si séduisant. C'était encore un bel homme qui pouvait faire illusion. Mais pour bien le connaître, je savais que ce n'était qu'une question de temps : l'alcool achèverait ce que l'amertume avait commencé à détruire.

J'étais bien consciente que Simon n'était qu'un prétexte. J'avais vraiment aimé Jean-Maurice. J'étais même terriblement mordue. Nous nous étions connus à 17 ans, au lycée Henri-IV, sur les bancs d'hypokhâgne. Il arrivait tout droit de son Grenoble natal. Pour un provincial, il avait une allure folle. Cheveux longs, bruns, retenus en catogan, chemises blanches et pantalons noirs, serrés à la taille, évasés en bas de la jambe. Beau parleur. Grand charmeur. Il était très doué. Avait lu tous les livres. Pouvait disserter sur Artaud, enchaîner sur Spinoza, jongler avec Heidegger. J'étais fascinée. Eblouie. Sur mes classeurs de cours, je dessinais des cœurs avec ses initiales et les miennes entrelacées.

Après son échec à Normale, il avait tout laissé tomber. La paresse, encore et encore. Il révisait ses examens dans les bistros, toujours entouré de filles. Elles étaient toutes folles de lui et il en profitait largement. Mais c'est moi qu'il avait choisie. Elizabeth Gordon, la timide, la binoclarde. Trop grande, trop gauche, trop moche. Pas comme ma sœur Patricia, si jolie, si sexy. Les garçons se succédaient à la maison pour elle, tandis que je restais dans ma chambre, à travailler jusqu'au milieu de la nuit.

Jean-Maurice me mentait, me bafouait. Nous avions rompu cent fois mais il revenait toujours. Ce petit jeu d'allers et retours avait duré des années. Aucun autre garçon ne me plaisait. Je préférais souffrir avec lui plutôt qu'être heureuse avec un autre. Jusqu'au jour où il avait vraiment voulu me quitter pour une étudiante américaine, draguée rue Saint-Benoît. En désespoir de cause, j'avais utilisé une ultime cartouche. Simon n'était pas un accident. Je voulais son père. J'étais prête à tout pour le retenir, en dépit de tous et surtout de ma mère. J'y avais réussi en « oubliant » ma pilule. Si je ne l'avais pas surpris avec Silvia – quelle scène horrible – nous serions peut-être toujours ensemble.

Les années avaient passé. J'avais fini par pardonner. Il n'était plus ce jeune homme romantique. Et l'auteur à succès n'avait duré que le temps d'un roman. Mais je restais attachée à lui. J'avais le sentiment qu'il était de mon sang, de ma famille. Je ne pouvais pas le laisser tomber. Parce qu'il était la meilleure partie de ma jeunesse. Nous avions traversé côte à côte les années soixante-dix, Eric Clapton, Bob Marley, *Cent ans de solitude*, *Peines de cœur d'une chatte anglaise*, Copi, le Chili, l'avortement.

En politique, j'étais résolument du côté gauche, celui du cœur et de l'émotion. Jean-Maurice était plus cynique. Je le soupçonnais de participer aux manifs féministes pour séduire les filles qui y défilaient. Je réclamais l'égalité des droits et j'étais amoureuse d'un macho de la pire espèce.

J'espérais pouvoir le changer. Comme je pensais changer le monde. Les illusions ont la peau dure. Les miennes ont perduré longtemps.

— Je sais ce que tu vas me dire. Tu as besoin d'argent. Il te faut combien cette fois ? Deux cents euros ? Je ne pourrai pas te prêter plus. C'est déjà beaucoup pour moi.

Jean-Maurice a paru surpris. Nous étions arrivés à un carrefour. Il m'a regardée comme pour dire « où va-t-on ? ».

— Tu prends à droite, la rue du maréchal Joffre, ensuite tu continues tout droit, rue Edouard-Ferray.

— Ecoute Lili...

Je n'aime pas beaucoup quand il m'appelle Lili. Ce surnom signifie qu'il a quelque chose de très important à me demander. Ou à se faire pardonner.

— Oui, ai-je dit, le plus froidement que j'ai pu.

— Oui, oui... Deux cents euros, c'est parfait. C'est vraiment gentil tu sais. Ça va bien me dépanner. Mais ce n'est pas ça... Je veux dire.

— Oui ?

— Voilà. Ce n'est pas facile. Tu ne m'aides pas, tu sais, avec ton air sérieux de prof, à me regarder par-dessus tes lunettes. Bon... Tu sais que j'ai de plus en plus de frais. Je n'arrive plus à faire face. Les exigences d'Elodie, les jumeaux dont la santé n'est pas mirobolante. Albert, heu non, Max, enfin, je ne sais plus lequel, a de l'asthme. Et l'autre un urticaire géant. Il faut les envoyer à la montagne et... heu...

— Désolée, mais là, je ne peux pas t'aider. Ça dépasse largement mes moyens et mes compétences.

— Non, heu, ce n'est pas avec de l'argent. Voilà. Je vais écrire un autre roman.

— Jean-Maurice ? Formidable... C'est la meilleure chose que tu pouvais faire. C'est vrai que tu gâches ton talent avec ce boulot de nègre.

S'il n'avait pas été si fainéant, Jean-Maurice aurait pu être l'écrivain le plus brillant de sa génération. Mais il n'y avait pas que la paresse. La peur le rongeait aussi. Ecrire le terrifiait. Non pas les petites autobiographies qu'il bâclait en cinq minutes. Cela, c'était un jeu d'enfant pour lui. Je voulais parler d'un vrai roman. Quand il avait écrit le premier, nous étions encore mariés. Je lui avais tenu la main sans relâche.

— Tu sais bien qu'après *La Nuit des voleurs*, rien n'a plus jamais marché. On m'a refusé trois manuscrits. Ce crétin d'éditeur m'a dit que je n'avais plus de souffle.

— Tu ne t'en es pas donné la peine. Tu ne travailles pas assez. Tu manques peut-être aussi de confiance en toi.

Il pleuvait toujours. Nous étions à quelques minutes de la brasserie. Jean-Maurice avisa une place libre dans la rue Saint-Pierre et se gara. J'aime bien Evreux. C'est une petite ville où il fait bon vivre si on apprécie la province. J'y suis allée des centaines de fois. J'ai emmené les enfants visiter les curiosités touristiques que mes parents nous avaient montrées quand Patricia et moi étions petites. Ces rituels me rassurent. Ils me donnent le sentiment que les choses recommencent et se transmettent éternellement. Nous avons ainsi admiré la cathédrale, le Beffroi, le château de Trangis et le Panorama. J'aime aussi me promener le long des rives de l'Iton, si joliment aménagées en promenade, avec ses murs moussus et quelques-uns des lavoirs de pierre qui subsistent.

Aujourd'hui, je sentais que je prenais la ville en grippe. La fugue de maman, les flics, Michaël, et à présent Jean-Maurice dont je pressentais subitement le pire. Trop d'événements fâcheux s'étaient succédé en si peu de temps, dans un si petit espace.

— Qu'est-ce que tu fais ? Pourquoi t'arrêtes-tu ici ? Je préférerais que tu te gares plus près de la place. Je ne tiens pas à ce que maman tombe malade avec cette pluie.

— Elizabeth. Ce que j'ai à te demander est très important. Il y va de ma survie. Souviens-toi, quand j'écrivais *La Nuit des voleurs*... C'est toi...

— Moi, quoi ?

— Toi qui étais à mes côtés, toi qui corrigeais chacune de mes phrases. Toi qui me tenais la main, toi qui guidais ma plume.

Je n'avais fait alors que ce que je jugeais normal. En bonne épouse aveuglée par le talent de son mari, pétrie d'admiration pour lui. Mes propres écrits ne valaient rien. Jean-Maurice me l'avait dit et répété cent fois plutôt qu'une. Je n'avais pas assez confiance en moi pour affirmer le contraire.

Mais j'étais assez bonne pour la synthèse. Mon raisonnement était logique. J'avais relu ses feuillets, coupé, corrigé, rajouté quelques idées. Dans mon esprit, c'était lui l'inspiré. Je faisais une excellente seconde.

— Elizabeth, implora-t-il.

Jamais je ne lui avais connu ce ton suppliant.

— Sans toi *La Nuit des voleurs* n'aurait jamais connu un tel succès. Je le sais. Je n'ai jamais pu faire aussi bien ensuite. La pâte ne prenait plus. Il manquait ton style. Ta légèreté. Le crétin d'éditeur avait raison. Tout ce que j'ai écrit ensuite, je ne compte évidemment pas ces minables boulots de nègre, n'a jamais été aussi réussi. Elizabeth. Je t'en supplie. Il faut que tu m'aides encore. Ecrivons un autre roman ensemble. A deux, nous allons faire un malheur.

J'étais assommée par ce qu'il venait de m'avouer. Certes, je me souvenais de nuits blanches à corriger ses feuillets avec fièvre. A réécrire quatre ou cinq fois chaque passage. Mais jamais je n'avais pensé que c'était moi l'écrivain.

Ainsi il me pillait. Sans vergogne, il me pillait. Et je me laissais faire. Voilà pourquoi il m'avait toujours dissuadée d'écrire. Je me fiais à son jugement, et lui, il avait peur de mon succès probable.

Quelle ordure. Là non plus, il ne s'était jamais senti coupable.

— J'ai eu une idée géniale. D'ailleurs, j'ai déjà commencé. Mais ça retombe tout de suite comme un soufflé mal cuit. Il faut que tu remettes mes idées en ordre. Que tu construises. Que tu corriges. Moi, je te dicterai et toi tu arrangeras à ta sauce. Tu n'as jamais eu d'imagination. Laisse-moi faire. A nous deux on va écrire un chef-d'œuvre, hein ? Ça va me remettre en selle. Le grand Jean-Maurice Lobligeois. Ils m'ont cru

fini. Ils vont voir de quoi je suis à nouveau capable.
Avec ça, je peux même prétendre au Goncourt.

Il soliloquait. Puis il a fini par remarquer mon visage
épouvanté.

— Ne t'inquiète pas pour l'argent. Tu auras ta part,
bien sûr. C'est bien le moins que je puisse faire. Je
demanderai à l'éditeur de rajouter une clause pour toi
dans le contrat. Au titre de documentaliste... Enfin, on
trouvera. 20 % ça te va ? Non ? 30 % alors ? Je ne
peux pas te donner plus, l'éditeur se douterait de quelque chose.

Si je n'avais pas eu si désespérément besoin de sa
voiture pour raccompagner maman et Patricia, je serais
sortie tout de suite. Je ne voulais plus voir sa sale tête
de menteur. Bien sûr, j'aurais pu rentrer en taxi au
« Clos Joli ». Mais j'étais trop épuisée. Trop écœurée
aussi. Je n'avais pas non plus envie d'expliquer quoi
que ce soit à Patricia. Elle aurait été bien trop contente
d'avoir toute sa vie eu raison contre lui.

— Démarre, ai-je dit. J'avais la voix qui tremblait.
Dépêche-toi. Maman m'attend. Ma sœur aussi.

— Ecoute Lili...

— Je n'ai pas envie de t'écouter. Ni de te parler.
Ça suffit. Tu as fait assez de dégâts comme ça.

J'ai repris mon portable. J'ai rappelé Simon. Sa voix
complice m'a rassérénée. Je lui ai expliqué en quelques
mots que sa grand-mère avait fugué et que nous allions
la chercher. Le simple fait de l'entendre rire a dénoué
le nœud d'angoisse qui me bloquait la gorge. Je n'ai
pas dit : « Je te passe ton père » comme je le fais
d'habitude. Jean-Maurice ne s'était jamais occupé de
lui. Comment s'étonner alors que mon fils ne lui témoi-
gne que de l'indifférence ?

— Là, ai-je dit. La brasserie est à deux pas. Gare-

toi là, rue Vieille-Gabelle. Et attends-moi. Ah, autre
chose. On va rentrer à Juilly, mais d'abord nous allons
passer par la supérette pour payer le pain que maman
a volé. Ensuite, tu nous déposes à la maison et tu pars.
Je ne veux plus entendre parler de toi. Jamais. Et s'il
te plaît, pas de paroles déplacées devant ma mère.

— Franchement, Li... Elizabeth, je ne comprends
pas pourquoi tu le prends comme ça. C'est stupide. Tu
pourrais. On pourrait...

J'ai couru pour récupérer maman et Patricia. Toutes
les deux se tenaient debout, à l'intérieur, devant la
porte. Elles nous attendaient avec impatience. Patricia
avait pris maman sous son bras. Un geste inhabituel.

Quand elle m'a aperçue, elle s'est écartée, a rectifié
sa posture. Maman avait ce regard fixe que je redoute.
Elle s'était à nouveau enfermée à l'intérieur d'elle-
même. Patricia arborait un masque pétrifié. Elle m'a
regardée comme si elle voulait me dire quelque chose.
Et puis elle a secoué la tête. J'étais trop mal pour
l'interroger. Elles avaient dû se disputer comme à l'accoutumée. Ou bien maman avait commis une de ses
bêtises habituelles. Je n'avais pas envie de savoir.

Patricia a fait la grimace quand elle a vu ce qui
s'amoncelait sur la banquette arrière. Nous avons
déblayé comme nous avons pu, puis nous avons aidé
maman à monter. Elle s'est assise à côté d'elle tandis
que je m'installais à l'avant.

— Eh bien, dit ma mère avec un petit rire. Ce
voyage m'a rappelé ma jeunesse. C'est sympathique,
finalement, de voir du pays.

Dans le rétroviseur, je pouvais voir son visage satisfait. Et celui de ma sœur, tout pâle. Que s'était-il passé
entre elles ?

Maman a tapé sur l'épaule de Jean-Maurice. Surpris,

il s'est retourné. Il s'attendait sans doute à ce qu'elle profère des paroles désagréables sur l'état désastreux de sa voiture.

Elle a encore ri, de ce rire irréel, qui ne lui ressemble guère. Je me suis retenue pour ne pas fondre en larmes.

— Jacques, s'il te plaît, ne roule pas trop vite. Tu sais bien que Patricia a mal au cœur en voiture. Je reste à côté d'elle au cas où. Ta DS est neuve. Il faut faire attention aux sièges...

14. Hélène

Si encore Chloé souffrait vraiment d'une entorse. Mais non, un gros bleu, voilà tout ce qu'elle a. Elle se plaint pourtant, gémit, chouine, pleure même, comme si elle s'était cassé les deux jambes. Et Thomas qui se laisse prendre à ce numéro d'hystérique. Il lui caresse la joue et lui murmure des mots doux en lui donnant du « mon bébé ». Il est grotesque.

Il mériterait une gifle, un petit électrochoc, quelque chose qui le secoue et le blesse, pour lui apprendre à se montrer si goujat. Après tout, Hélène et lui ne sont même pas divorcés.

— Elle a besoin d'un calmant. Thomas, tu ne veux pas aller chercher du Lexomil à la maison ?

Hélène en a laissé un tube dans le tiroir de sa table de nuit, le week-end où elle est venue seule avec les filles. Quand Thomas l'a quittée, elle en transportait partout avec elle, dans son sac, dans ses poches, dans la boîte à gants de sa voiture. Dès que l'angoisse venait lui saisir les entrailles comme une grosse pieuvre tapie au fond de son estomac, il suffisait d'un quart de barrette et les tentacules de la pieuvre desserraient leur étreinte. Depuis un mois ou deux, elle en a moins besoin, signe que la guérison est proche.

— Ah bon ? a dit Thomas, en faisant mine de s'étonner. Tu prends ces trucs-là, toi maintenant ?

Quel culot. Avant son départ, elle ignorait l'existence de « ces trucs-là ».

— Vas-y, va le chercher, dit Chloé. Allez, qu'est-ce que tu attends ?

Thomas est parti en maugréant parce qu'il pleut mais c'est tant pis pour lui. Quel imbécile. Dommage que Casimir n'enseigne pas la vengeance. Casimir est beaucoup trop gentil. Il ne sait pas qu'il existe dans le monde des garces insatiables, briseuses de ménages, et des faibles maris, capables d'abandonner femme et enfants pour les suivre. Hélène va ajouter un *nouveau* chapitre à son livre, qu'elle intitulera « œil pourrr œil et dent pourr dent ».

Elle s'approche de Chloé qui regarde son pied avec une expression inquiète, comme si sa cheville enflait à vue d'œil sous le bandage.

— Dans deux jours, vous n'aurez plus rien, dit-elle, en feignant de prendre l'affaire au sérieux.

— J'espère bien. Parce que je m'entraîne tous les jours en salle. Mon coach va en être malade.

Elle a un accent de banlieue impossible. Elle laisse traîner ses phrases et ajoute des « euh » à la fin de chaque mot. Coacheu, maladeu. Pour compenser cette absence de classe, le bon Dieu lui a donné la beauté. Hélène réprime le petit pincement de jalousie qui lui vient lorsqu'elle la détaille. Mais elle a mieux à faire que de ruminer des sentiments qui détruisent. Chloé est jolie, d'accord, mais elle ne sait pas s'exprimer. Et encore moins s'habiller. Comment peut-on être aussi ordinaire ?

— Vous avez un coach ? C'est formidable. Une de mes amies en a un, elle aussi.

Hélène voit bien la lueur de méfiance dans ses yeux. Il faut l'apprivoiser encore. Elle sourit.

— Dans votre métier, j'imagine que c'est courant. Je veux dire, pour rester en forme.

— Oui, dit Chloé. Oui. Bien sûr. Mais ça fait six mois que je ne travaille plus. J'en ai marre d'être attachée de presse. La mode, enfin dans ces conditions je veux dire, ce n'est pas un métier...

Elle fronce son petit nez, tend sa bouche en une moue adorable. Artifices, se dit Hélène. Cette fille n'est qu'artifices.

— Je comprends. Vous avez sans doute d'autres ambitions.

Chloé semble réfléchir. Peut-elle faire confiance à la femme de son amant ? Hélène voit bien le combat qui agite ce petit crâne. Complice, elle se penche vers elle. Chloé sent le patchouli et la vanille. C'est trop sucré, écœurant même. Hélène en a presque la tête qui lui tourne. De près, sa peau est encore plus mate, encore plus crémeuse. On a envie de la toucher pour en vérifier la consistance.

— Moi aussi, par moments, j'ai envie de tout changer, dit-elle. Il n'y a rien de pire que l'habitude.

Chloé ne répond pas. Elle bâille puis elle ferme les yeux. La conversation ne l'intéresse plus. Hélène va se poster à la fenêtre. La pluie redouble de vigueur. Charmant pour un mois d'avril. Tout compte fait, elle ne supporte pas ce climat. Vivement que « La Pommeraye » soit vendue. Elle se retourne, déplace un vase chinois, tapote un coussin sur un fauteuil, examine un napperon en dentelle sur lequel est posée une bergère en biscuit, puis revient vers Chloé.

— Ces gens n'ont vraiment aucun goût.

— C'est vrai, dit Chloé. Elle hésite puis elle ajoute :
Par contre, votre maison à vous, elle est top.

— Vous êtes gentille. Il suffit de savoir harmoniser
les couleurs. Au fait, vous voudriez faire quoi au juste ?
Je veux dire... Comme nouveau métier ?

— Styliste....

— J'en étais sûre, dit Hélène. J'ai tout de suite
remarqué votre façon de vous habiller. On voit bien
que vous êtes dans la mode. Je vous envie, moi qui
suis tellement classique. C'est une question d'éducation. Mais... il faut passer par une école, non ?

— Oui. Il y en a deux à Paris. Thomas m'a promis
de m'en payer une...

Elle se mord les lèvres comme si elle avait trop
parlé. Mais un éclair de triomphe est apparu dans son
regard.

— Ah bon ? C'est gentil à lui. Surtout dans sa situation.

— Quelle situation ?

— Je ne sais pas si je peux vous le dire, soupire
Hélène. Après tout, votre histoire est toute neuve. Moi
je suis habituée, vous pensez. Douze ans de mariage...

Chloé a enfin mordu à l'hameçon. Elle veut être
mise au courant. Et tout de suite. Hélène hésite, joue
les discrètes. Chloé insiste. Quelques minutes passent
entre tergiversations et supplications. Hélène apprécie
le moment. Elle aimerait le faire durer. Mais l'heure
tourne, Thomas va arriver. D'ailleurs, il devrait déjà
être revenu.

— Bon, c'est d'accord. Mais jurez-moi que vous
ne lui répéterez pas que ça vient de moi. C'est trop
grave.

Chloé jure tout ce qu'on voudra. Hélène se lance.
Elle improvise.

— Quand Thomas vous a rencontrée, cela n'allait pas très bien entre nous. Ce n'était qu'une question de mois ou peut-être même de semaines, pour formaliser une séparation qui de toute façon était déjà écrite.

Chloé a un petit geste prétentieux de la main qui signifie : « Je le savais. » Elle hausse les épaules. Si Hélène joue les mystérieuses pour enfoncer des portes ouvertes, elle n'a pas besoin d'en entendre davantage.

« Patience, ma petite », se dit Hélène.

— En fait, reprend-elle en baissant la voix, Thomas est ruiné. Il n'a plus un sou. Son agence est en faillite. Cela fait six mois qu'il ne me donne plus de pension alimentaire. Mes parents m'entretiennent. Ils sont furieux car ils lui ont confié de l'argent pour qu'il le place dans un programme immobilier.

Hélène ne comprend pas où elle puise la force d'inventer ainsi. On lui a toujours appris que mentir est un des péchés les plus graves, et pourtant les menteurs s'en tirent toujours mieux que ceux à qui ils racontent des histoires. Son père mentait, Thomas lui a menti, mais c'est sa mère et elle qui en ont pâti. Aujourd'hui, la roue va tourner. Plus Chloé l'interroge avec avidité et plus elle continue à inventer avec un plaisir immense.

— Il a tout dilapidé. Mon père compte lui intenter un procès et cela va faire du bruit, croyez-moi. Papa ne sera pas du genre à lâcher comme ça. Thomas peut se retrouver en prison. Evidemment, je ne le laisserai pas aller jusque-là. Après tout, Thomas n'est plus mon mari, enfin, il ne le sera plus d'ici peu. Mais il reste le père de mes filles. Cependant papa est capable de tout quand il se met en colère. Il considère que Thomas l'a trahi.

— Je ne comprends pas, dit Chloé avec lenteur.

Hélène l'imagine en train de calculer mentalement tous leurs biens.

— ... Il y a votre appartement dans le 14e. Et la maison de campagne. Tout ça vaut beaucoup d'argent, non ? Thomas me l'a dit.

— Du bluff, dit Hélène, de plus en plus sûre d'elle. Tout est hypothéqué. L'appartement, la maison et, tenez... même la voiture et mes bijoux. Thomas a des dettes jusqu'au cou. Je vous assure, c'est terrible à l'avouer et je suis la première gênée, mais sa situation est vraiment difficile.

— Il peut se refaire, affirme Chloé qui tente de reprendre l'avantage. Mais Hélène sent bien qu'elle l'a perturbée. Il a un métier qui rapporte. Une agence. Il m'a dit qu'il venait d'empocher deux grosses commandes avec son associé.

— C'est vrai. Il peut se refaire. Mais... mais ce que vous ignorez, c'est qu'il joue. Oui, Thomas joue. Au... au poker. Dans des clubs privés. Il y passe ses nuits, alors qu'il prétend être charrette et travailler à l'agence. C'est son associé qui assume tout le boulot. Il a joué tout notre argent pendant des années et il continue à le faire. Je le sais, j'ai reçu des commandements d'huissier parce qu'il est encore domicilié à notre appartement. Je vous le dis en toute honnêteté, je n'ai plus rien à perdre. Méfiez-vous. Vous ne méritez pas de vous faire avoir. Vous avez l'air d'une fille adorable.

Chloé proteste pour la forme. Hélène voit bien qu'elle est flattée.

— Si, si, je l'ai vu tout de suite. D'ailleurs, s'enhardit Hélène, je vais vous faire un aveu. C'est drôle mais je vous détestais avant de vous connaître. Un peu de jalousie, j'imagine, même si, entre Thomas et moi, il ne se passait plus rien. Eh bien, j'avais tort. Dès que je vous ai vue, je me suis dit que Thomas avait bien de la chance de vous avoir rencontrée.

— C'est que..., dit Chloé.

Hélène la sent très perturbée. Elle est mûre. Elles entendent la porte d'entrée s'ouvrir. Ce doit être Thomas.

— Pas un mot, chuchote Hélène qui jubile.

— Mon bébé, dit Thomas en lui tendant le petit tube vert. Il est essoufflé comme s'il avait couru tout le chemin. Voilà pour toi. Ça va te détendre.

— Tu peux te le garder, hurle Chloé.

15. Patricia

Elizabeth était assise devant, le visage collé contre la vitre, le plus loin possible de Jean-Maurice, comme si ce dernier souffrait d'une maladie contagieuse. Quasiment muette, ma sœur avait perdu sa bonne humeur de façade. Jean-Maurice faisait la gueule, lui aussi. Ils ressemblaient à un couple à la dérive. Si leur divorce n'avait pas été prononcé depuis si longtemps, on aurait pu imaginer qu'il était imminent.

Je m'étais installée à l'arrière en me pinçant les narines. Cette voiture était un refuge pour clochards. J'avais dégagé les sièges. Ma mère s'était blottie contre moi. J'étais gênée par cette intimité inhabituelle, mais je n'osais pas la repousser. Je réfléchissais à cette confession incroyable. Mon père connaissait-il cette histoire ? Et Elizabeth ? Ma mère lui en avait-elle parlé ? Dès que nous serions arrivés au « Clos Joli », il faudrait que j'en discute avec elle. Elle n'était sûrement pas au courant. D'ailleurs, pourquoi le serait-elle ? Ma mère avait sans doute tout inventé.

Mon portable vibra dans mon sac. C'était Philippe qui venait d'arriver chez nous. Il ne comprenait pas pourquoi je n'étais pas encore partie de Juilly.

— Quoi ? Même pas sur la route du retour ? Ras-le-bol de ta mère et de ta sœur. Tu leur as dit ? Dis-leur.

Je raccrochai et j'éteignis l'appareil. Cinq messages s'affichaient sur l'écran mais je n'avais pas envie de les entendre.

Moi, c'était ras-le-bol de tout.

A la sortie de la ville, nous avons aperçu la voiture de Michaël Elbaz qui stationnait sur le bas-côté de la route. La dépanneuse était arrivée. Jean-Maurice ralentit son allure. Michaël était debout, adossé à la portière. Il souriait. Il avait l'humeur changeante comme le climat de Normandie. Mais lui, il lui en fallait peu pour se remettre au beau fixe.

— C'est bon. J'ai assez d'essence pour faire un Paris-Marseille. Ils sont lents à venir mais rapides sur le coup. Je paye et je vous rattrape. Rendez-vous chez vous.

Cinq minutes plus tard, un bolide gris nous klaxonnait. Il freina à notre hauteur. Michaël nous fit un signe joyeux. Puis il redémarra dans un grand fracas de moteur.

Il s'était déjà garé devant notre maison, dans un renfoncement qui tenait lieu de parking, quand on atteignit enfin « Le Clos Joli ». Il conversait encore avec son portable. Jean-Maurice se rangea derrière lui. La pluie avait enfin cessé. Le ciel se repeignait de bleu. Cela sentait l'herbe mouillée, l'humidité. Je fronçais le nez pour ne pas éternuer.

Elizabeth prit maman par le bras et lui fit parcourir les quelques mètres qui nous séparaient de la maison. Elles marchaient avec précaution pour éviter la boue et les flaques. Je les précédai et entrai avant elles, suivie par Jean-Maurice, toujours aussi sombre. Pendant notre absence, les voisins s'étaient installés dans notre entrée. En m'apercevant, ils me firent un petit salut de la tête, sans interrompre leur discussion animée. A en juger par l'expression fermée de leurs visages, ils devaient s'être lancés dans une mise au point sévère. La jeune fille rousse les regardait avec une expression furieuse. S'ils avaient envie de se disputer chez nous, grand bien leur fasse.

Je leur rendis leur salut, puis j'ouvris la porte en grand pour laisser passer Elizabeth et maman, qui ne cessait de nous remercier pour la bonne promenade que nous lui avions fait faire.

— Ah, ce qu'on s'est amusées, répétait-elle avec ravissement.

J'étais épuisée, et même au-delà. J'avais le sentiment de porter l'univers sur mes épaules. Elizabeth devait être dans le même état d'esprit que moi. Quand elle aperçut les voisins, elle fronça les sourcils. Instinctivement, j'esquissai « la grimace des intrus » – strabisme aigu, langue tirée, nez tordu – celle que nous réservions aux rares invités de nos parents, lorsque nous étions petites. Ce retour inattendu à l'enfance nous arracha un sourire.

Pendant que ma sœur accompagnait maman dans sa chambre, je me dirigeai vers la cuisine pour me préparer une tasse de bon thé. Il me fallait au moins cela pour me remettre. Caroline était affaissée sur une chaise. En me voyant elle se mit debout, dans une sorte d'étrange garde-à-vous.

— Vous êtes rentrées ? Et madame Yvonne ? Vous l'avez retrouvée ? La pauvre, si c'est pas malheureux pour elle d'être dans cet état. Elle était si vaillante autrefois. Ça fait bien trois ans qu'elle a plus toute sa tête, non ? Ma tante m'en a parlé si souvent.

J'ignore encore pourquoi je lui ai répondu, tout en faisant chauffer de l'eau. Elle se trompait. Les premiers symptômes de la maladie de ma mère avaient commencé voilà presque deux ans. Auparavant, elle était très valide. Sa mémoire était même impressionnante pour une femme de son âge. Elle tenait une comptabilité au jour le jour de mes coups de téléphone.

Caroline n'en démordait pas. Un beau matin ma mère avait oublié de payer sa tante qui avait d'abord cru qu'elle l'avait fait exprès et qui s'était mise en colère. Mais non. Elle avait vraiment des absences. Elle laissait les lumières allumées, elle qui était si économe, dispersait ses affaires un peu partout. Sa tante en avait bien parlé à Elizabeth mais elle n'avait pas voulu la croire. Selon elle, seul le vieillissement était responsable des étourderies de sa mère. Elle avait fait promettre à Mme Bosco de ne pas m'en toucher mot.

— Pour pas vous inquiéter, ajouta Caroline, en me tendant la tasse que je lui avais demandée.

J'ébouillantai la théière puis j'y versai mon thé vert. Caroline poursuivait, imperturbable. Ma sœur n'avait plus voulu en reparler, mais sa tante sentait bien que la situation n'était pas normale. Madame Yvonne n'était plus la même. Elle s'en ouvrait souvent à Caroline. Toutes les deux se demandaient quoi faire.

Abasourdie, je l'écoutais me démontrer comment Elizabeth m'avait menti pendant un an sur l'état de santé de notre mère. Tout le monde mentait donc, ici ?

Mon thé était brûlant. Je laissai la tasse sur la table et je sortis de la cuisine pour reprendre mes esprits. J'avais besoin d'être seule. Dans la salle de bains, je fis couler de l'eau sur mes mains, les passai sur mon visage. Ce que je vis dans le miroir, me déplut. Cheveux décoiffés, yeux cernés, teint repeint à la craie. En dix heures, j'avais pris dix ans. Certains jours, j'avais l'air de ce que j'étais vraiment. Une femme de quarante-cinq ans qui n'en finissait pas de courir à reculons vers sa jeunesse.

La porte s'ouvrit alors tout doucement, comme si un voleur la manœuvrait.

— Ne vous gênez pas, dis-je.

C'était Jean-Maurice. On n'en aurait donc jamais fini ? Pas moyen de rester un peu tranquille ?

— Encore toi ? Quel pot de colle...

— Vous étiez bien contentes, de me trouver ta sœur et toi pour arranger vos petites affaires de famille. Je me demande bien comment vous auriez fait sans moi.

Il referma la porte et s'y adossa.

— On se serait débrouillées. Nous sommes de grandes filles.

Il fit mine d'allumer une cigarette.

— Ah non. Je suis allergique. Va fumer dehors.

— Bon, bon. Si tu y tiens.

Je voulus sortir. Je l'avais assez vu. Mais il me barrait le passage.

— Tu n'étais pas si pressée en sortant de l'hôtel Nikko il y a trois mois.

— Qu'est-ce que tu racontes ? Laisse-moi passer.

— Ne fais pas ta sainte Patouche comme d'habitude. Le type avait l'air de bien te plaire, non ? Vous étiez plutôt collés-serrés que le contraire.

— Ce que je fais de ma vie ne te regarde pas. Allez, dégage.

Il avait réussi son coup. J'étais en colère. Je tentai pourtant de garder mon calme. Il eut un petit rictus qui voulait ressembler à un sourire.

— Ah ouais ? Et ton Philippe ? Ça le regarde, lui ? Il va être content d'apprendre que sa petite femme chérie se paye des 5 à 7 pendant qu'il se prend la tête avec des bilans et des statistiques ?

Je ne répondis pas. J'étais blême.

— A moins que... A moins que...

Je demeurai silencieuse. Il poursuivit, très content de lui.

— Mon silence vaut combien à ton avis ? Mille euros ? Deux mille euros ? Pour toi, c'est rien...

— Il vaut ça.

La claque partit toute seule. Cinq doigts blancs bien imprimés sur sa joue écarlate. Ce geste me démangeait depuis des années. Très exactement depuis le soir de son mariage. Mes parents avaient tenu à ce que ma sœur et lui « régularisent » leur situation avant la naissance de mon neveu Simon. Qu'il y ait consenti demeure encore pour moi un mystère.

Ils avaient donné une petite soirée chez eux, boulevard de la Chapelle, pour fêter l'événement. J'avais décidé de rentrer tôt. Alors que je cherchais mon manteau dans leur chambre à coucher, Jean-Maurice était entré, avait refermé la porte comme il venait de le faire, puis il s'était approché sans bruit. Il avait mis ses mains sur mes épaules. Surprise, je m'étais retournée. C'est alors qu'il avait tenté de m'embrasser. Il soufflait. Son haleine sentait l'alcool. Ses mains se promenaient sur mes seins et sur mes hanches.

Je l'avais repoussé comme j'avais pu. Je ne voulais pas provoquer d'esclandre. J'avais mis cet écart sacrilège sur le compte de l'ivresse. Il avait bu plus que de raison, lui qui buvait déjà beaucoup. Pour être tout à fait sincère, il était alors très attirant. Au début, j'avais même eu quelques pensées assez troubles à son égard. Je les avais évacuées tout de suite.

Je m'étais très vite rendu compte que Jean-Maurice

n'était pas un bon choix pour ma sœur. Je n'aurais pas parié un centime sur la durée de ce mariage.

— Allez, la sister, fais pas ta fière, l'avais-je entendu grommeler. Un jour ou l'autre, je t'aurai.

Il ne m'avait jamais eue. Elizabeth n'en avait jamais rien su. Il avait eu la délicatesse de se taire. Mais son geste m'avait choquée. Des années plus tard, je lui en voulais encore. J'avais été soulagée quand ma sœur avait pris la décision de divorcer. Elle s'était retrouvée avec un bébé de deux ans sur les bras. Je n'avais pas été, je l'avoue, d'un soutien très efficace. Je préparais alors mon mariage avec Philippe, mille choses heureuses m'occupaient l'esprit. Je ne voulais pas penser au malheur.

Jean-Maurice me regarda, sidéré. Sa joue devait le brûler puisqu'il posa sa main dessus.

— Fous le camp. Tu es vraiment un minable.

Je le bousculai pour ouvrir la porte, puis je montai l'escalier à toute allure. Ma crise d'éternuements réapparut en redoublant d'intensité. Jean-Maurice compterait désormais parmi les causes de mes allergies.

Dans ma chambre, j'ouvris mon sac de voyage et commençai à ranger mes affaires. Je ne voulais plus rester au « Clos Joli ». Je ne supportais plus personne. Ma mère débloquait. Elizabeth m'avait menti. Et, cerise sur cet écœurant gâteau, Jean-Maurice jouait au maître chanteur. Il m'avait vue sortir d'un hôtel avec un autre homme que mon mari ? Et alors ? Je pouvais mener la vie que je voulais, avec qui je voulais. Il ne me faisait pas peur.

Le temps de dire au revoir à Elizabeth et à maman, et basta. Ciao. Je ne me mêlerais plus de rien. Elles se débrouilleraient très bien sans moi. Elizabeth continuerait à n'en faire qu'à sa tête, maman n'avait qu'à fuguer mille fois. *Arrivederci*, Patricia.

Je ne pouvais plus m'arrêter d'éternuer. Entre la poussière et la chlorophylle, je finis par choisir l'air frais. La poignée de la fenêtre était bloquée. Je la tirai un peu trop fort. La vitre céda, brisée en mille morceaux. Un éclat m'entailla la main, juste à l'endroit de la pince. Le sang jaillit.

— Merde et merde, hurlai-je. C'est bien ma veine.

Je me précipitai dans la salle de bains. Fis couler de l'eau froide sur la plaie. L'hémorragie ne se calmait pas pour autant. Il me fallait un pansement. Je pris une serviette, l'entortillai tant bien que mal autour de ma main droite.

Elizabeth entra alors dans la chambre.

— Que se passe-t-il ? Je t'ai entendue crier...

J'étais hors de moi. Je devais ressembler à une furie. Les mots se bousculaient.

— J'en ai marre, marre et marre. Je veux partir. Je vous déteste tous.

Je me détestais encore plus.

Ma crise d'éternuements s'aggravait. Ma crise de nerfs aussi. Elizabeth s'approcha. Me prit doucement la main. Dénoua la serviette. J'avais une longue entaille à la base du pouce, assez profonde.

— Il va sans doute falloir des points de suture. En attendant, j'ai du strip dans la salle de bains des enfants. On va s'arranger avec ça. Mais ne pleure pas, Patricia, voyons. Ne pleure pas.

Cette douceur subite m'avait désarmée. Je me jetai sur le lit, le bras replié sous moi. J'avais mal.

Il y avait des années, des siècles, des millénaires, que je ne m'étais pas laissée aller ainsi. C'était comme si j'avais lâché une source souterraine qui grondait

depuis trop longtemps. Des milliards de larmes accu-
mulées qui n'avaient plus jamais coulé depuis la mort
de mon père.

Elizabeth s'assit auprès de moi. Me caressa les cheveux. Je la laissai faire alors que j'étais tellement en
colère contre elle. Elle se pencha. Je pouvais sentir son
souffle dans mon cou, respirer son odeur, toujours la
même. Eau de Cologne citronnée et savon à la lavande.

Je sanglotai de plus belle.

Je pleurais sur ma jeunesse qui s'enfuyait. Sur mes
filles qui avaient grandi trop vite. Je pleurais sur Philippe et son indifférence.

Je pleurais sur mon père absent à mon mariage. Sur
son regard triste à l'hôpital. Je pleurais sur la maladie
de ma mère, sur sa mémoire qui se délitait. A quoi
cela servait-il de vivre ?

Je pleurais sur Yvonne et Claudette, abandonnées
par Ewa. Et sur Joseph, rendu fou par la trahison de
sa femme.

Je pleurais sur la petite fille de douze ans que j'étais,
et dont l'enfance avait pris fin un mauvais soir de
décembre.

16. Thomas

A quatorze heures quarante-cinq, je suis arrivé chez nos voisins, un tube de Lexomil à la main. A l'aller, j'avais parcouru au pas de course, sous une pluie battante, les cinq cents mètres qui séparaient leur maison de la nôtre. Au retour, il m'a semblé que mon esprit s'éclaircissait. Comme le temps qui revenait au beau. Hélène et moi nous allions divorcer au plus vite et tout bazarder dans les règles. Elle conserverait l'appartement si elle le désirait, à condition de me racheter ma part. On vendrait « La Pommeraye ». Je ne renonçais pas à négocier avec l'agent immobilier dont j'avais conservé la carte. J'épouserais tout de suite Chloé. Je ne pouvais plus me passer d'elle. J'en avais la certitude à présent. Dès mon retour à Paris, je rappellerais l'avocat pour accélérer la procédure.

Je suis entré dans le salon, essoufflé mais triomphant. Je me faisais l'effet d'un champion qui va remettre un trophée à sa belle, après des heures de tournoi acharné.

Curieusement, mon arrivée n'a pas eu l'heur de lui plaire.

— Tu peux te le garder, a-t-elle hurlé.

Furieuse, elle est sortie en claquant la porte. Elle

tenait à la main ses boots à talons hauts. Encore une de ses sautes d'humeur. Subitement, j'en ai eu assez de jouer le petit chien derrière elle. Je ne l'ai pas suivie. Elle finirait bien par se calmer.

Hélène se tenait debout, devant un horrible buffet en bois rustique. Elle examinait avec intérêt une bergère en porcelaine. Avais-je commis une erreur ? Jamais je n'aurais dû les laisser ensemble.

La femme de ménage a passé son visage par l'embrasure de la porte. Elle est restée sur le seuil, un peu embarrassée.

— Madame n'est pas encore rentrée ?

Ni Hélène ni moi n'avons répondu. Après une autre vaine tentative pour engager la conversation, elle est allée se réfugier dans la cuisine. Nous avons entendu des bruits de casseroles. Ma femme a laissé le bibelot pour venir se poster devant la fenêtre.

— Bien, a-t-elle dit. La pluie s'est enfin arrêtée... Je vais en profiter pour aller chercher mes affaires avant que Michaël ne revienne. Tu as besoin de quelque chose ?

— Tu ne vas pas repartir avec lui, tout de même ? ai-je bredouillé en la suivant dans l'entrée.

— Tu y vois une objection ? Tu repars bien avec Chloé, toi. Tu voudrais que je prenne le train, peut-être ?

Hélène avait dans le regard une expression nouvelle que je ne lui avais jamais connue. Elle semblait plus sûre d'elle, plus déterminée aussi, décidée à se battre, en tout cas contre moi. En quelques minutes, une simple discussion sur notre retour à Paris a dégénéré en dispute. Tous ses reproches tournaient autour de l'argent. Je lui devais le poney-club d'Alice. Je n'avais pas payé l'atelier-poterie d'Inès comme je m'y étais engagé. Je n'étais pas loyal. J'avais essayé de vendre la maison en douce. Elle me soupçonnait même d'avoir tenté d'obtenir une partie du paiement au noir, ce qui la désavantagerait au moment du partage. Comme si c'était mon genre d'être si malhonnête...

Pour la calmer, il a fallu que je la prenne par les sentiments. Je lui ai expliqué ma situation financière.

— Hélène, ai-je dit, je voulais seulement me renseigner sur la valeur de la maison. J'ai besoin d'emprunter de l'argent. Je traverse une mauvaise période.

— Si tu crois que ça m'affecte.

Puis elle a eu cette phrase sibylline.

— Si tu ne passais pas ton temps à jouer...

A jouer ? Moi ? Que voulait-elle dire par là ? Je me suis retourné, sentant qu'on nous observait. Chloé avait dû faire le tour de la maison et entrer sans bruit par la porte-fenêtre. Elle se tenait derrière moi, sur le seuil du salon.

— Tu ne m'avais jamais dit que tu étais au bord de la faillite. C'est vraiment intéressant tout ce que j'apprends.

La faillite ? Il ne fallait rien exagérer. Certes, j'avais des soucis à cause de l'agence, mais ce n'était pas si alarmant. Nous étions sur le point d'obtenir de gros contrats. J'allais lui répondre quand la porte d'entrée s'est ouverte.

Ils ont tous déboulé. A croire qu'ils s'étaient donné le mot pour rentrer ensemble. Les deux voisines semblaient épuisées. Le type au catogan tirait la tronche. La vieille dame rigolait. C'était la seule personne un peu drôle de cette bande. Elle a répété deux ou trois fois :

— Ah, ce qu'on s'est amusées.

Ses filles ont à peine répondu à notre salut. La

grande blonde a pris le bras de sa mère pour l'aider à monter les marches. L'autre a foncé dans la cuisine. De l'entrée, nous avons entendu sa voix stridente, mêlée à celle de la femme de ménage. Elle en est ressortie, encore plus énervée.

Le type au catogan la guettait. Il l'a vue se diriger vers la salle de bains. Il a attendu un peu puis il est entré derrière elle. Je me suis rendu compte que Chloé avait disparu. Il allait falloir que je m'explique sur ce malentendu. Mais pourquoi diable Hélène racontait-elle des histoires ?

Hélène a dit alors :

— Je vais chercher mes affaires. Thomas, tu fermeras à clé « La Pommeraye » quand tu partiras ?

Elle est sortie. Je l'ai suivie, pensant retrouver Chloé dehors. Le soleil semblait s'installer à présent mais cela m'était bien égal. Je sentais confusément que quelque chose m'échappait. Je n'étais pas tranquille. Hélène est partie vers « La Pommeraye ». J'ai fait quelques pas dans le sens contraire. Je ne savais pas où chercher Chloé. J'ai poussé la barrière et puis je l'ai vue, devant la Maserati du chanteur, garée dans un renfoncement de terrain en face de la maison. Elle discutait avec lui de façon très animée.

Je me suis approché. Elle avait remis ses boots à talons. De dos, avec son petit blouson serré et son jean ajusté sur ses deux fesses bien rondes, elle était irrésistible. J'ai eu envie d'elle à en crever.

— Mon bébé, ai-je dit en faisant le dégagé. Ce n'est pas prudent de rester debout sur ces échasses. Ce n'est pas comme ça qu'on guérit une entorse.

— Une entorse ? Quelle entorse ? Tu en fais des histoires pour un tout petit bleu de rien du tout. Ça va très bien, je te remercie.

Elle m'a tourné le dos et elle a poursuivi sa conversation, comme si j'étais un meuble. Elle avait beau me mépriser, j'étais de plus en plus excité.

— Tu es prête ? ai-je dit d'une voix forte. Je vais chercher ma veste, et ton sac et on y va.

Je me suis dit que j'allais lui régler son sort dans la voiture. Je l'arrêterais dans un petit bois tranquille que je connais. Chloé adore les ébats impromptus. Nous fêterions ainsi notre réconciliation, avant d'arriver à Paris. Pour la peine, j'irais lui acheter le petit haut qu'elle réclamait. Et même toute la boutique. En pensant à tout ça, mon sang s'est mis à battre fort. J'aurais pu la violer sur-le-champ.

— Non, a dit Chloé.

— Comment, non ?

— Non. Je rentre sans toi.

— Ah oui ? Et comment s'il te plaît ? La gare d'Evreux est à vingt kilomètres.

— Qui t'a dit que je rentrais en train ? Michaël me raccompagne.

J'ai regardé le chanteur. C'était bien ce que je soupçonnais. D'abord il me piquait ma femme et à présent c'était le tour de Chloé. Il ne manquait pas d'air. Mais je n'allais pas me laisser faire.

— Mademoiselle vous dit qu'elle rentre avec moi. C'est clair, non ?

— Non. Non ce n'est pas clair. Ce n'est pas clair du tout, même. Chloé est avec moi. Elle rentre avec moi.

Je ne sais pas ce qui m'a pris alors. J'ai vu rouge. En d'autres termes, j'ai pété les plombs. Je me suis mis à hurler.

— Tu ne vas pas me saouler plus longtemps, espèce

de chanteur à la noix. Je vais te casser les cordes vocales, moi.

Je me suis jeté sur lui pour le frapper mais il m'a repoussé d'un coup d'épaule.

— Ça ne va pas ? a crié Chloé. Tu es devenu fou ? Frapper Michaël Elbaz ?

Il aurait pu s'appeler Charles d'Angleterre, je continuais quand même. Ma deuxième tentative a été aussi peu réussie que la première. Ce zonard avait des abdos en béton.

— Mais arrête, a dit Chloé. Tu es ridicule. Pitoyable.

Il était intouchable, soit. Mais pas sa voiture. S'il me volait mon bien le plus précieux, j'allais lui abîmer le sien. Je me suis approché l'air de rien et j'ai donné un coup de pied dans le pneu avant. De toutes mes forces. Puis j'ai sorti mes clés de ma poche et j'ai tenté de rayer la carrosserie. Il s'est jeté sur moi comme une brute.

— Ma Maserati. Il est fou ou quoi ? Je vais l'étrangler, moi.

Il m'a poussé violemment en arrière puis il a voulu me frapper à son tour. Chloé le retenait.

— Michaël, s'il vous plaît, répétait-elle d'un ton suraigu, faites attention à vous, cet individu est capable de tout.

— Thomas, a dit alors une voix que je connaissais bien. Cesse de te donner en spectacle. Ça suffit.

Je me suis retourné. Hélène arrivait sur le chemin. Elle venait de chez nous. Elle s'était parfumée, avait noirci ses cils, rougi ses lèvres, elle qui ne se maquillait jamais. Un rayon de soleil s'est mis à briller derrière elle, l'enveloppant d'une lumière irréelle. J'en suis resté interdit. Hélène, mon Hélène était transfigurée.

Jamais elle n'avait été aussi belle. J'aurais voulu fixer cette vision d'elle pour toujours.

Michaël m'a alors foncé dessus par-derrière, comme le grand lâche qu'il était. J'ai failli tomber et je me suis rattrapé de justesse. Hélène lui a dit d'une voix suave qu'il était temps de rentrer et que nous avions passé l'âge de nous battre comme deux coqs dressés sur leurs ergots.

Il s'est repris, s'est épousseté, a tenté de faire bonne figure. Mais c'était un nabot. Je le méprisais de toutes mes forces. Il a émis un petit bruit qui ressemblait à un couinement puis il a gémi comme un gosse.

— Mon Coupé GT... Il a voulu le rayer... Ce type est un grand malade. Il faut qu'il aille se faire soigner.

Il s'est mis à examiner sa carrosserie au millimètre près pour vérifier qu'elle était intacte.

— Chloé, tu as oublié ça, a dit Hélène à Chloé.

Elles se tutoyaient à présent. Elle lui a tendu son sac Prada et sa trousse de maquillage.

— Ah, ça c'est sympa, a dit Chloé.

Elle a mis son sac sous son bras. Puis elle a sorti du blush et un petit miroir de sa trousse et a entrepris de se refaire une beauté.

— Hélène, ai-je dit en reprenant mon souffle. Tu es au courant ? Chloé rentre avec vous.

Je savais qu'Hélène n'allait pas apprécier. J'étais curieux de connaître sa réaction. Si Chloé partait avec Michaël, ma vie était finie. Mais il me restait encore une chance de m'en sortir. Hélène déciderait peut-être de rester.

— Chloé nous invite à une mégafête, a dit Michaël. Figure-toi que je connais très bien sa copine Vanessa.

— Super, a dit Hélène sans se démonter. Je suis prête. On y va ?

— On y va, a dit Chloé.

— Ça va ? Tu peux marcher ? a demandé Hélène.

— Sans problème. Tu m'as hyper bien soignée. Je me sens capable de danser toute la nuit.

Hélène m'a tendu les clés de la maison du bout des doigts. Elles se sont dirigées toutes les deux vers la voiture du chanteur, sans un regard pour moi.

Hélène a dit :

— Je monte devant. Ça ne te dérange pas, Chloé ?

— Pas du tout, a gloussé Chloé. Tu fais comme chez toi.

Et elle s'est glissée à l'arrière. Michaël a ouvert la portière puis il s'est ravisé, comme s'il avait oublié quelque chose. Il a sorti une carte de sa poche, un stylo, et il a griffonné deux mots.

Il s'est approché de moi et m'a donné le bout de papier avec une expression dédaigneuse. Sur la carte, étaient gribouillés un numéro de téléphone et un prénom, Charlie.

— Les coordonnées de mon agent. Pat me doit cent euros. Elle n'a qu'à le contacter pour me rembourser.

Puis il s'est penché vers moi. Rien que pour ce sourire de triomphe, j'aurais pu le massacrer.

— Tu es encore trop minable, vieux, pour jouer dans la cour des grands.

Et il est reparti vers sa voiture.

J'aurais donné n'importe quoi à ce moment-là pour être Stallone et Tyson réunis en un seul homme. Mais je n'étais qu'un pauvre type, planté tout seul au milieu d'un chemin de terre.

Un imbécile qui regardait s'éloigner, dans un grand vrombissement de moteur, une voiture de sport prétentieuse emmenant au loin les deux femmes qu'il aimait.

17. Jean-Maurice

Le type qu'on appelait Thomas n'avait pas peur du ridicule. Après avoir tenté de casser la figure au jeune frimeur en Maserati, il avait essayé de rayer sa carrosserie. Ce qui avait déclenché une rage légitime chez son propriétaire. Comment pouvait-on s'attaquer au symbole de la virilité chez un homme avec une simple clé ? Si les deux filles ne s'étaient pas interposées, il se faisait salement abîmer le portrait.

Ce mec n'avait aucun sens du rapport de forces. On ne provoquait pas quelqu'un de plus jeune et de plus musclé, à moins de posséder une arme secrète. Jean-Maurice avait cependant beau jeu de parler. Sa joue lui cuisait encore. Cette Patricia, quelle garce.

— Vous aussi vous vous êtes fait avoir ? lui cria Jean-Maurice en frottant son visage. Les gonzesses, hein.

Le type marchait vers la maison avec l'expression hagarde de quelqu'un qui vient de perdre toute sa fortune en bluffant au poker. Effectivement, c'était bien ce qui semblait s'être passé. Le chanteur avait ramassé la mise et il avait gagné gros. Jean-Maurice se demanda laquelle des deux filles resterait finalement avec lui. La blonde était belle et maligne et elle avait de la classe, mais la rouquine avait pour elle des atouts incontestables. Ce serait un beau combat. A moins qu'ils ne décident de s'amuser tous les trois. Jean-Maurice ferma les yeux avec gourmandise à l'évocation de ces deux beautés toutes nues dans un grand lit. Quel veinard. Il y avait des gens qui attiraient la chance. Pas comme ce malheureux qui affichait des yeux de chien battu par sa maîtresse. Jean-Maurice avait presque pitié de lui.

Il leva à hauteur de sa tête ce qu'il tenait à la main. Un verre. Rempli à moitié de whisky. Une lueur nouvelle apparut dans le regard du type. Cela ressemblait à de l'espoir.

— C'est du bon. Vingt ans d'âge. Mon ex-beau-père s'y connaissait. Suivez-moi.

On entendit des éclats de voix. Cela provenait du premier étage.

— Les sisters. Elles règlent leurs comptes. Il faut croire que c'est le jour des claques. Oh, pardon...

Dans le salon, Jean-Maurice se dirigea vers le buffet rustique. Il l'ouvrit, en sortit une bouteille de Chivas, un autre verre et le servit sec, presque à ras bord.

Au bout du deuxième verre, le type l'appelait Jean-Maurice et lui-même l'appelait Thomas.

Au bout du sixième, Jean-Maurice lui distillait ses confidences sur les femmes. Bon public, Thomas éclatait de rire à chacune de ses phrases. Il se tordit quand Jean-Maurice lui expliqua à quel point Elizabeth était gironde dans le temps.

— Gironde, gironde, répétait Thomas en s'esclaffant comme s'il n'avait jamais rien entendu de plus drôle.

Ils finissaient la bouteille quand les deux sœurs

firent leur apparition. Patricia tenait sa main droite avec précaution. Toutes les deux avaient les yeux rougis.

— Vous en voulez ? dit Jean-Maurice peu rancunier. C'est du bon. Ce brave vieux Jacques n'achetait pas n'importe quoi.

Elizabeth le dévisagea avec sévérité. C'était son expression de prof tout craché. Ce qu'elle pouvait se montrer antipathique.

— Jean-Maurice ? Tu es encore là ? Après ce que tu as essayé de faire ? Je croyais t'avoir dit de déguerpir ?

— J'ai tout raconté à Elizabeth, dit Patricia. Tu es un personnage ignoble.

— Pas du tout, protesta Thomas en s'extirpant de cet horrible canapé fleuri où il s'était affalé. Je ne vous permets pas. Jean-Maurice est mon pote.

— Alors, dit Elizabeth, dehors vous aussi. Du balai.

— Les deux font la paire, enchaîna Patricia.

— On s'en fout, dit Thomas. On va aller chez moi. Moi aussi j'ai du whisky. Bien meilleur que le vôtre. Qu'est-ce que vous croyez ?

Ils se dirigèrent vers la sortie. Jean-Maurice tenait la bouteille de Chivas à la main.

— Ça, c'est à nous, dit Elizabeth...

Jean-Maurice reposa la bouteille. Il vit Thomas hausser les épaules puis se frapper le front comme s'il se souvenait de quelque chose d'important. Il sortit une carte de visite de sa poche et la tendit à Patricia.

— Ça, c'est à vous. Cent euros vous lui devez. Si vous oubliez, il a dit que Charlie vous casserait la figure.

Jean-Maurice et lui prirent le chemin de la maison voisine avec toute la dignité dont ils se sentaient capables. C'était bien tout ce qu'il leur restait. La dignité.

Et la joyeuse perspective de continuer à se saouler. Entre hommes.

Les deux sœurs les regardèrent s'éloigner sans un mot. Puis elles refermèrent la porte derrière elles.

— Dis donc, vieux, tenta Jean-Maurice, effondré sur le canapé de velours prune. Pendant que j'y pense. T'aurais pas deux mille euros à me passer ? Juste un prêt de quelques jours. Pour me dépanner.

Thomas ne répondit pas et partit dans la cuisine leur chercher à boire. Jean-Maurice l'entendit rire. Thomas ne pouvait plus s'arrêter. Jean-Maurice fut gagné à son tour par son hilarité. Il en avait les larmes aux yeux. Quand Thomas revint avec une bouteille et deux verres, ils hoquetaient encore. Et ça ne faisait que commencer.

18. Elizabeth

Ma sœur était prostrée sur son lit, ramassée sur elle-même comme un petit tas de chiffons. Ses épaules étaient secouées par des sanglots profonds.

Patricia la dure. Patricia la terreur. Patricia pleurait.

Je venais de coucher maman. J'ai ôté ses bottes, ses chaussettes, massé ses pieds gelés. Je l'ai aidée à se déshabiller. Je lui ai passé une chemise de nuit de coton à manches longues. Elle se laissait faire sans protester.

J'ai quitté la chambre un instant pour faire couler de l'eau froide sur un gant de toilette, afin de lui rafraîchir le visage. Quand je suis revenue, elle était sur le point de fondre en larmes.

— Ma petite fille, dit-elle en s'accrochant à mon bras. Ne me laisse pas, je t'en supplie. J'ai si peur.

— Maman, je suis là. Il ne peut rien t'arriver.

— C'est cette maladie, n'est-ce pas, qui me fait chavirer ? Avant... Avant ce n'était pas pareil. J'étais moi. Je pouvais me regarder dans une glace. Mais aujourd'hui, je ne sais plus. Ma petite fille, je t'en prie, ne t'en va pas. J'ai si peur de toutes ces ombres.

Elle était très agitée. Je n'ai pas osé la laisser seule une seconde fois pour chercher un calmant dans l'armoire de la salle de bains. Les clés se trouvaient dans mon sac que j'avais posé dans l'entrée, en arrivant à la maison. Je ne voyais pas comment j'allais pouvoir redescendre.

J'eus l'idée de lui chanter une berceuse, celle que mes enfants préféraient quand ils étaient petits. Il me semble que c'était elle qui me l'avait apprise. Il me semble seulement. J'ai peu de souvenirs de moments de tendresse avec elle. Je ne la revois pas se pencher avec douceur sur mon lit de petite fille, ni me prendre dans ses bras pour me guérir d'un chagrin inconsolable.

D'instinct, je savais pourtant qu'elle nous aimait. Un enfant perçoit ces choses. Mais ma mère me semblait si froide. Elle détestait les excès d'émotion, toute cette quincaillerie sentimentale dont je suis largement pourvue. Elle restait murée dans une carapace de dureté dont elle ne se départait jamais. En cela, Patricia lui ressemble.

Il faut bien qu'il y ait eu quelques fendillements dans son armure puisque, dès les premières mesures :

— *Une chanson douce que me chantait ma maman...*

Elle poursuivit d'une voix fluette :

— *En suçant mon pouce, je l'écoutais en m'endormant.*

Ensemble, nous avons repris en chœur :

— *Cette chanson douce, je veux la chanter pour toi. Car ta peau est douce, comme la mousse des bois.*

Ensemble, nous avons ri. Ce moment tenait de la magie. Nous étions si proches. Elle a fermé les yeux. Sa respiration s'est apaisée. Et miracle, elle s'est endormie peu à peu, sa main agrippée à la mienne.

J'avais besoin de souffler. J'ai décidé de me reposer pendant qu'elle dormirait. En sortant j'ai entendu un grand bruit de vitre brisée, suivi d'un hurlement. Cela provenait de chez Patricia. Maman n'avait pas jugé bon de transformer cette partie-là de la maison. Toujours ce sens inné des économies. Mon ancienne chambre qui communiquait avec la sienne par une salle de bains commune avait été attribuée à ses filles.

Comme leur mère, Constance et Agathe se montraient rarement au « Clos Joli ». Quand elles étaient plus jeunes, la maison des parents de Philippe à Beauvallon, avec son parc de plusieurs hectares, trois terrains de tennis et une gigantesque piscine qui donnait directement sur la mer, les avait attirées bien plus que notre vieille bicoque. Aujourd'hui, elles avaient passé l'âge des ambiances familiales.

Il y avait au moins trois ans que je n'avais pas vu mes nièces. Patricia avait voulu fêter le baccalauréat de Constance dans un restaurant à la mode. Elle nous avait invités sans doute parce que maman habitait chez moi quand elle venait à Paris et que Constance avait réclamé sa grand-mère. Je ne garde pas le souvenir d'une soirée très chaleureuse.

J'ai bifurqué vers l'endroit des cris. La porte de Patricia était ouverte.

— Que se passe-t-il ? Je t'ai entendue hurler.

Elle a brandi vers moi sa main droite entourée d'une serviette blanche ensanglantée. J'ai remarqué presque en même temps que la vitre était cassée. Je l'avais dit cent fois à maman quand elle était encore valide. Dans la plupart des pièces, le bois des fenêtres était pourri. Il fallait tout refaire. J'avais même demandé un devis à un menuisier d'Evreux.

Comme à son habitude, maman faisait la sourde

oreille. C'était beaucoup trop cher. Les fenêtres tiendraient bien encore un peu. Ensuite j'avais eu bien d'autres soucis avec elle. Cela m'était sorti de l'esprit.

Je me suis approchée de Patricia, j'ai dénoué la serviette. L'entaille était profonde.

Elle éternuait et sanglotait en même temps. Elle ne pouvait plus s'arrêter. Elle s'est jetée sur son lit et s'est recroquevillée dans la position du fœtus, comme une adolescente terrassée par son premier chagrin d'amour.

Je me suis penchée vers elle. Je lui ai caressé les cheveux. Elle s'est laissé faire. Elle semblait inconsolable.

— Pourquoi tout le monde ment-il ainsi ? a-t-elle fini par hoqueter au bout de cinq bonnes minutes de sanglots.

— Qui ment ?

— Maman. Et toi aussi, tu mens...

Elle s'est assise d'un bond. Le rimmel avait coulé sur ses joues en deux traces noirâtres. Ses cheveux rejetés en arrière formaient une crête bizarre. Avec ses yeux noyés de larmes, son nez qui reniflait, sa main ensanglantée, ma sœur si jolie, si soignée, avait une allure pitoyable.

C'est ensuite que j'ai remarqué son expression de colère.

— Tu m'as menti pendant un an. Tu savais que maman était malade. Tu n'as rien dit parce que tu voulais gagner du temps pour pouvoir profiter du « Clos Joli ». Tu donnes des leçons en permanence et tu es pire que tout le monde. Si on l'avait soignée plus tôt, la maladie n'aurait pas évolué aussi vite.

— Qui t'a raconté ça ?

— Caroline.

J'ai soupiré. Mes mains tremblaient. J'avais le cœur

qui battait à tout rompre comme si j'avais été surprise à voler. Comment lui expliquer ? Je m'étais tue si longtemps pour diverses raisons qui me dépassaient moi-même. La peur de savoir que ma mère était malade, et surtout la peur d'apprendre de quelle maladie elle souffrait. La crainte, tout aussi profonde, de devoir renoncer au « Clos Joli » le jour où elle ne pourrait plus y rester, à cette vie réglée que je m'étais construite, la semaine à Paris, les week-ends et les vacances à Juilly. Me sentais-je pour autant coupable ? C'était compliqué. Dans un sens, oui, je l'étais. Mais je m'étais toujours raisonnée en me persuadant que le fait de la soigner plus tôt n'aurait pas empêché ses symptômes d'évoluer si vite. Le déclin avait été tellement rapide.

Patricia m'écoutait sans être convaincue par mes paroles. Elle aurait au moins pu tenter de me comprendre. Blessée par ses accusations, j'ai choisi de contre-attaquer.

— De toute façon, ça n'aurait rien changé pour toi. Tu ne te serais pas plus occupée de maman, si tu avais appris tout de suite qu'elle était malade. D'ailleurs qui t'empêchait de t'en rendre compte par toi-même ? Mais tu n'étais jamais là. Tu n'as jamais voulu te soucier d'elle.

Elle a levé son menton. Il tremblait. Preuve que sa colère ne s'était pas calmée.

— Parce que tu crois qu'elle, elle se souciait de moi ? Elle m'a si mal traitée pendant toute mon enfance.

— Comment peux-tu dire ça ? Maman était dure, c'est vrai, mais elle nous aimait. Arrête de vouloir réécrire l'histoire. Tu n'es pas une victime, ni une enfant martyre.

Patricia m'a regardée. Puis elle a dit d'une toute

petite voix, une voix de fillette que je ne lui connaissais pas :

— Maman ne m'a jamais désirée. Je suis un accident regrettable. Elle voulait avorter parce qu'elle n'aimait plus papa. Si elle n'était pas tombée enceinte de moi, elle serait partie et elle t'aurait emmenée. J'ai gâché sa vie.

Elle s'est remise à pleurer. J'ai laissé passer la crise. Elle était assise sur le lit, ses mains cachaient son visage. Quand elle s'est un peu calmée, je lui ai tendu un Kleenex. C'était le dernier du paquet. Elle m'a tout raconté, sans reprendre son souffle. Elle les avait entendus un soir se disputer. Elle était restée derrière la porte du salon pour écouter leurs paroles. Ma mère reprochait à mon père de ne pas la rendre heureuse. Elle ne supportait plus sa dépression. Les médicaments ne réussissaient pas à le guérir de façon définitive. Quand il était malade, il rendait sa vie si triste. Il était plaintif, possessif, exigeant. A l'agence, elle travaillait pour deux, ses journées n'y suffisaient plus. Ils ne sortaient pas, n'avaient pas d'amis, cette maison de campagne était leur seul horizon. Il avait gâché sa jeunesse. Elle aurait dû le quitter depuis longtemps déjà, elle y avait pensé tant de fois.

Pourquoi ne l'avait-elle pas fait ? Le jour où elle s'était enfin décidée, elle s'était rendu compte qu'elle était enceinte. Elle aurait pu refaire sa vie avec un seul enfant. Avec deux, le courage lui avait manqué. Elle n'avait pas eu non plus celui d'avorter. Elle avait tourné les talons devant la porte du médecin qui avait accepté de l'aider. Mais depuis douze ans, il ne se passait pas de jour sans qu'elle regrette sa liberté.

Patricia n'avait pas supporté d'entendre la suite. Elle était remontée dans sa chambre.

Après cette confession qui l'avait traumatisée, elle avait guetté toutes les occasions où ma mère se montrait injuste avec elle. Elle voulait sans cesse se prouver que j'étais la préférée. Elle avait épousé Philippe pour nous fuir, s'était mariée à l'église par défi. Elle n'avait pas imaginé que notre père puisse en être si blessé.

Jamais elle n'avait pu avoir une relation normale avec notre mère. Chaque fois, les mêmes mots revenaient sans relâche dans son esprit : « Si elle avait pu, elle m'aurait supprimée. Je l'ai empêchée de quitter papa, elle doit me haïr. » Alors elle avait pris de la distance.

C'était donc cette histoire qui avait empoisonné son enfance et laissé tant de traces dans sa vie d'adulte ? Qui l'avait rendue si amère et si dure ? Des paroles prononcées par une femme en colère et qui ne lui étaient pas destinées ? Patricia n'avait peut-être pas été désirée mais ma mère l'avait aimée. J'en avais la preuve.

— N'empêche. Elle, elle a eu le courage de rester. Elle ne nous a pas laissées pour suivre un homme au bout du monde parce que son mari la rendait trop malheureuse. Elle a réparé ce qu'avait fait sa mère.

Je lus la stupéfaction sur son visage.

— Tu étais au courant pour Ewa ? Tu savais qu'elle n'était pas morte dans un camp ? Qui te l'avait raconté ? Maman ?

— Pourquoi me dis-tu ça sur ce ton-là ? Tu ne le savais pas ?

— Si. Enfin, non. Je viens seulement de l'apprendre de sa propre bouche. Pendant que nous t'attendions au café, c'est sorti d'un seul coup, presque malgré elle. Je ne l'ai pas crue.

— C'était pourtant vrai.

Patricia est demeurée songeuse quelques instants.

— Pourquoi suis-je la seule à n'être au courant de rien ? Comment l'as-tu appris ?

— Par hasard, je t'assure. Quand je suis allée voir papa à l'hôpital, la veille de sa mort, il m'a fait promettre de m'occuper de maman. Et c'est là qu'il m'a raconté son histoire. Comme toi, j'ai été incrédule, puis j'en ai été bouleversée. Je croyais qu'il te l'avait racontée aussi.

— Non. Nous... Nous parlions d'autre chose... Il a sans doute essayé mais... Mais j'étais si braquée contre elle. Je ne voulais rien entendre. Il a peut-être compté sur toi pour le faire.

Elle se tut, sembla réfléchir, puis elle ajouta tout de suite :

— Je me demande bien comment elle a pu vivre avec un tel secret. Et surtout, quel genre de père était Joseph pour avoir ajouté Ewa à la liste de ses chers disparus, juste pour faire bonne figure ? Il devait être sacrément timbré. Tu imagines ce qu'il a fait peser sur ses filles ?

J'avais essayé quelquefois d'en parler à ma mère, mais elle faisait semblant de ne pas comprendre. Elle ne voulait pas savoir que je savais. Ce mensonge sur sa mère était sacré. Ewa était une victime, pas une femme légère. Mon père avait appris la vérité par hasard. A la faveur d'un témoignage, une cliente de l'agence, ancienne voisine de Joseph et de sa famille, il s'était rendu compte que les dates avancées par sa femme ne correspondaient pas. Ewa était partie en 1939, Joseph avait caché ses filles l'année suivante, et la famille Rudnicki avait été raflée en 1941. Il avait longuement questionné ma mère qui avait fini par tout lui avouer. Claudette était morte. Ses recherches pour retrouver Ewa s'étaient soldées par un échec. Ma mère n'avait pas eu la force d'aller plus avant. Mon père avait tenté à son tour de reprendre le flambeau, mais il s'était heurté à un mystère épais comme un mur. Ewa avait disparu à jamais.

On ne savait même pas si elle avait pu rejoindre l'Amérique avec son photographe. Il n'y avait aucune trace de son nom parmi les passagers en partance pour New York dans ces années-là. Et si Ewa avait été abandonnée par son amant ? Et si elle était revenue chez elle et avait trouvé porte close ? Seule, sans famille, errant dans un Paris occupé par les Allemands, elle avait peut-être été arrêtée à son tour et envoyée vers la mort ? Comment savoir ? Ma mère avait tourné sans répit ces questions dans sa tête. Le chagrin était si fort qu'elle avait peu à peu décidé de s'en tenir à la version de Joseph. Cela ne s'était pas fait aisément. Mais, au bout du compte, y croire ou faire semblant avait apaisé son esprit tourmenté. Elle n'avait pourtant jamais oublié.

Après les révélations de mon père sur son lit d'hôpital, ma mère m'était apparue sous un jour différent. Elle me faisait de la peine. J'avais pu lui pardonner bien des choses, sa dureté, sa violence, son agressivité. J'étais devenue plus indulgente avec elle. Chaque fois que je la trouvais injuste ou cassante, je pensais à cette enfance difficile, à ces blessures jamais refermées. L'abandon d'Ewa, puis sa disparition avaient durci son caractère. Elle s'était cuirassée pour ne pas se briser.

— Elle n'a pas été un monstre malgré tout. Elle a fait ce qu'elle a pu avec nous, compte tenu des circonstances. Et puis, elle est restée jusqu'au bout. Ça n'a pas dû être simple pour elle. Surtout avec toi. Tu ressemblais à la femme qu'elle aimait et haïssait le plus au monde. Elle devait en perdre ses repères. Mais elle me parlait toujours de toi avec tant d'admiration. Ta réussite, tes relations, ton savoir-faire. Elle te suivait de loin. Et puis c'est à toi qu'elle s'est confiée pour la première fois. Pas à moi.

Patricia a semblé accablée. Elle a baissé la tête.

— C'est trop dur, tout est trop dur, l'ai-je entendue murmurer.

Elle s'est remise à pleurer. Elle qui jamais ne s'était laissée aller ainsi semblait à présent sans défense. Les larmes coulaient sur ses joues comme si elle les avait retenues trop fort et trop longtemps. Il n'y avait plus de barrage. J'ai fini par m'en inquiéter.

— Patricia... Reprends-toi. Tout ça c'est du passé. Regarde plutôt ce que la vie t'a donné. Le même mari depuis plus de vingt ans, deux filles adorables, un boulot passionnant dans lequel tu réussis à merveille, aucun souci financier.

Elle a haussé les épaules.

— Tu vois ça de loin. Ma vie n'est pas si réussie que tu l'imagines. Philippe a une maîtresse depuis trois ans.

Mon beau-frère, son gros cigare, son air arrogant, sa tête à claques. Ça ne m'étonnait pas de lui.

— Comment fais-tu ?

— Comment je fais ? a-t-elle soupiré. Je m'arrange... Je fais semblant de ne pas savoir. Il feint de croire que je ne sais pas. Nous menons notre vie chacun de notre côté. Moi aussi, j'ai mes histoires. Ce n'est pas satisfaisant mais les apparences sont préservées. Je... Je ne veux pas divorcer. Pas question de le laisser refaire sa vie avec une jeunesse de vingt-cinq ans alors que je lui ai donné les plus belles années de la mienne.

Elle semblait soudain si désemparée que j'ai bre-douillé des banalités. J'avais pris le ton d'une maîtresse d'école qui veut persuader un élève, en manque de confiance, de ses possibilités.

— Tu as tes filles. Ton métier.

— Mes filles ? Deux pimbêches pourries gâtées que nous avons élevées en leur faisant croire que l'argent était la valeur suprême. Constance n'est pas fichue d'obtenir son Deug de lettres. Agathe n'a même pas eu son bac. Elle fait un stage à la télé et croit qu'elle va réussir grâce aux relations de ses parents. Quant à mon métier... Je suis l'idole des ménagères de plus de cinquante ans. Mme Elbaz ne jure que par moi, c'est dire. Et puis il faut se battre tout le temps. Contre la chaîne qui menace à chaque instant de me retirer mon créneau horaire, contre mon éditeur qui me presse le citron. Je suis si fatiguée.

Elle s'est tournée vers moi.

— Toi au moins, ta vie est simple. Tu as fait des études brillantes et tes enfants suivent tes traces. Richard t'adore. Tout le monde dit que tu es une prof formidable. Et tu n'as jamais été motivée par l'argent.

Epuisée par cette longue tirade d'autodénigrement, elle s'est remise à pleurer. Patricia m'enviait... Un comble.

— Simple ? Si on veut. Tu ne t'es jamais posé la question autrement ?

— Autrement ?

— Autrement qu'à travers tes lunettes d'égoïste ? Pour toi je suis madame Tout-Va-Bien. Une variante de ce madame Parfaite dont tu m'affublais quand nous étions petites. J'ai failli crever de ma rupture avec Jean-Maurice. Penses-en ce que tu veux, je l'aimais follement. Où étais-tu alors ? A New York, en train de t'occuper de ton merveilleux mariage et des merveilleuses relations de ta merveilleuse nouvelle famille. Avec le recul, tu avais raison. Ce type est un minable et je viens d'en avoir la preuve. J'ai longtemps été aveugle. On fait ce qu'on peut, parfois, pas ce qu'on veut. A cause de ce divorce, j'ai pris des antidépresseurs. La maladie de papa devait être héréditaire.

— Tu ne... tu ne me l'avais jamais dit.

— Parce qu'on ne se voit jamais. Quand prend-on le temps de parler ? Nous sommes deux inconnues l'une pour l'autre. Nos univers sont aux antipodes. Tu es tellement préoccupée par ton petit nombril que tu ne t'es jamais intéressée aux autres. A moi, encore moins qu'à quiconque. J'ai toujours fait tache dans ta vie si brillante. Une prof de banlieue remariée avec un agent d'assurances.

— J'ai... je...

Soudain, je me suis sentie très remontée. C'était tellement facile de juger sans savoir. Je ne m'intéressais pas à l'argent ? Mais mon travail était tout aussi stressant que le sien et mes fins de mois autrement plus difficiles. Richard était un ange ? Sans doute. Mais j'avais tellement fait d'efforts pour décider d'être heureuse avec lui que je ne savais plus si je l'aimais vraiment, ou si je m'appliquais encore à le faire.

Je me suis installée à côté d'elle sur le lit. J'avais besoin d'une cigarette. Elle a dû le sentir à mes mains qui tremblaient.

— Tu... Tu prends toujours des antidépresseurs ?

— Ça dépend des moments. Depuis la maladie de maman, ça m'aide, oui. Ma psy aussi m'est utile. Seulement... seulement ce n'est pas une baguette magique. Moi aussi, j'ai dû régler des comptes. J'ai été jalouse, si tu veux tout savoir.

— Toi ? Et de quoi ?

— De ta beauté. De tes succès avec les hommes. De cette aisance naturelle qui se dégage de toi dans n'importe quelles circonstances. De tes relations passionnelles avec papa qui compensaient la dureté que maman pouvait te témoigner. Moi, je n'avais pas cette chance.

— C'est compliqué, a-t-elle dit.

— Oui, c'est compliqué.

Nous sommes restées un long moment sans parler. Le silence entre nous était troublé par les petits bruits qu'elle émettait en reniflant. Je me sentais épuisée, j'avais mal partout, comme si quelqu'un m'avait enfermée dans un lave-linge et avait appuyé sur le programme d'essorage.

Puis Patricia s'est levée. Elle a passé la main sous son nez. Le Kleenex que je lui avais donné n'était plus qu'une petite boule.

— Je dois être affreuse.

Elle est allée dans la salle de bains. J'ai entendu un grand cri.

— Je suis un monstre.

Elle a réapparu dans la chambre pour chercher sa trousse à maquillage dans son sac de voyage, puis elle est repartie se refaire un visage. Je suis restée sur le lit, à réfléchir. C'était la première fois que nous parlions autant. J'en étais presque étourdie.

— Jean-Maurice est fou, a-t-elle dit de loin pour faire diversion. Il voulait me faire chanter auprès de Philippe. Franchement, il est minable.

— Te faire chanter ? Comment ça ?

— Oh, je te raconterai. Tu comptes le revoir ?

— Pas vraiment, ai-je dit lentement. Pas vraiment. Après ce qu'il m'a fait...

— Il t'a fait quoi ?

— Je te raconterai.

Patricia est sortie à nouveau de la salle de bains. Grâce à ses fards et sa science de l'artifice, elle avait retrouvé son joli visage. Mais ses yeux étaient encore rouges et son petit nez tout gonflé.

— Ça ne saigne plus, a-t-elle dit en regardant sa blessure.

— Je vais aller te chercher un strip.

Quand je suis revenue, j'ai nettoyé la plaie et je l'ai fermée du mieux que j'ai pu. Elle n'a pas protesté.

— J'espère que ça ne va pas t'empêcher de cuisiner.

— Penses-tu. De toute façon, j'ai des aides. Tu crois que je prépare les recettes toute seule ?

J'ai appuyé sur les fines bandelettes adhésives. Ce n'était pas très esthétique. Mais au moins, ça semblait solide.

— Il va falloir réveiller maman, ai-je dit.

— Laisse-la dormir encore un peu. Ça nous repose...

J'ai alors ajouté en essayant de ne pas fondre en larmes :

— Je crois que tu as raison. Elle ne peut plus vivre seule ici. On va contacter cette maison de retraite dont tu m'as parlé. Il faudra se résoudre à vendre « Le Clos Joli ». L'agent immobilier d'Evreux, tu sais le gros type agité qu'on a vu tout à l'heure chez les voisins ? Il est très intéressé. Je suis passée le voir l'année dernière.

Patricia a hésité.

— Elizabeth ?

— Oui ?

— Voilà. J'ai... Je... Enfin... Il y a quelques années, j'ai acheté un appartement de trois pièces à Paris, à côté de chez moi, avec l'argent que j'ai gagné grâce à mes livres de cuisine. Ça allait si mal avec Philippe que... enfin que je... Le dernier locataire est parti il y a un mois. Je ne l'ai pas encore remis sur le marché parce que j'ai fait faire quelques travaux, enfin pas grand-chose. On pourrait y installer maman. Engager des gens pour veiller sur elle. Nous serions plus proches, nous aussi. Tu m'as dit que c'était envisageable financièrement. Et nous pourrions garder « Le Clos Joli » pour le moment. Elle retournerait avec toi de temps en temps. On fera les comptes dans quelques mois, pour voir si c'est réaliste...

— Mais... tu n'y vas jamais. Tu détestes...

— Toi tu y vas. Et tu aimes...

— Il faut y réfléchir. On ne peut pas prendre de décision à la légère.

Elle a semblé déçue. Moi, j'étais remuée. Trop bouleversée pour me lancer dans de grands discours.

— Patricia, ai-je dit. Merci.

Elle a baissé les yeux. Les a relevés. Elle n'allait quand même pas se remettre à pleurer. Pas après s'être remaquillée. Voilà ce qui arrive quand on se retient trop longtemps. L'incontinence émotionnelle vous attend au tournant. Quant à moi, j'étais à nouveau ridicule avec toutes ces larmes qui brouillaient mon regard. Debout, au milieu de la pièce, j'ai pensé que je n'avais plus envie qu'on se perde. Je me suis rendu compte à quel point ma sœur m'avait manqué toutes ces années.

— Tu m'as manqué, il faut qu'on se rattrape.

C'était elle qui venait de prononcer cette phrase. Au moment même où je la formulais dans ma tête.

Du temps, il nous faudrait du temps. Et beaucoup

de patience. L'amour, nous l'avions déjà. C'était un bon début. La complicité reviendrait toute seule.

Je me suis rapprochée. Et j'ai déposé un baiser timide sur sa joue. Elle ne s'est pas raidie. C'était un signe.

Dehors, le soleil brillait. Un rayon passait par la vitre brisée et projetait sur le parquet sombre de petits éclats de lumière. J'ai essuyé mes verres avec le drap du lit et j'ai remis mes lunettes sur mon nez.

J'ai alors remarqué que ma sœur me souriait.

Manuel, éditeur attentif, ami véritable.

Linda, Katherine, Isabelle N., Edgar, Sophie, Marie-Françoise, Véronique B.

Vous avez été là aux bons moments.

Merci.

Merci encore au Professeur Françoise Forette, présidente de la Société française de gériatrie et de gérontologie.

Merci enfin à Jean-Louis pour sa science automobile.

Du même auteur :

LE RAS-LE-BOL DES SUPERWOMEN, Calmann-Lévy, 1987. (Le Livre de Poche.)
LETTRE À MON FILS, Calmann-Lévy, 1991. (Le Livre de Poche.)
CINQUANTE CENTIMÈTRES DE TISSU PROPRE ET SEC, roman, Grasset, 1993. (Le Livre de Poche.)
UN BONHEUR EFFROYABLE, roman, Grasset, 1995. (Le Livre de Poche.)
DES GENS QUI S'AIMENT, Grasset, 1997. (Le Livre de Poche.)

Avec Malika Oufkir :

LA PRISONNIÈRE, document, Grasset, 1999.

Composition réalisée par PCA

Achevé d'imprimer en juillet 2006 en France sur Presse Offset par

BRODARD & TAUPIN

GROUPE CPI

La Flèche (Sarthe).
N° d'imprimeur : 36365 – N° d'éditeur : 75886
Dépôt légal 1re publication : février 2006
Édition 02 – juillet 2006
LIBRAIRIE GÉNÉRALE FRANÇAISE – 31, rue de Fleurus – 75278 Paris cedex 06.

31/1589/6